嫡妻說了算 3 完

風 文創 176

東風醉 著

目錄

第三十四章

噔噔噔——

容盼正坐在窗臺前，握著長澧的手教他習字，兩人聽到急促的腳步聲，紛紛望去，只見侍候容盼的婢女碧環推開門。

「太太，大人請您回屋。」碧環上前行了一個禮，清脆笑道。

容盼點了點頭。「知道了。」說著，將長澧剛臨摹過的紙一一整好，對他說：「你丿還寫得不夠好，需多練練，不可輕怠了。」

「是，娘。」長澧蹦下椅凳，和碧環一起扶起她。

這幾日，她的腳腫得有些大，走起路來總覺得痠疼。

「好了，你繼續臨摹吧。」容盼摸摸他的頭髮，將手放到碧環手上。

碧環是個很年輕的丫鬟，約莫十七、八歲。家道艱難，四年前父母出海捕魚，皆喪於海上，只留下她和兩個十歲、八歲的弟弟。

碧環手長腳長，長得不算好看，但容盼很喜歡她，她做事清楚有條理，不比冬卉、秋香差。

「太太，您慢著點。」正走出門檻，碧環提醒她。容盼朝她一笑，明眸皓齒，極是動人，碧環不由感慨。「太太長得真美。」

「是嗎？」容盼似笑非笑。「妳說我好看，可還有比我更好看的人呢。」

碧環連連搖頭。「奴婢不信，奴婢幾人私下裡都說太太好看。」

容盼只是笑，待走到門口，便不再接話了。

來旺等在那兒，見她來，連忙上前。「太太，爺在裡頭等您許久。」

「哦。」容盼冷漠的頷首，來旺心下覺得怪異，小心覷她，但見她面色如常，只道是自己看錯了，便替她打開門。「爺，太太來了。」

龐晉川正站於穿衣鏡前，身後兩個婢女正替他穿戴配件。

只瞧他穿著一身尋常的月白色蝙蝠暗紋袍衫，腰上綁著黑色的帶子，婢女正替他配戴玉玦，弄了幾次還沒弄好，龐晉川擰眉低喝。「蠢貨。」

眾人嚇得連忙跪下，磕頭。

容盼抽出絲帕，捂住嘴，輕咳了一聲，走上前。「我來吧。」

她這聲猶如久旱甘霖，那侍候的丫頭飛也似的把玉玦遞到她手中，躬身退下。龐晉川自是沒有意見，招手喚她過來。

容盼捧著玉玦，理著上面的瓔珞，待整齊了，才走上前，低頭替他認真繫上。

臨近六月天，南澤早已入夏，她穿著無領白銀條紗衫、花鳳縷金拖泥裙，綰著一頭青絲，只簪了素色銀簪，未施一點胭脂。

龐晉川低著頭，幽深的雙眸緊緊盯住她臉龐，柔聲問：「這幾日藥還有吃嗎？」

容盼嘴角微微的一扯，笑道：「有，日日都吃的。」

碧環悄悄抬頭看向她，心道：哪裡有吃？只要大人沒親自看著，太太便將藥倒入窗前的萬年青中。

她想對來旺管事說，但直覺的，這個看似溫柔的太太卻並不如她想的那般，她總覺得太太清幽的雙眸似乎能一眼看穿人的心魄，讓人無所遁形。

「嗯，好。我見妳這幾日心情好了許多，可見是藥的功勞。」龐晉川這才卸下一臉的嚴肅，笑道。

容昐側目，將瓔珞從帶子中翻轉過來，不經意問：「怎麼最近總是沐浴後再回來？」門口侍候的來旺，猛地抬頭。

龐晉川漫不經心的撫弄她的耳墜，笑道：「這幾日去了海田，回來怕那味道腥臭熏著妳，所以換洗了衣物才回來。」

「是嗎？」容昐終於擺好了玉玦，替他壓了壓袍衫，抬起頭朝他明媚一笑，那笑容深入眼眸，卻叫人看得驚心動魄。

「妳不信？」龐晉川的手掌從她透明的耳墜上移到她的側臉，寵溺的撫摸著。

容昐盯著他，嘴角笑意不變。「信。」怎麼不信呢？

龐晉川不由捧住她的後腦，俯身低下頭，直取那紅潤的小嘴。

正待他一親芳澤之時，她側過臉，他冰涼的唇擦過她的臉頰，空了。

龐晉川有些不悅，眉頭深鎖，容昐回頭看他，亦是不笑，嘴角拉下。

「這是怎麼了？」龐晉川嘆了口氣，拿她無可奈何。「好了，不親妳了，還跟孩子一樣鬧脾氣。」

自從那晚開始，容盼雖與他同吃同住同睡，但想再親密一些卻是不能，他自然能感受到她的抗拒，但再逼她，他也心下不忍。

容盼冷漠回道：「您不是說我病了？」

龐晉川一怔，愣然許久，又氣又笑道：「好了，還為了這一句話生氣？」他一嘆。「是大夫說產前婦人多半心情躁動不安，易怒，妳這幾日坐臥難安，對吃藥又是這般的抗拒，叫我如何不擔心？」

他解釋得很認真，容盼只淡道：「我沒病，我也不喜歡吃藥，您能讓我不吃嗎？」

龐晉川抿下嘴，放開她的雙臂，不耐煩道：「容盼，不行。」

容盼抬起頭，聲音也尖銳了起來。「你為什麼就不能順著我一次？小禮物在我肚裡好好的！她很好，我是她娘，我難道會害她嗎！」

「容盼。」龐晉川扶額。「為何只要一提及孩子的事，妳就變得這樣？從長灃到妳肚裡的孩子都如此，妳冷靜一些。」

容盼轉過身，背對他沈默道：「藥吃多了，對小禮物不好。」

她心裡有團火在燎燒，她憎惡龐晉川的霸道，她厭惡那黑苦令人作嘔的藥汁！她想把所有的人都趕出去，離她遠遠的，離她的小禮物遠遠的！

「好了。」龐晉川緩和下語氣。「咱們別吵嘴了，被孩子聽到不好。」

容盼深吸了一口氣，合上眼，重重的呼出濁氣，回過身。「好，我不吵了。」

「乖。」

容盼被他緊緊摟在懷裡，她的雙手垂下，雙眼空洞的望向窗外。

「今天……」她眨了下眼。「今天還要出去嗎？」

「嗯。」

容盼閉上眼，聞著他身上沈穩的氣息，許久才退了出來。「我替您拿一套衣衫。」

她的乖順，讓龐晉川心底有些愧疚，他拉住她的手腕。「不用，我今日去府衙，不去海田。」

「哦。」容盼手足無措。「長灃叫我了。」她匆忙離開，腳步有些凌亂。

龐晉川望著她纖細的背影，沈默了許久。來旺上前屏退了婢女，到他跟前，低聲問：「那蘭小姐那邊？」

龐晉川擰眉。「你去知會一聲便是。」說罷，也往長灃屋裡走去，和他交代了聲，下了閣樓，騎馬朝南澤府衙奔去。

閣樓上，窗戶挑起。

容盼看著他的身影消失得看不見了，隨後來旺也跟著騎馬出去。

「碧環。」

「太太，我在這兒。」碧環連忙上前。

容盼回過身盯住她的眼睛。「妳想去京都嗎？和妳的弟弟，入公府。南澤地方太小了。」

碧環一怔，喜不自勝，連忙跪下。「自是願意的。」

「那就替我辦一件事吧。」容盼輕聲道。

「但憑太太吩咐。」碧環謙卑地低頭。

容盼招手喚她過來，指著來旺遠去的身影。「妳替我跟著他，看看他去了哪裡。」

「太太。」碧環連忙跪下。

「怎麼？不想要了？」容盼挑眉。「那好，我囑咐其他人。」

她說罷要走，碧環連忙抱住她的腳。「太太，要，奴婢願意。」

容盼勾起一抹笑意。「南澤，妳比來旺熟，跟不丟，去吧。小心些，別被他發現了。」

碧環咬住下唇，站起，飛快往閣樓下跑去。

容盼看著她跑出驛站，眼底再次恢復了平靜。

若要人不知，除非己莫為。

龐晉川身上的海鹽味道再重，他也很少有在外面沐浴的習慣，和他夫妻多年了，若是還不瞭解他的性情，那這些年就真是白過了。

而這些日子，來旺為何極少跟龐晉川出去，卻留在驛站看著她？

揭開腐肉的過程再痛，她也心甘情願的受著。

這日子，總該有人去揭破這層皮。

「娘。」長灃一聲低喚，拉回她的視線。

容盼回過頭，朝他一笑。「可是什麼字不會寫？」

「沒有。」長灃走過來，依偎在她身上，緊緊的摟抱住她。「您陪我睡上一覺。」

「好。」

她的睡眠出現了極其嚴重的問題，容盼知道，她也知道自己心理有問題，有時她甚至覺得自己都快要無力排解了。

前方是一條什麼樣的路，她已經看不清，只能伸出手，在黑暗中且尋且走，且走且尋。

容盼依然沒辦法入睡，現在即便長灃在身邊，她也睡不著了。

午後的眼光照入窗臺，窗外的桐花開得極好，容盼捏了捏被角，躡手躡腳爬起，下了床。

「太太。」來旺早就回來，雙手遞上一個木盒。「這是金瓜子，爺說路上瞧見，打造精巧，便買回來讓您把玩。」

容盼接過，點了點頭，進了自己屋裡。

碧環也回來了。

「太太，牛乳。」碧環端了茶碗放在她桌前。

容盼微微挑眉。「碧環留下，其他人都退下吧。」

「是。」

容盼喝完牛乳，打開了木盒，裡頭金燦燦一片，晃得人眼睛都花了。

碧環跪下，斂目道：「太太命奴婢跟著來旺管事，奴婢一路跟到桐花巷的一處朱紅色小門前，見來旺管事敲了門，一個老嬤嬤出來接了進去，待了片刻就出來了。」

容盼哦了一聲，從小盒子裡抓了一把金瓜子給她，說：「妳先拿著，僱人守在那個院門口，打聽清楚是什麼人家，裡頭住著誰，有什麼事及時回來告知。」

碧環顫抖地接下瓜子，那一大片沈甸甸的，她抬頭看了一眼，不覺嚇了一大跳，連連搖頭。「這……這足有一兩呢！太太，僱人用不了這些。」

容盼朝她笑道：「剩下的賞妳吧。」

碧環越發驚恐。以前看戲，戲中也時有這些事，可從未見過太太如此平靜，這讓她從心底裡感到陣陣發毛。

當夜，龐晉川回來，容盼如常侍候，兩人說了一會兒話，問起金瓜子，碧環渾身戰慄，那些金子她已經用了一些，若是查起來……

容盼卻極是平靜的說：「我讓碧環收起來了，一整天看著晃得我眼睛都花了，要拿出來嗎？」

龐晉川道：「既是收起來了，就不用拿出來。」

「嗯。」

一夜倒也無話。

如此平靜的過了兩、三日，一個傍晚容盼在院中澆花。

碧環疾走過來。「太太，查到了。」

「嗯。」

四周沒人，碧環依然壓低了聲。「桐花巷裡那院子，住著一個老嫗，兩個婢女，還有一位小姐。」

「還有呢？」容盼取過濕潤的棉布擦葉，頭抬也不抬。

碧環猶豫了下，咬咬牙。「眾人都喚那小姐為蘭小姐，原是一破落戶的女兒，後死了爹娘便被她姨娘帶走，從小教養著琴棋書畫，樣樣精通。」

「是何身分？」容盼有些累了，扶著腰揉著小腹停了一會兒，抽出絲帕，擦掉額頭的汗水。

碧環道：「聽聞她姨娘曾幹專馴良幼女的勾當，那位蘭小姐在她手中調教的，引得許多公子哥兒趨之若鶩，名動一時。但聽聞蘭小姐眼光極高，從不許他人，可近來卻聽說被一富商包養下，住進了桐花小巷的院落裡。」

「打聽是何人包下了嗎？」

「太太，未曾。那邊口風極緊，一句話都撬不開。」

「是嗎？」

碧環見她皺了眉，心下猛地打了個突。「不過聽守在那邊的人說，今晚蘭小姐要遊湖。」

「既是打聽不出消息，妳如何知道她今晚要去遊湖的？」容盼問，往前走。

碧環斂目，上前一步。「守門的說，那老嫗和婢女從前日開始準備，一味要籠絡住那富商的心。」

容盼停了下來，碧環連忙止步，卻聽她說：「我今晚也想遊湖，妳準備準備。」

「太太。」碧環猛地抬頭，見她挺著小腹極其艱辛，不由道：「您身子不便。」

容盼回過頭，幽幽的望向她。「妳踰越了。」

「奴婢不敢。」

「去吧。」她不再說話。

碧環剛要退下，只見門口傳來一陣馬蹄聲。

守門的婆子連忙開了門，來旺急匆匆從屋裡走出來，來人見著他抱拳就道：「大人今晚有事，忙不開，許是不能回來了，叫您與太太說一聲。」

來旺點點頭，正要回身，卻見遠處花圃角落裡，太太就站在那兒。

「太太……」來旺愕然不已。

剛要上前，容盼已笑道：「我知道了，不用再說。」

夕陽染紅了晚霞，火紅的一片從遠到近布滿了整個天空，像一件火紅的嫁衣，耀目至極。容盼就站在院子之中，伸出手蓋住眼睛，昂頭望去。

天地如此的大，人在其中猶似蜉蝣，如此的卑弱渺小。

碧環問：「太太，要用完晚膳後再去嗎？」

容盼低下頭，擦掉手上的泥土。「要，我要用完晚膳。」

碧環有些擔憂地看她，卻見她面容平緩，神色從容，心下不由稱奇。太過平靜。

晚膳進的是稻香米粥和蜜棗，用完後一盞茶的工夫，來旺捧來了藥，他彎腰，恭敬道：「太太，該是吃藥的時辰了。」

「放下吧。」容盼正打開雕漆的箱籠，裡頭一件件皆為龐晉川這些日子讓人訂做的，每三日便送來一套，樣式極其繁多，顏色從豔麗的大紅到富麗堂皇的紫色，還有淡雅的嫩黃等等。

來旺躬身，快步走上前，安放在她的鏡檯之前。

雕花刷漆的西洋橢圓鏡面，映照出她的身影，容盼指著一件淡紫色鑲金邊五福緞子比甲，裡面是嫩黃色湘緞裙。

她許久不穿華服了，多半穿戴都極素淨。

來旺不由多望一眼。「太太，爺說得讓您喝下了，才讓小人走。」

容盼正從婢女端的盤子上選了梅英采勝簪和金絲墜角，聞言，轉過身，面無表情地盯住他的雙眼，來旺心下一驚，連忙跪地。

「來旺，我就吃。」容盼笑著，說完碧環端上藥碗，容盼捏住鼻子，閉上眼睛昂頭喝進。

來旺舒了一口氣，嘴角帶笑，容盼將碗遞給他。「出去吧。」

「是。」來旺連忙接過，正踏出門時忽問：「太太這是要出門？」

容盼似笑非笑問：「爺派你來看著我？」

來旺知道自己踰越了，抓著額頭，解釋道：「小的不敢。」

容盼不再回他，叫婢女關了門。

今晚夜色如醉，長風輕拂。

她換好華服，坐於鏡檯之前，看著婢女給她上妝。烏黑油亮的長髮被綰成倭墮髻，斜側於一旁，簪上金簪玉釵，掛上明月璫。晃動之間，流光溢彩，美不甚收。

容盼拿了青黛照著鏡中描了柳眉，唇上只輕輕點了一抹口脂，那似一朵紅梅落於其上，嬌俏無比。

「太太真好看。」碧環看呆了，幾個婢女亦是目光緊落在她身上。

容盼朝她們一笑，嘴角上揚，然眼中是深不見底的陰霾。

由閣樓下來，碧環護著她的小腹，來旺正在樓下廳中焦躁地不斷徘徊。

聽到木梯咯吱咯吱聲，連忙抬頭望去，只這一眼心口顫顫然，他連忙跑上前，心驚膽戰。「太、太太可是要出門？」

容盼不理會他，扶著碧環的手往前走。

已有人替她開了門，她前腳才剛踏出，只聽得身後撲通一聲，來旺朝她磕了三個極清脆的響頭，帶著哽咽聲。「太太，您這到底是要去哪兒？」

容盼腳上頓了頓，回過頭，盯住他的目光，這回來旺沒低頭，就這樣直直望進她眼中。

她妝容妍麗，雙眼染了一些紅暈，極淡的面脂帶動薄肌微微上提，似展翅欲飛一般，帶著銳利和難以望到盡頭的沈默。

「來旺，你說，我對你不好嗎？」容盼開了口。

來旺一怔，斂目。「太太對小的恩重如山。」

「你都知道了，又何苦來騙我呢？」她嘆了一口氣。

「太……太太知道了？」來旺的影子投落在地上，形成一道陰影。

「嗯。」容盼嘆了一口氣，提起裙襬終於跨出了門檻。

屋外早已備好了馬車，容盼蹬上小板凳，坐了上去。碧環隨後跟上，車夫取了凳子放回車轅上，也跳了上去，揚起馬鞭。「駕──」

大門打開來，來旺聽到聲音趕忙追了出去，只見馬車已出了大門。

他連忙去馬廄牽了匹快馬，蹬上，趕上去。

馬車走得不快，甚至可以說極是穩妥。

容盼閉目靠在車廂上休息，手有一搭沒一搭的輕撫著小禮物。

碧環撂下車簾。「太太，來旺管事跟在後面。」

容盼眼睛睜也不睜。「讓他跟。」

「是。」

南澤臨海，亦是水鄉。

行車大約走了一炷香的時間，馬車才緩緩停下，碧環先下了車，容盼隨後才彎著身出來。

來旺趕忙從馬背上滾下，上前侍候。

「太太。」他不敢看她的眼睛。

容盼望向遠處湖面上飄蕩的幾條船，說：「不想說實話，就不要說了，我也不喜歡聽謊話。」她從他身側走過，來旺渾身僵硬住。

湖邊，一條大船早已停靠在湖面，碧環拿了租賃的條子上前給船家看，船家覷了一眼身後跟著的貴婦人，也不敢多言，連忙放下木板，讓容盼和碧環上去。

來旺哎了一聲，望著湖中一條燈火通明的大船，也緊跟上去。

真是作孽！怎麼就被太太知道了。

船上，迎面徐徐吹來的是涼爽的夜風，耳邊時不時傳來絲竹管樂之聲。

容盼站在船板上，靠著欄杆。

湖面上漂著三、四艘船，容盼問來旺。「是哪一艘？」

「太太……」來旺不大想開口。

容盼又道：「那就一艘艘看過去吧。」

來旺咬牙，伸出手指向正中間最大的一艘。「是那兒。」

容盼挑眉望向碧環，碧環走出去，叫船家划過去。

離得近了，容盼才聽到傳來的琵琶聲響。

那琵琶聲叮叮咚咚，聲音響脆，又由水面傳來，越發幽深。

她站起身，眺目望去。

只見船廂之內，一男一女分坐於圓桌兩側。來旺也看見了，緊跟在她身後唉聲嘆氣。

「夫人，還要再近嗎？」船家問。
碧環看了容盼一眼，點頭。「再近一些。」
船家連忙划槳。
那裡真是燈火通明，照得通亮。
容盼越發看得清楚。
只見他凝眉閉目側耳，旁邊撫琴女子眼角帶羞，緊緊注視著他。
一曲琵琶奏完，龐晉川緩緩睜開了雙目，萬蘭兒低下頭，起身走到他身旁，依偎上去。
龐晉川微不可察的蹙眉。
萬蘭兒極小聲的柔聲問：「爺，蘭兒彈得不好嗎？」
「好。」他抿嘴，看著她的目光透著疏離，又似乎在尋找著什麼，這樣良久才道。
萬蘭兒緋紅了臉，柔若無骨的依附在他身上，柔軟的雙手攀上他的脖頸，銀紅縐紗白絹裡的薄衫滑落，露出白皙的手臂。
容盼猛地站起，帕子猛地捂住嘴巴劇烈地咳嗽起。那咳聲，簡直要把她的五臟六腑都咳出來一般。
來旺不忍。「太太，您看也看了，咱們回去吧。」
「多久的事了？」
來旺低頭。「五、六日了。」
那便是她拒絕他索歡後了，容盼忍不住低笑出聲，那笑意直達眼底，最後竟漸漸泣不成聲。「呵……呵呵……」

她到底哪裡做錯了？他還要什麼，還要從她身上得到什麼！

龐晉川！

容盼支著手靠在欄杆之上，眼睛死死的盯住前方，情緒異常焦躁。

「太太！」來旺跪下，死命的朝她磕頭。「您別看了！咱們回去吧。」

容盼重重的喘出一口粗氣。「閉嘴！」

來旺連忙出聲。「太太，這都是尋常的事，您別著急，爺從未曾放在心上過。」

「別再說了！」容盼猛地轉身。

來旺心口跳到了嗓子眼裡，只見她臉色鐵青，蒼白異常。

「快回去。」來旺察覺到異樣，朝船家低吼一聲，容盼撐起身體，來旺和碧環趕忙上前來扶，都被她甩手丟開。

「讓我靜一靜。」她低低呻吟出聲，嗓音有些喑啞。

便是這時，對面船上，萬蘭兒指著這條船，微蹙煙眉。「咦？那人怎麼站在船頭往我們這邊看了這般久？」

兩艘船靠得十分的近，龐晉川抬頭望去，正好容盼起身，兩人目光不經意的相遇。

她極其冷漠的，先轉開，人往船廂裡走。

龐晉川沈下臉，立馬丟開萬蘭兒出來，來旺也看到他了，哭沈著臉，喊了一聲。

「爺。」

「停岸。」他著急低喝，想要尋找她的身影。

只瞧著她挺著高隆的小腹，往裡走去，走過那一排排打開的窗戶，最後消失在船廂盡頭。

龐晉川心下猶如烈火在燒，臉色亦是鐵青無比，萬蘭兒似有感悟，紅著臉依靠過來。

龐晉川閃躲開。「等會兒，她若是問妳，不許胡說！」

萬蘭兒呆立在原地，望著他薄涼雙唇，淚珠頃刻間滾落粉嫩的俏臉。「爺，這是什麼意思？」

他陰惻惻望去，萬蘭兒心下一陣鈍疼，緊咬住下唇。「妾、妾身明瞭。」

龐晉川只盯著那條船，眉頭緊鎖，緊抿住下唇不再說話。

容盼的船不大，阻力也小，而龐晉川所在的大船稍有遲緩。

待大船靠在岸邊時，小船上早已是人去船空。

來旺寸步不離容盼，一路心驚膽戰的親自駕車回驛站。

她下了車，臉色很不對勁。

「太太。」碧環不由出聲。

容盼喘息著，強行抑制住自己不斷顫抖的雙手，緊咬住牙關。「噓！」

驛站閣樓之中，燈火通明。

容盼額上逸出密密的冷汗，冷風颳起她的薄衫，沈重的小腹讓她行走偏頗。

她回了臥室，砰一聲砸門緊鎖。

屋裡空蕩蕩的，只餘一盞燈，鏡檯照著她消瘦的臉龐。

容盼心煩意亂，上前抓住桌上的圓瓶朝西洋鏡砸過去。

哐噹——全部碎盡。

她猶覺不夠，找出金瓜子，一把往外撒，一把不夠，兩把；兩把不夠，三把；三把還沒撒完，連盒全部都丟了出去。

黃金從窗臺紛紛落下，眾人紛紛出來搶。

龐晉川策馬歸來，翻身而下，抓住一個奴僕。「太太呢？」

「太太？」僕人嚇傻了眼，只懂得重複。

龐晉川氣急，丟下他，往閣樓裡走，來旺就等在門口，一見到他，立馬哭了。「爺，太太在屋裡呢，有些不大對勁，您快上去！」

那話音還未落下，只聽得上面砰的一聲，是重物落地的聲音，緊接著就是聽到布料撕裂開的聲音。

龐晉川面色鐵青一片，連忙跑上樓，焦急敲門。「容盼，開門。」

裡頭竟一點聲音都沒有，忽地就這樣安靜了下來。

龐晉川再砸門，那門上忽甩來一聲重擊，似是一個凳子，他便不再敲門，右腿抬起就往門上蹬去。

「走開……」容盼聲音尖銳。

龐晉川冷著一張臉已將門踹開，眼前一幕凌亂不堪。鏡子砸碎，桌子、凳子零零散散全部掀翻了，只見她坐在一堆破碎的衣物之間，頭上珠釵盡數丟落在地上，青絲散落垂地，整個人顫抖不已，手上還緊緊握住一把剪刀。

「妳……」他心下忽覺挨了一記悶棍，難受異常。

容昐大力的喘息著，死死的瞪向他。「你從衙門回來了！」看他臉上一僵，她莫名的覺得爽快無比，不由低笑出聲。

「妳聽我說。」龐晉川慢慢挪步上前，眼睛死死地盯住她手上的剪刀。

容昐一個激靈，拿著剪刀直指他。「你走，不要靠近我！」

他立馬停下，往後退了數步。「好，別怕，把剪刀放下，別傷了自己。」

他已經感覺到今晚的容昐有些怪異。

容昐無神的望向手上的利器，雙手不住的顫抖，忽地哭出聲。「孩子，孩子！我的孩子沒了。」

龐晉川望向她的小腹，輕聲安撫。「沒有，還在妳肚子裡。」

容昐停下哭聲，摸向自己的肚子，停了半會兒，大怒。「不是她，是個男孩！」

龐晉川一怔，才知她說的是先前那個流掉的孩子。「妳迷糊了。哪裡有男孩，她現在還安安穩穩在妳肚裡。來，把剪刀放下。」龐晉川慢慢靠近，聲音越發輕柔。

「不對，不是，還有一個。」容昐捂住額頭，痛苦的呻吟一聲。

龐晉川趁著她愣神的工夫，一步上前要搶她手中的剪刀。

容盼回過神，也撲向他要奪，兩人扭轉之間，剪刀的刀鋒朝向她，龐晉川驚恐不已，唯恐她傷了自己，雙手緊緊握住剪刀口。

那鋒利的刀口慢慢刺入他的手心之中，容盼看著鮮血從他手掌中滴落，滴在她挺起的小腹上。

「爹爹！」門口忽傳來一陣哭聲。

是長灃的聲音。

容盼猛地一放手，剪刀被龐晉川奪回，那刀口深深刺入他手掌肉中，龐晉川疼得臉色蒼白，容盼隔著他，看到長灃捂住眼睛嚎啕大哭。

「娘！」

她撐起身子，朝長灃爬去，雙手朝他大張。「別怕，別怕，娘在這兒。」

長灃驚恐地要逃，容盼哭道：「到娘懷裡，是娘啊。」

長灃哇的一聲，撲到她懷中，放聲大哭。「娘，不要不要爹爹！長灃要爹爹。」

容盼猛然驚醒，眼中一層迷霧漸漸散去。

她緊緊的將他按在胸口，滑落在地上，背對著龐晉川合上眼。「你走……或者是我走？」

龐晉川幽幽的望著她，高挺的身子似乎一下子被壓垮了一般。

第三十五章

已入深夜，月色當空。

六月的南澤，也就在這時候才微微有些涼爽。院子裡，蟲蛙低聲鳴叫，隨著習習的涼風吹進窗臺，捲起碧色紗幔。

大夫閉著眼，捋著白鬚問脈，層層床幔後伸出的小手骨指分明，因消瘦，金釧滑落在手腕之下。

龐晉川沈默站在他身後，不時望向床裡躺著的人。

大夫嘆了一口氣。「哎。」起身，碧環連忙上前收好白帕，撩開床幔將她的手放回到鴛鴦被褥內。

「如何？」龐晉川跨前一步，焦急問。

大夫道：「夫人此前便有鬱結之症，今日在下問診，發現脈象壅堵，似越發嚴重。」

龐晉川低低頷首。「今夜哭過一回，我擔憂是多年積壓之下迸發的。」

「如此越發要注意了。」大夫細細道來。「婦人有孕，各有不同，就是同一人幾次有孕也是不一樣，夫人身上無事，卻行事怪誕，乃是心病。心病仍需心藥醫，需心境開闊才藥到病除。」

「何為心藥？」

「夫人喜愛之事、之物、之人皆為心藥。」大夫坐在書桌前，一邊道，一邊將前些日開的藥方稍加修改一番，遞給龐晉川。

龐晉川略微看了眼，將藥方捲入袖內，揚手。「勞煩了。」

「不敢。」大夫作了個揖，來旺上前送他出去。

龐晉川走到窗前，關上窗戶，回過頭對婢女道：「妳們都下去吧。」

「是。」

碧環走至最後，在闔門時，她最後看了一眼屋裡，只見大人坐在床頭，沒有撩開床幔，而是伸出手將太太的手重新從被褥中抽出，抬起，放在嘴邊落下了一個吻。

她心下不由責怪起那個蘭小姐，好好的一對若是沒了，她該好了吧！

屋裡又恢復了安靜，明亮的燭火熠熠燃燒著，照亮了所有角落。

龐晉川低咳一聲，聲音有些啞然。「我知道妳沒睡，有些話，必是要與妳說的。」

容昐睜著空洞的雙眸盯著房樑，神色平靜。

龐晉川緊緊拽住她的手，一遍又一遍的親吻著，他把臉靠在她手背，低聲呢喃。「只有一次，容昐。」

一次什麼？她想問，可嘴巴像被人上了鎖。她想抽出手，卻連手都不受她控制。

「萬蘭兒，她有些像妳。」龐晉川解釋著。

一個像她的女人？真諷刺。

「妳不喜歡她，那咱們就不要。」龐晉川撩開床幔，露出她的小臉，容昐轉過頭，望向他，看見他被刺穿的手掌，她伸出手摸上去。

龐晉川心下一喜，正要解釋，容昐張開生裂的嘴唇，聲音嘶啞的問：「疼吧，是我剛才刺的？」

「別擔心，是我不小心。」他出言安慰，緊抓住她另一隻手，將她的兩隻手都緊緊包裹在掌心之中。

她的手很小，在這夏日之中冰涼得很，他極力想捂熱了。

「我忘了，不是故意要刺傷你的，那時我控制不住，做了什麼，我也迷迷糊糊的。」容昐望著他幽深的雙眸。

「我知道。」龐晉川的側臉緊緊貼在她手上。

容昐眼角緩緩滑下淚水，她輕聲道：「可這個傷口就算好了，這個疤終究要留在那裡的，真是抱歉。」

龐晉川一頓，眸色忽地陰霾下來，輕輕抿下嘴，哄著她。「噓，噓……別說了。咱們好好養病。」

他明白她的意思。

容昐轉過身。「好，我養病。遲了，你也去睡吧。」

「我留下陪妳。」龐晉川摸上她的臉。

容昐偏過頭，低聲道：「我想一個人待一會兒。」

「容昐。」

「我睏了。」她轉過身，背對著他，拉起薄被到肩膀上。
「好，妳等會兒吃了藥再睡。」他最後說完。
「嗯。」容盼點頭答應。
等了許久，直到聽到房門輕掩的聲音，她才轉過頭大力的喘息著。
今晚，是從未有過的疲乏、困倦，剛做了什麼事，她許多都想不起來。
但她知道，自己的確是病了，總歸狀態不是很好。
可深究起來，為何會這樣？
她又是何時開始對龐晉川起了依賴之心？是車簾後的一望，還是那晚在大廳他緊握住自己雙腳時的心疼？總之，在經歷了許許多多的事情後，龐晉川給了她一個喘息的機會，她也給了自己放縱的機會。
但終歸是不同的。
是她錯了。
容盼抹掉眼底的淚，爬起來坐著。
碧環端著藥進來，見她起身，連忙放下藥，幫她弄好靠枕，遞上藥碗。容盼聞著聞，皺著眉一口喝完。
「蜜餞？」碧環問，容盼搖頭，要了水漱了口。
「太太，要奴婢陪著嗎？」
「不了，妳下去吧。」容盼閉上眼。

碧環猶豫了下，走到門口時說：「太太要快點好起來。」

容盼不由朝她一笑。「去吧。」

好不好，都是自己的，總歸是要過的，哭著也是過，笑著也是過。

只是如今這道坎，終究是邁了過來。

從那日起，容盼就努力讓自己好起來。

她很用力想一些開心的事，做一些讓自己高興的事。請評書的來講評話，讓裁縫做衣衫，畫了圖紙讓外頭寶物鋪的依樣給打造出來，有誰今天逗她樂了，她就賞那人金瓜子。

如此下來，所有的人，都卯足了勁尋著讓她高興。

有時是負責買菜的大嬸回來，菜都還來不及放下就和她說起今日街上的趣事；有時是負責採辦的尋了稀奇古怪的小玩意兒來，唱作俱佳地演示起來；有時是長灃一幅有進步的油畫……容盼的時間被這些人這些事占得滿滿的，無暇顧及其他。

但偶爾夜裡還是不成眠的。

幾日下來，好不容易養回來的肉又瘦了下去，龐晉川看著只是久久的沈默，除了不得不外出的公事，他大多時間都待在驛站，每夜總得聽人說她睡下了，才放下心。

大夫來問脈時，又重新換了藥方。

容盼吃了，一覺便能睡到天亮。

這給龐晉川留了一個機會，他可以在她入睡後光明正大的擁她在懷裡，在她身邊，躺一會兒，說一說話，摸一摸她越來越大的肚子。

即便她對他話越來越少，他也覺得在她身上獲得了偌大的滿足。人，失去了才懂得珍惜。

一日傍晚，容盼用過飯，在院中走圈，碧環跟在她身後，小心的看護著。

容盼兩隻手扶著腰，走得很慢，時不時會停下，叫碧環替她鬆一鬆腳上的繡花鞋。這幾日腳腫得厲害，前幾天剛做的鞋又小了。

兩人正走著，忽聽到門扉被打開的聲音，龐晉川騎馬歸來，來旺緊跟其後。

兩人見到對方皆是一怔，這些日子雖同住一起，但白日裡像這樣見面的機會極少。他在時，她大多都在看書曬太陽；他在書房裡的時候，容盼在廳裡聽人說笑。

「散步？」龐晉川下馬，將馬鞭丟給後頭的來旺，眼睛盯住她，貪婪望著她的臉龐。

容盼抿了抿嘴，扯起一抹笑意。「是，您回來了。」

「再走一圈吧。」他語氣不容拒絕。

容盼低下頭，踢著腳邊的石子，猶豫了會兒，他下意識解釋道：「近日忙，南澤的事已到收尾階段，我許久沒見到這個孩子了，她也許想聽聽我的聲音。」

說著轉身，先走在前頭，兩側服侍的人皆退去。

容盼在原地站了一會兒，才慢慢跟上。

兩人一前一後，緩慢的走著。

傍晚的夕陽給四周都披上了一層淡淡的金色，照著屋簷上的瓦片金黃錚亮，空氣裡是甜膩的花香味，偶有涼風捲來，掃平煩悶的氣息。
「今天，身子好嗎？」他問。
「好。」小禮物一整天都沒動，她其實等得有些心焦。
「孩子累妳了沒？」他想回頭，想牽著她的手一直走下去，他極力克制著自己的衝動，唯恐再引起她的不悅。
容昐答：「不累。」
「嗯。」
又是許久的沈默，他負手走在前方，只是好一會兒未聽到她跟上來的聲音，龐晉川轉過頭去，卻見她彎著笨重的身子手要勾下去，勾了幾次都沒勾到，又直起身子重重喘息。他頓覺心跳都漏了一拍了。
「怎的？」連忙走上前去，扶住她。
容昐側過身，他的手停在半空，僵硬住。「腳又腫了？」
「嗯。」容昐被繡鞋勒得難受，龐晉川抬頭看了她一眼，撩開袍衫蹲下，用手伸進鞋口，稍微鬆了一下，再按了按她的腳面，不由皺眉。「為何腫得如此厲害？」
「都這樣。」容昐道，平靜的望著他。
龐晉川這才放開她，替她穿上繡鞋，問：「還走嗎？」
容昐搖頭。「不走了。」說著，轉了下腳踝，撐著沈重的身子往閣樓走去。
兩人的影子被拖得極長，交織在一起，直到她越走越遠，終於走出了他的影子。

遠處青山如黛，夕陽下，美不勝收，她的步履緩慢又堅定，在走到閣樓前後，終停了下來，抽出絲帕擦掉頭上逸出的汗水。

「太太，您要聽評書嗎？講評書的老太太來了。」碧環走出來，迎上去，笑問。

容盼點點頭。「要聽的，妳給我備好牛乳和小吃了沒？」

「好了。」

閣樓裡漸漸傳來了評書鏗鏘有力的評話聲，在那炎熱的夏日中，伴隨著最後一抹夕陽的殘照越發熱鬧了起來。

幾日後，容盼見到了小兒。

小兒是跟林嬷嬷、秋香等一起來的，她還在院裡澆花，就聽得小兒一聲大喊。

「太太！」

容盼手上動作一頓，回過頭去。

小兒穿著夏衫，腰間綁著翠綠色的汗巾，腿上是綢褲，英氣逼人、虎虎生威的站在門口，濃眉大眼差點都要擠在一起了，滿臉怒氣瞪著她。

碧環不認識，上前問：「誰家小兒，如此無禮！」

小兒哼了一聲，小旋風似的跑過來，霸氣十足。「這是我家太太！」

容盼眼眶微紅，如饑似渴的打量著他。

許久不見，長大了，高了，也結實了。

「您忘了我啦！」他跑到離她五、六步的距離，停下，兩手扠在腰部，質問的語氣。

容盼雙眼被淚水迷住，拿著帕子擦了好幾回都沒擦掉，小兒心疼得很，快步走過來，一把拉住她的手。「別哭，您別哭啊，哎！」人小鬼大的語氣，揪心十足的嘆口氣。

容盼眼淚啪嗒啪嗒掉下，蹲下身，緊緊將他小小的身子摟進懷中。

她蹲下了，小兒才和她一樣高。他也緊緊摟住她的脖子，從她衣襟之中抽出白色的帕子，小小的手，一點一點努力的將她眼中的淚花全部擦淨了，說：「看見我不高興嗎？」

「高興。」容盼親了親他的小嘴，惹得他眉飛色舞。

「那為何哭了？」小兒依然耿耿於懷。

容盼答道：「喜極而泣。」

他嘟了下嘴。「好吧，勉強原諒您了。」那語氣還是有些不甘心。

容盼起身，牽著他往屋裡走，小兒盯著她的肚子，很想伸出手去摸一摸，但內心交戰鬥爭了許久才放棄。

容盼帶著他回屋，讓人備了熱水，親自給他洗澡。

小兒不知趕了多久的路，在浴桶裡昏沈沈睡去。

容盼將他抱出來時，他才驚醒過來，不樂意的呻吟。「太太。」

容盼吻吻他的嘴角。「累了？」

「睏。」他說了一聲，打了個哈欠，長長的睫毛急促的起落，後實在撐不住了，才重重蓋下眼皮睡去。

林嬤嬤已經收拾好他的屋子，走了進來笑道：「前些日子接到爺的來信，說您在南澤，讓小公子快過來，您是不知道，小公子有多高興。」

秋香上前抱起長澧，將他安放在床上，用扇子打了蚊子，才放下床幔。

容盼正由林嬤嬤扶著坐在太師椅上，幾個婢女妳看看我，我看看妳，才同時走上前來，朝她齊齊跪下，重重的磕了三個響頭。「太太，奴婢給您請安。」

有秋香、秋意、冬珍、冬靈。

容盼連忙抬手叫她們起來，問：「冬卉呢？」

林嬤嬤道：「這丫頭，為著丟了您的事，不願在公府待下，如今已回家許久了。」

容盼一怔。「她爹娘都死了，只有哥哥嫂嫂，又待她不好，回去又能做什麼呢？」

林嬤嬤搖搖頭，心疼的看她。「還顧著別人呢，看看，瘦了多少？」

「哪裡，是懷了孩子後，吃不下什麼才瘦了。」容盼笑著搖頭。

林嬤嬤也不揭穿她，只道：「這孩子許是命貴，護著您呢。」

容盼低下頭，摸著小腹，沒有言語。

許是吧，在她肚裡就遭了這些大罪，以後怎麼疼她，都覺得不夠，對她而言，小禮物如何不貴重呢？

兩人久別重逢，又說了許多話。

容盼這才知道，兄長因雍王一役後，立了大功，現已是兵部左侍郎，然而後宮之中卻波瀾詭異，首輔孫女齊氏入主咸福宮，未有一子便封妃。

昭陽郡主也被指給齊廣榮的姪子，皇帝如此行局，越發是令人猜不透了。

容昐沈下心思，望向捉摸不透的窗外夜色。

正要回神，聽碧環快步走來。「太太，大人回來了。」

碧環下了樓，龐晉川正在書房褪掉繁瑣的袍衫，見她來，問：「太太呢？」

碧環朝他行了個萬福，低下頭道：「太太說小公子還在屋裡，她今日實在疲乏，便不過來請安了，問爺可用過膳了？若是沒用，叫婢女吩咐廚房做好。」

「累了？」龐晉川微微蹙眉。「今日太太做了何事？」

碧環如數家珍。「早起看了會兒書，陪大公子作畫，午後歇息後，起來澆花，在院中走了幾圈，後小公子來，太太親自給小公子沐浴更衣。」

「走了幾圈？」他換好一件薄衫，因著夏日，後背起了密密的蕁麻疹。來旺撩開，替他上藥，只瞧那裡被抓得一片通紅。

「回爺的話，走了三圈，腿比昨天又腫了些，太太就不肯走了。」碧環回道。

「晚膳可用得多？」

「有小公子在，吃得也比平日裡多，多進了小半碗的米粥和一碟肉鬆豆腐。」

「知道了。」龐晉川頷首。

碧環見他沒有再囑咐，便躬身退下。

來旺又上了一會兒藥，才替他拉下對襟的薄衫。

龐晉川站起，撫了下衣冠。

來旺問：「爺今日走了許多地，官服又厚重，捂了一身的痱子，加之這南澤地處濕熱，今夏蕁麻疹比以往出得都多。以前都是太太備好了藥膏，用得極好，等會兒小的上去和太太說說。」

「多事。」龐晉川出了書房，往容昐屋裡走去。

房門是打開的，掛著一條翠綠色的門簾，隨著風不時的飄動，若再站近了，還能聞到屋裡的馨香。

龐晉川心情稍好，婢女見著他連忙撩簾通傳。

「太太可睡下了？」龐晉川問。

婢女連忙回道：「太太還未睡下，但正在沐浴。」

龐晉川點了點頭，皂鞋跨進門檻，屋裡正侍候的婢女見是他，連連俯身請安。

龐晉川先去了床邊。

素色的床幔緊拉下，雕漆的羅漢床底下點了驅蚊香，不知她往裡頭又加了什麼香草，一點都沒煙燻味，倒有些水果的清香。

龐晉川撩開床幔，往裡看去，只見小兒睡得滿頭大汗，他的兩隻小手伸出了薄被，小嘴呼呼的嘟著，身側放著一條繡著荷葉的軟帕。

龐晉川知道是她的，便取了，俯身抱起小兒，將小兒額上和後背的汗都細細擦了乾淨，隨後放下，替他捏好被子。

屏風後，傳來唏哩嘩啦的水聲。

龐晉川將繡帕收入袖口之中，走上前，啞聲道：「沐浴後，不要再看書了，早些睡。」

裡頭停了一會兒，才傳出她的聲音。「好，您也早些歇息。」

龐晉川抿了抿嘴，挪動步伐想要上前，但裡間又傳來了水聲，他站了一會兒。「妳洗，我走了。」他轉身跨步出去。

容盼靜靜的坐在水中。

直到他的腳步聲消失了，才從水中站起。水滴從圓潤的小腹上滑下，小禮物翻滾了一下，肚皮癢癢的。

正給她擦拭身子的秋香摸到胎動，驚喜不已。「太太，小姐動了！」

門外，龐晉川腳步一頓，駐足傾聽。

「呆子，肚裡有孩子自然是會動的。」屋裡，傳來她格格的笑聲。

龐晉川嘴角也勾起了笑意。

這一夜，竟睡得極好。

翌日，醒來，天色已是大亮。

龐晉川下了閣樓，見大廳之中，小兒蹬著腿坐在她身旁，小手上拿著剝了一半的雞蛋，大口大口咬下，大眼四處滴溜溜轉個不停。

他吃了一半，咬到了下面的雞蛋殼，小嘴一嘟，耍賴。「太太，有殼！」

容盼正喝著小米粥，斜眼。「自己動手後面一句是什麼來著？」

小兒極度糾結，偷偷轉向旁邊大哥碗裡剝好還未吃的雞蛋。長澧略有感應，將小碟往旁邊挪去，小兒這才耷拉下腦袋。「自己動手，豐衣足食。」

「嗯，自己剝，我覺得你可以。」容盼不慣他這毛病，正低頭，忽聽長汀大叫：「父親！」說著已經衝了過去。

龐晉川摸摸他的頭，望了容盼一眼，把他手裡的雞蛋拿過來。「什麼時辰起來的。」

「寅時正，起來已經默了書，寫了兩個帖子，給太太請安了。」小兒笑道。

「嗯。」龐晉川走到桌前，秋香上前安置了一副碗筷，龐晉川把小兒的雞蛋都剝完了，問：「放哪兒？」

小兒兩手捧著一個碟。「這兒。」

龐晉川放了進去，回過頭又拿了一顆雞蛋，他的雙手修長乾淨，因常年握筆，右手帶著繭子，他剝了放到她碟裡，跟她說了今日的行蹤。「等會兒我要出門，傍晚才能歸來。」

「嗯。」容盼低下頭。

小兒瞪著雙眼在兩人中間看了又看，看了好一會兒，好像捉摸到了什麼，緊抿下嘴，悶不吭聲。

圓桌上，因著龐晉川的到來，顯得有些格格不入。

他今天吃得很慢，多半時間都在看她。

她與平常無異，斂目，一口一口。

待用到早膳結束，已是辰時，日上三竿。

龐晉川出了門，容昐也和長汀在屋裡換衣物，準備去港口。昨晚已問過長灃，長灃和小兒兩人不對盤許久，聽說小兒會去，在糾結了會兒後，堅定的表示不去了。

容昐沒有勉強，便帶了小兒出門。

南澤的港口，是容昐見過最美的。

在粼粼波光的海面，海鷗長擊蒼穹，小兒長於內陸，還從未見過如此浩渺無窮的大海。只這一眼，他所有的注意力都被這湛藍的海水所吸引，他用力的奔跑在海岸上，棕褐色的雙眸熠熠生輝。

容昐拉攏著斗篷，跟在他後面，小兒回過頭看她。「太太，這兒比京都還美。」

「是。」容昐笑道，小兒精力無窮，容昐喜歡在他臉上看到這種難掩的歡喜。

他一個人跑得很遠，跑累了就停下來休息一會兒，接著跑，等實在走得很遠很遠，看不見她了，他才停下，站在原地等她過來。

耳邊是海浪拍打著岩石和那呼呼的海風聲。

他一瞬不瞬看著路的盡頭，等了許久，才見太太出現在他視線之中。

小兒握緊了雙手，直直望她，待她走上前來，抽出帕子要替他擦頭時，小兒忽地一把抱住她。「太太，以後再也不要離開小兒！」

容昐一怔，心下微酸。

小兒大聲說：「就算以後是小兒……小兒走得很遠，您也要在原地等我，等我回來找您。」

容盼蹲下身，將他緊緊摟在懷中。「好，你跑得再遠，娘都會跟上。」

「就算不喜歡父親了，也不許不喜歡小兒！」他在她耳邊悄悄說：「我會喜歡您。」

他的不安全感，容盼感同身受，她內心深處就像有一條線緊緊連著他的心。

容盼沒有說話，小兒卻跑出她的懷抱，面朝大海，小手一揮，劃拉了無邊無際的大海。

「等我長大了，小兒給您在這裡建一座大大的房子！」

容盼實在雀躍不已，但這種難以言喻的歡喜，她不知該如何告訴他。

許久，她才望著他亮晶晶的雙眸，問：「你哪來的銀子？」

小兒頭高高的昂起，和那一望無垠的海平線連在了一起，他說：「我會像父親一樣，我會做得比父親更好，我會養您，養您到好老好老！」

「傻瓜！」容盼看著他，不由低聲啐道：「小瘋子。」

「您要信我！」他略有些炸毛，吼回去。

容盼不由捏住他粉嫩的小臉，左右拉開，轉了一圈。「娘不要你這麼辛苦，娘只要你好好的。」她稍一頓，最後輕輕的在他耳邊說：「娘等你。」

聞言，他才喜笑顏開，捂著微紅的兩頰，瞪了她一眼。

容盼又要伸出手，他連忙捂住後退，她被逗得不成，捂著小腹哈哈直笑。

「夫人！」身後忽有人叫她。

容盼和小兒轉過頭，只見周朝崢牽著實崇走來。

周朝崢見她身旁穿戴精緻的小兒，嘴角微微一笑，抱拳。「夫人有禮。」

實崇掙脫開他的手跑了上去，被冬珍攔下。「不可無禮。」

實崇咬牙踢腿。

容盼說：「冬珍，放手。」

實崇這才有機會朝她跑來，跑來就牽著她的手，小兒怒瞪而去，實崇也瞪去，但剛看了一眼，就驚住了。

「是妹妹？」

「……」眾人皆默，容盼轉過頭看去，只道周實崇的眼光實在有些偏頗。

小兒雖長得粉嫩可愛，但那雙凌厲上挑的眼睛和龐晉川卻是一模一樣的，只是今天通身穿的是大紅色的袍衫，加之跑了一會兒，兩頰似塗了胭脂一般，看著確實有些可愛。

「是哥哥。」容盼介紹道，實崇還有些不信，走上前去，站在小兒跟前。

一個三歲，一個五歲，他明明比小兒還矮了不止一個頭，但膽子極大的摸上他的臉。

小兒連忙退後，臉色糾結無比。

「實崇，過來！」最後還是周朝崢的低喚，才拉回了他的注意力。

實崇連忙朝自己爹跑去，周朝崢拉住他，朝小兒抱歉一笑。「這便是小公子吧。」這樣的小孩，玉般剔透、俊秀，確實不多見。

「是，昨夜剛來。」容盼說著，對長汀介紹了周朝崢父子倆。

「今日怎麼來港口了？」容盼問起。

周朝崢指著附近不遠的一處大船道：「外藩要的瓷器，剛裝上船，故以帶實崇來看看。」

容盼順著他的目光望去，只見碼頭的挑伕兩人抬一箱，踩著草鞋往船上走去。

「這一船的盈利大概多少？」

「大致一千兩。」周朝崢又道：「客商層層壓榨，稅賦加重，賺得不如往年多。」周家已是南澤較大的買賣人，涉及多項經營，但他並不是客商，客商多為外地富商或在朝中有人，他們僱了海船到外藩拉攏客源，回來再給專製瓷器的作坊下單，價格自是壓得極低的，以賺取其間的差價。

而府衙與客商，官商勾結，設置兩道稅坎，打擊民間商人，由此形成一道一道的利益鏈，還從未有誰打破。所以南澤看似富足，但其底下是層層盤剝，已是腐臭不堪。

容盼之前就曾想過這個問題，要想撇開，除非背後有更大的勢力操縱。

可南澤到底水有多深、朝中操縱之人是誰？她不清楚。

她想，龐晉川此行下南澤，停留了這麼久，說是為湖前開港做準備，卻可能意在南澤。

容盼沈吟了下，周朝崢卻抬手指向遠處，只瞧一男子飛快的朝他們跑來，待他走近了，才見是來旺。

「太太。」他上前，身一躬朝她跪下行了個禮，容盼虛抬一手，他道：「爺在前頭的馬車上，讓您過去。」說著盯了周朝崢一眼，望向一旁的長汀，咧開一個討好的笑容。

長汀望向遠處，眼睛忽地一亮。「父親。」

容盼和周朝崢望去。

龐晉川緩步走來，面容平淡，眉間顯得有些疲倦。

「怎麼不多穿些衣服再出來？」他皺了眉，看見她穿了一件軟綿的杭絲絹薄衫，海風撩起披風，把她的衣袖吹得鼓漲。

容盼道：「晚上才冷，現下還熱得很。」

「懷了孩子了，就不該任性。」雖是質問的語氣，但聲音卻很是柔和，難得的溫柔聽得小兒咂舌。

周朝崢斂目，退開三、四步距離，朝龐晉川抱拳。「龐大人。」

「煥辛也在啊。」他淡淡點頭，顯然不太在意。

周朝崢這麼大一人，若說沒看見，那眼力大概不濟，可龐晉川顯然是不願在這兒見到他。周朝崢如何不知，當下也不願多停留，又說了幾句客套話便抱拳離開。

港口上，一家三口並排而列。

容盼牽著小兒，他就走到另一邊牽起他的手，小兒覺得夾在中間有些難受，但又逃不開，只得陪著兩人走下去。

「父親，我們回去嗎？」小兒不捨的望著大海。

「問你太太。」龐晉川說。

小兒依言又問了一次，容盼回道：「快到午時了，日頭要大了，等會兒中暑了別哭，得回去。」

小兒點點頭，龐晉川忽然說：「小兒，昨夜睡得可安穩？」

小兒很糾結，昨夜睡不睡得好，他都睡著了，怎麼知道呢？父親明顯不是問他，是要和太太套話！

「太太，您說我昨夜睡得好嗎？」他又望向娘親。

容昐道：「你昨夜睡得跟小豬一樣，老往娘親懷裡拱，差點踢到小禮物了。」

「哦，太太說我睡得很好。」小兒又轉過頭望父親，轉得他累死了。

龐晉川聞言，惡狠狠瞪了一眼小兒，小兒縮回頭，喃喃道：「什麼嘛，瞪我。」

「那今晚就搬出去睡，你自己的屋子昨夜就已收拾出來了。」他沈下聲，有些擔憂的望向容昐的肚子。

小兒立馬噎住。「想和太太睡。」

「不行。」

「……」卸磨殺驢，也不該這樣快吧，小兒表示很鬱悶。

三人已經走過港口，馬車就停靠在那裡，龐晉川先將小兒抱進車裡，待容昐也要進去時，他忽然拉住她的手，往後一拽，容昐掙了幾次，沒掙開，怒極瞪去。

他卻一把將她抱起，容昐這才看見不遠處還停靠著一輛更寬大的馬車。

「快放開我。」她用力推開他的懷抱，笨重的肚子被他小心的避開。

龐晉川越發緊摟住。「肯和我好好說話了！」

第三十六章

車廂極大，大致能坐四、五個人，鬆軟的墊子鋪在車廂底部，中間擺著一個桌案，上面有筆墨紙硯，有公文，還擺了她愛吃的酸梅。

龐晉川就把她生拉硬拽的抱上了馬車。

兩人都喘著粗氣，互相瞪著對方。

容昐是氣急了，這人臉皮太厚，明目張膽；而龐晉川是這幾日難得的在她臉上看到活色生香的樣子，捨不得移目。

「這幾日氣該消了吧，咱們坐下，好好說話。」他低聲問，湊上前，細細的看著她的明眸，嘴角微微勾起一抹笑意。

容昐往後退，側目。「你要和我說話，又何必擄我到這裡，小兒看見該作何想？」

「我若不這般，妳肯理我？」龐晉川笑問她。

容昐噎住，許久才問：「你做了何事，我為何不理你？」

龐晉川嘴角一僵，笑容頓失。容昐認真的盯著他，甩開他的手扶著小腹，笨拙的移動身子要下車。

「容昐。」龐晉川叫住她，容昐回過頭望著他，他問：「妳何時這般尖銳了？」

容昐低下頭，沈思著，透亮的珍珠耳環在她耳邊微微泛著亮光。

她想了許久，也想了很多事。有宋芸兒，有二房，有姚梅娘，有雍王，她不是個愛記仇的人，很多事她不願意耿耿於懷。甚而，在她和長澧被俘的時候，她希冀過他能來救自己的。

她想，如果能逃出來，能活下去，她就能忘記過去，可龐晉川千不該萬不該，不該在她最艱難的時候捅了她一刀。那日自己情緒到底有多崩潰，多數細節都記不清楚，但那種滅頂的絕望，有生之年是不會忘記了。

容昐深吸一口氣，抬起頭，望進他眼底。「您覺得我問錯了，那我就不問了。」

「胡鬧。」龐晉川深吸一口氣，微微嘆氣。「如何不讓妳問了？」他上前去，緊緊拽住她的手。「只是她與妳我不過是無足輕重的人。」

「誰？」

龐晉川閃避她的目光。「萬蘭兒。」

容昐聽後，便不再言語。

「容昐，自妳有孕後，我禁慾有半載了。」他伸出手，捏住她的下顎，強迫她抬起頭，與他平視，龐晉川不喜歡她這種疏離的神情。

容昐靜靜的聽著，只覺空氣都沈滯了許多。

龐晉川認真看她。「我想要妳，可妳身子不適承歡。我也與她只有過一次。」

男人啊，多半都是自私的，越是有錢有勢的男人越是不會委屈自己，外面誘惑多了，她有孕了，都是他不得已的藉口。

容盼很想反駁他，但她又有什麼立場來要求龐晉川始終如一？

龐晉川是徹頭徹尾的封建士大夫，他所受到的教育也是三妻四妾，子孫滿堂。他對她的解釋已然是最大的讓步了，她若是拒絕可是不識好歹？容盼只覺得心底一陣陣的無力。

龐晉川握住了她的手，容盼抬起頭，兩人的目光相遇，他摸上她的臉龐。「別氣了。」他不斷摩挲著，許久未曾碰她，他的雙手有些發抖。

「容盼……」他低喃著靠近她，目光灼灼，好似一片烈火要將她燃成灰燼，即便是燒成灰了也不放，這種炙熱的情感很快帶動了他的動作，龐晉川鎖住她的後腰，將她推向自己，俯下身。

容盼顫抖著睫毛閉上眼，龐晉川的氣息滾燙猛烈。

她覺得自己可以忍下來，但在他的雙唇觸碰在她唇上時，腹腔內一陣劇烈的翻滾，讓她猛地推開他的擁抱。

「唔……」

龐晉川一怔，容盼伏在車邊不斷作嘔，他連忙上前替她撫背，一下又一下。「怎麼回事？」

遠處站著的秋香等人見著，連忙靠過來，碧環從小兒的車上拿了水。

「別、別碰我。」容盼連忙擺手，嘔得眼淚都出來了，還沒消停，小禮物這時也不安分，因為她趴著，肚子被壓著，許是難受，一個勁兒的翻騰，容盼不得不讓人攙她起身。

「太太，如何了？」秋香擔憂問：「怎麼都六個多月了，還吐得這般厲害？」

容盼半睜半閉目之間，不著痕跡道：「許是中暑了。」

秋香摸上她額間，因著有孕，體溫比旁人略高，再瞧她面色蒼白，秋香也不疑有他。

「太太可要飲水？」秋香問，容盼點頭，漱了口又喝了一小杯。

龐晉川正要掏出容盼衣襟上的繡帕，替她擦拭嘴角的穢物。秋香卻極為熟練的給容盼擦好，全程他被排除在了外面。

「回吧。」當車簾被撂下時，容盼道。

龐晉川啞然的收回手，望著她的面孔許久，突問：「妳剛才為何作嘔？」

「有時也會這樣，只是不常有。」容盼說，龐晉川笑了笑，緊緊握住她的拳頭，臉色晦暗不明。

那話瞞得過別人，許是瞞不過他了。

夜裡，容盼沒讓小兒一起睡了，他睡相不好，小兒賭氣了一會兒，要求摸摸小禮物的動靜。

小禮物很給面子，在他靠在娘親圓滾滾的肚皮上時，輕輕的波動了一下，似條游泳的小魚又悄悄游走，小兒驚喜不已，很快代入了做哥哥的角色，圍著她的肚皮親了又親，親了又親，還強行給小禮物讀了一篇老長的之乎者也。

小禮物明顯不太捧場，沒動一次，小兒在失落了很久後，抱著他的書回了自己屋裡。

龐晉川沒來，回驛站時收到皇帝的密函，便一頭栽進書房裡，只有她在喝藥時才命人提醒。

此後幾天，他忙，幾日沒歸，只有夜裡在她睡下後才回來。來旺每日卻按點按時來報說他的行程。

卯時入府衙，翻看卷宗；辰時，接待了幾個重要的南澤客商；巳時，進了一碗小米粥，吃了兩塊酥餅和一盞普洱茶；到午後又開始辦公了，去了碼頭，直至亥時正，才回驛站休息。

南澤的事已進入收尾的階段，皇帝叫他儘快歸京，容盼也收到了幾封來自顧府和龐府的家書。

在離開南澤的前一晚，南澤上上下下州府衙門官員為龐晉川送行，照例是要應酬晚宴的。

容盼亦要出席。

她坐在鏡檯前，頭上寶髻巍峨，累絲金鳳釵，珠翠堆滿，胸前繡帶垂金。

秋香替她畫了一個遠山黛，塗了面脂，唇上稍上了一些紅口脂，其後抱來了大紅遍地金羅對襟衫，裡面是同色的穿花鳳縷金裙，腰間束著金鑲寶石鬧裝（注），通身打扮下來，足足花了半個時辰還不止。

龐晉川推門而入，穿的是官服，修長的身姿挺拔異常。

容盼由著秋香扶起，他上前一步，拉住她的手，上上下下打量了她一番，眼中滿是驚

注：鬧裝，以金銀珠寶等飾物裝飾的腰帶。

豔。「好看得很。」說著摸向她小腹。「沒鬧？」

「嗯。」容盼點點頭，龐晉川見她臉色紅潤，這才放下心。

酒宴設在船上。

還沒到傍晚，原本熱熱鬧鬧的湖面已被肅清，只見岸邊停靠著兩艘大船，一艘侍立著穿補服的官員，以南澤知州裘柏為首；一艘皆是銀奴巧婢，香味撲鼻，外頭是一干夫人等候在此。

龐晉川放開她的手，低聲道：「晚上回去還要吃藥，不用吃酒。」容盼點了點頭，正要走，龐晉川忽問：「妳可有要與我說的？」

容盼望向他，他眸色極沈，卻有星辰閃動。

四周侍立的人紛紛望向兩人，神色曖昧。

恰逢一陣清風徐徐吹來，兩人衣袂捲在一起，容盼有些尷尬。「快放手，旁人要看見了。」

「妳顧著旁人做什麼？」他笑問：「就沒有要與我說的？」

容盼被他纏得受不了，只得道：「您少飲酒，易醉。」

「好。」他一口應下，眉開眼笑，這才肯放開她。

兩人，分道而行，皆上了大船。

容盼這邊，眾人在人群之中讓出一條大道，紛紛朝她行禮。「夫人萬福。」南澤最大官員也不過五品，容盼是二品誥命，眾婦人皆未見過誥命夫人，眼下容盼手一抬，紛紛悄悄拿眼覷她。

聽聞娘家是京都的顧府，門第也是極盡顯赫。

再見是位二十左右的年輕小婦，長得容姿秀麗，挺著一個圓滾滾的小肚，由俏婢簇擁其中，雖是面容可親，但那抬手之間，不由讓人心生一絲敬畏之心。

與那龐大人卻是極適合的。

容盼只是一笑，上了船。前方，龐晉川所在的那艘已經開了。

待她坐定了，這船才緩緩劃開水波慢行。

她坐主位，其下命婦按照等級依次而坐。

只聽得水聲和著那歌舞聲輕輕揚起，淡綠色的水袖緩緩飄舞，兩側而入的婢女依次端盤子上菜。

「夫人，妾身乃五品知州之妻秦氏，特意備上薄酒一杯，不知夫人用著可喜歡？」左下首是個三十多歲上下的婦人，神色精明，說話極快，戴著鬏髻杭州攢翠雲子網，露出四鬢，上插金釵。

碧環俯身在她耳邊低聲道：「秦氏乃禮部侍郎之女，裘大人是其門生，及第後將秦氏許配給了裘大人。」

容盼眉目微挑，不露聲色的端起酒杯，朝她一笑。「裘夫人有禮了，酒宴極好。」說罷略微含了一口。

秦氏捂嘴嬌笑。「如此妾身便放心了。」

其後由她引薦，婦人逐一上前叩拜。

酒宴氣氛越發高漲，順著那一路的清風和著冉冉上升的明月，推上了高潮。

容盼沒吃酒，酒早被換成清水，她吃了一些，因著孕期的緣故，正要起身解決內需。卻見門口快步走來一俏麗婢女，她上前對著秦氏行了禮，秦氏道：「這是龐夫人。」婢女轉身朝容盼跪下，秦氏解釋道：「這是我家婢女，恐有急事。」說罷又問：「何事這般匆忙？」

婢女面色帶些猶豫，被秦氏催了一回，才道：「不知是何人，竟把粉頭迎上了大人所在的船。」

秦氏皺眉。「哪個粉頭？」

「是桐花巷的萬蘭兒，說是抱著琵琶上前彈曲兒。」此話一出，船內眾人竊竊私語起來。

秦氏雙目炙紅，咬牙切齒道：「這個淫婦！」

容盼叫碧環去船頭看看，碧環快步走去，果真見一青衣女子抱著琵琶信步緩緩登上甲板。

秦氏氣道：「夫人許是不知，這萬蘭兒是南澤出了名的淫婦，仗著自己有幾分姿色，對著男人搔首弄姿。」

容盼淡淡一笑。

那邊，只聽得鑼鼓聲驟停，一曲琵琶緩緩傾瀉而出。

容盼坐下側耳細聽，慢慢揀了一個果子塞入嘴中。

那日沒聽清，再聽一遍，心下感觸頗多。只那曲才撥了幾聲響，便停了下來，似被人強行喝令停住了，隨後不久便聽到那邊好似一陣哭聲。

「怎麼回事？」秦氏起身指著婢女大聲問。

婢女亦是不知，連忙出去叫人探聽，不過一會兒的工夫才回來，告道：「聽聞龐大人不喜，剛撥弄了幾根弦就喝令停止了。」

秦氏連道：「快趕出去，待我等會兒追查那管事。」

這個小插曲，很快就被人拋諸腦後。

酒宴行到月中天，容盼以身子不適，先行一步離開，龐晉川還在應酬，她下了甲板，秋香替她披上斗篷，蓋好寬大的帽子，沿岸早就有馬車等候，容盼鑽進去，馬車沿著岸邊穩步跑去。

回了驛站，她一邊解開斗篷，一邊往長灃屋裡走去，他已睡下，蹬了被褥，容盼替他蓋好。

回屋，卻見床裡躺著一個小人兒，呼呼大睡。

不是小兒是誰？

「要叫醒小公子嗎？」容盼沐浴後出來，秋香又拿了一條薄被進來問。

「不了，今晚就這樣吧。」容盼按住僵硬的肩膀，左右轉動了下，忽聽樓下傳來聲響，不過一會兒就聽到上樓的聲音。

龐晉川推門而入，醉眼迷濛，直勾勾的望著她。

「下去。」他擰眉喝令。

秋香忐忑的望向容盼，容盼點點頭，她才領著眾人下去。

龐晉川步履凌亂地走向她，踢倒了圓凳，要拉她的手，容盼望了一眼身後的小兒，便伸手遞出去，他一把緊緊拽在寬大的手掌心中間就不肯放。

「不許氣了。」

說了這句，就悶頭倒下，容盼被他帶了幾圈，也坐在了床上。

看來酒喝得不少。

容盼替他脫了靴子，蓋好薄被，父子兩人悶頭睡得極熟。一模一樣的眉，一模一樣的眼睛……

她支著頭看了一會兒，離開，往閣樓下走去。

到底意難平。

六月十五，龐晉川、容盼、周朝崢一行人沿水路歸京。

一路隨走，至七月初五才到。

下了船，龐國公府的馬車早就於碼頭等候，容盼疲倦得不行，坐入車內不一會兒就昏沈睡去。

龐晉川送她回府後，看她安頓下來，就帶著周朝崢進宮面聖。

一連幾天未見龐晉川和周朝崢的身影，實崇便寄在龐國公府之內。長灃性子靦覥，不愛與人交流，又因之前是吳氏撫養長大，所以極度不討大夫人喜歡；而小兒性格雖活潑，也極得大夫人寵愛，但他早已離開後宅許久，搬於龐晉川書房的隔壁院中，這一來一回便要半個時辰的工夫。

實崇乖巧，又懂得撒嬌，很快小兒的位置就被實崇頂替下，搬入了大夫人的碧紗櫥內住下。

而在他們回京後的半月，朝野爭鬥急劇擴大，始於一封國子監生的狀令。國子監生王石讓擊登聞鼓（注），狀告禮部侍郎秦懷安等貪污受賄、科場舞弊、擾亂恩科，要求復查京都貢院試卷，以求公道。

龐晉川受理，然卷宗剛封存還未調出，鎖管歷年科考試卷的集才樓失火，一夜之間試卷焚燒殆盡。

皇帝震怒，下詔貢院一百九十八名落第考生與三十六名中第者複試，由他親自主持，結果原本前三甲所作之卷材最陋，對問失次無章，而之前落第的考生之中，以王石讓為首的三名考生中榜取魁。

張榜後，朝野大譁，秦懷安降職，錦衣衛細查之下又揪出他貪贓枉法罪證，僅京都一處便購置大宅數十棟，地皮無數，抄家後搜查出名師字畫、金銀珠寶百餘箱。

南澤知州裘柏乃其門生又為女婿，皇帝下令撤職，回京受查。

注：登聞鼓，懸掛於朝堂之外，臣民欲諫議帝王或陳訴冤屈可擊鼓直訴。

翌日，御史上奏，首輔齊廣榮為秦懷安恩師。齊廣榮聞言，立刻請辭首輔之職以示清白。

皇帝不准奏，以誣告之責，撤御史之職。

震盪了朝野一月的科場舞弊案至此結束，但容盼隱隱覺得還未完。

皇帝讓龐晉川下南澤為湖前開港做準備，可龐晉川只下了南澤後便歸京，此行目的到底是何？裘柏背後是秦懷安，而秦懷安是齊廣榮的門生，容盼猜測，皇帝的目標是齊廣榮。

齊廣榮胃口太大了，將整個南澤抓於自己股掌之中，但皇帝為何至此就收手了？

容盼想不清楚，也無力去想，她自己都自顧不暇了。

回京後的一日早晨，她晨起時，覺得反胃噁心，吐後嘴巴裡乾澀發苦。剛開始以為只是尋常的孕吐，但幾日後這種情況不僅沒有消失，反而越來越嚴重。請了太醫，太醫只道是胎兒過大，頂到腹部，不利消食。

但容盼覺得不對，可也不知道問題出在哪裡。

「怎麼吐得這麼厲害？」龐晉川緊盯著她，快步上前，他輕輕撫摸她的背部。

「爺。」眾人行禮。

今天，才傍晚，他就回來了。

自回京後，龐晉川住進了朱歸院。容盼以孕期不適為由拒絕同房，龐晉川就搬到東廂房去住，但每天只要回來都會到她屋裡轉一轉。

容盼正趴在床沿上吐得臉色蒼白，桌上是剛用完的晚膳，還來不及收拾下去。

容盼使勁推了他一把。「現在別碰我……唔。」剛吃完的東西全嘔了出來，吐了一會兒，才漸漸止住，冬珍連忙上前將她扶起靠在床頭，身後早備好了軟墊。

龐晉川伸手摸進薄被之中，摸向她的小腹。

好像就這幾天沒摸，一下子又大了許多，明顯能感到摸著有些硬。

「請了太醫沒？」他替她蓋好被子。

容盼疲倦的看了他一眼，又重新合上眼點點頭，眼底泛著青黑，白皙的面容下透著蠟黃。

冬珍上前道：「秋香姊剛送太醫出門。」

「嗯。」龐晉川嘆了一口氣。「妳別擔心，我已啟奏聖上，自宮中請產婆。」

容盼喘息著，喝了一口熱水，才道：「我不放心別人，還需再請幾個我相信的，以前替我接生小兒那個就很好。」

他順手接過她喝完水的碗，雙手輕輕安放在她腹上，一遍又一遍的撫摸著，許久，忽道：「讓妳受苦了。」

容盼笑了笑，搖搖頭，已無力再去說些什麼了，他們兩人做夫妻做了這麼多載，彼此是什麼樣的人不都知道？

他要的何時沒得到過？只有她一步一步不得不妥協，可如今到了這步，孩子是不得不生了，但有些話，也是不得不說清楚的。

容盼從薄被之中伸出手，她的手很冰涼，輕輕的蓋在他手背之上，細細摩挲了許久，也端詳了許久。

他的手很修長，骨指分明，人說這樣的人是極有福氣的，他確實很有福氣。

龐晉川幽眸閃動，緊緊地盯住她的眼，她朝他一笑，雖只是尋常的一個笑，卻讓他覺得極美。

他將她的小手握在掌心之中捧起不斷的親吻，力圖撇開心底的不安。

容昐深吸了一口氣，撫平內心的躁動，柔聲道：「你我是少年夫妻，晉川，我曾經是真心實意想跟你好好過的。」

「我知道。」龐晉川聲音嘶啞。

容昐深深的望著他。「許多話，我憋在心底已經許久，以前不和你說，總是因為心裡憋著一股氣，不屑和你說。」

「妳說，我想聽妳說話。」他抬起頭看她，一瞬不瞬，此刻他眼中也就只剩下她。

「我愛過你。」

龐晉川怔怔望著她。

容昐用極輕極輕的聲音和他道：「你或許已經記不得了，那也是許久之前的事情，我自己也都快忘記有那樣一段日子。」

回憶起往昔，她的眼神有些迷茫也有些清亮，她道：「還記得當年你去宋芸兒屋裡，我纏著你不放，後來被二夫人罰跪在佛堂的事嗎？」

龐晉川想點頭，可那些卻毫無印象。

他深惡痛絕自己的遺忘。

容盼低下頭。「我不是為了爭寵，我是真的善妒。我嫉妒過宋芸兒，我厭惡你的小妾，也厭惡你的庶子庶女，可我不得不隱藏在心底，我知道你不喜歡這樣，所以我花了好多心思想方設法的纏住你。」

「胡說。」他也跟著笑道：「妳如今怎麼不繼續纏著我？」

容盼忽吃吃笑起，笑得淚花順著眼角流出，她捧住他的手，低聲道：「累了，纏不動。」

「那我來纏著妳。」龐晉川告訴她，將她摟在懷裡。

容盼搖搖頭。

「在我流掉孩子後，因為厭惡宋芸兒，所以我在她茶裡下了絕子藥。

「為了奪回長灃，是我讓阿蓉在他藥裡放了芝麻碎，栽贓給徐嬤嬤。

「何淑香臉上的燙傷是我故意用茶潑上去的……還有在這個院子裡，我也殺過人。」

容盼一件事一件事，慢慢的都告訴了他，龐晉川聽著。

她的手被他緊緊拽在手裡，他抓得很用力，容盼笑道：「你不要怨恨我，但凡我有一點辦法，我不會選擇這條路。龐國公府的長媳之路太難了，我又如此的貪心……」

「容盼，別說了。」龐晉川渾身異常難受，他低低求她。

容盼扶額，情緒有些失控，她深深的呼出一口氣，穩定了情緒，才繼續道：「在雍王府，我和長灃一直希望你能來救我們，後來逃出去，被周朝崢救下。在南澤的日子，我過得很辛苦，跟一場惡夢一樣，控制不住我自己的脾氣。」

龐晉川緊緊摟著她。「妳怎麼不與我說？」

「我真的不知道我是病了。」她輕聲道：「你找到我的時候，我在想，咱們好好過日子吧，以往的那些事我也不願去想了，可你不該在我那麼難的時候狠狠捅了我一刀，說到底我最怪的還是你。」

她的感情從來很簡單，她也不多奢望，可這些事，他辦不到，她也不願意再去說了。

如今，不知道還有沒有以後。

龐晉川給了她一刀，她到底也得補回來。

「容昐，顧氏……」

容昐坐起來，伸出手摸上他的側臉，看著他難受，她心底是從未有過的平靜。

「你欠我太多，還不清。咱們也糾葛得太深，從嫁給你後，我一路爭，一路走，一路想成為和你比肩的女人，可走到現在，我再回頭，從前我是什麼樣的，許多都已經記不起來了。」

她低聲一嘆，龐晉川略微的發抖，一種從未有過的恐懼感迷茫他的全身。「還來得及，不用妳爭，不用妳搶，我拉著妳，我拉著妳再也不會放手了。」

容昐搖了搖頭，望向窗外的鸚鵡，落日的顏色給它披上了一層淡淡的金色，小兒知道她總是一個人，所以總是送鳥給她。

龐府裡的鳥，他眼巴巴送到了別莊，後來鳥死了，他又給送來了一隻。

這個孩子是她的牽絆，可也給她帶來了很多的歡樂。

如果沒有小兒，她絕對不會和他走到今天。

容盼低聲道：「不管這一胎如何，日子總要過下去，你深受皇帝寵幸，前途無限。我若活下來，就替你好好守住這龐國公府……若我不幸，還求您不要再娶繼室了。」

龐晉川一下子蒼老了許多。

以而立之年位極人臣，妻賢子孝，前途無量，世間的榮華都集於他一身，可得到的太多，遺忘的也多，等他回過頭，她早已走得很遠。

是他設計她有孕，是他求她再生一個女兒。

為了他的仕途，為了他的家族，他把能利用的東西都利用了，可最後獨獨對她卻後悔了。

「容盼……」他張開嘴，想求她，可求什麼，他自己也不知道。

只覺得莫名的諷刺。

「好。」龐晉川將她的手抓到嘴邊不斷親吻，她的手瘦得硌人，手背上能清晰看到青紫的血管。

他想抓住她，很用力的抓住她。

但龐晉川明白，他這次或許掙不過了。

他溫柔地望進她依然明媚的雙眸。「妳要的我都給妳，妳要好好的生下孩子，好好的為了孩子活下去。」

「好。」容盼問：「若你食言了如何？」

她不信他。

龐晉川難過一笑。「若我食言，不得好死。」

「人若死了，這些榮華富貴到頭來終究不過是一場空夢。」她輕聲道，龐晉川一怔，直直望著她。

容盼卻轉過頭望向庭院之中，夏花已逝。

兩人走到這步，都已是無可奈何。

小兒每日不再被龐晉川束著跟著夫子讀書，他允了小兒半天的假。有小兒在身邊，容盼不敢多吃，她不想讓他看見自己的難堪。

那隻鸚鵡，小兒開始教牠背書。

先是賀知章的〈回鄉偶書〉，那隻鸚鵡蠢笨得很，學了四、五天還只會背：少小離家老大回，鄉音無改鬢毛衰。

小兒就氣急了，每次鸚鵡背完就要接下去，強迫牠學。

鸚鵡也有脾氣，有一次狠狠啄了小兒一口。

小兒委屈的跑來跟她撒嬌，容盼知道他輕易不撒嬌，只這些日子碰到這樣的鸚鵡，實在是氣悶了。

容盼替他吹拂完，小兒就賴在她懷裡，摟著她的胳膊，母子兩人坐在院中樹底下，一起抬頭看著湛藍的天空。

「小兒，你要學會長大。」容盼是這樣告訴他的。

「可我還小呢。」小兒輕快答應。

容盼摸了摸他鬆軟的頭髮。「娘希望你能成為有用的人，要勇往直前，不要回頭。」

小兒抬起亮晶晶的眼睛，覷了她一眼。「太太！」

「什麼？」

「為什麼不要回頭？」他還小，不懂得。

容盼笑道：「回頭了，很多事看清了會後悔，娘不希望你後悔。」

「我不回頭。」小兒跳下凳子，跑出去，一路跑，跑得涼風颳起他銀白色的袍衫，像一道極亮的閃電。

容盼緊緊的盯住他，看著他跑出了朱歸院的門，停在門口，蹦蹦跳跳的回過頭。「娘，我只回這一次頭。」

「別回頭。」容盼笑道。

跑吧，跑遠點，跑得快快的。

小兒嘟下嘴，有些不解，但還是笑道：「好，等兒子教會那隻蠢鳥，娘得答應兒子一件事，兒子才不回頭。」

兩個人，一個站這麼遠，一個又坐在院子裡，秋香逗弄著那隻傻鳥，對小兒說：「小公子回來，太太聽不到你說什麼了。」

小兒點點頭，飛快跑回，坐在她身邊。

容盼抽出絲帕，擦掉他額上的汗水，笑問：「答應你什麼事？」

「唔？」小兒歪著頭。「不知道，但太太先答應了再說，等兒子什麼時候想起來了，再告訴太太。」

「好。」

小兒依偎在她懷中，望著天，他喜歡在母親懷裡撒嬌的感覺。

第三十七章

和容盼猜想的一樣，皇帝並沒有收手的打算，但那火勢卻很快蔓延到了顧家。

在禮部侍郎秦懷安倒臺後，南澤知州裘柏隨後被革職，當年牽連科考的考官一律削官貶為庶民。

皇帝還別出心裁，叫秦懷安日日戴著枷鎖去貢院門口跪著，背四書五經。

容盼私下裡對林嬤嬤說起。「如此行徑，可見皇上是睚眥必報之人。伴君如伴虎，萬萬不可得罪。」

林嬤嬤卻不管這些，她只一個勁的想辦法調整容盼的身體。

八月初六，內宮之中傳出齊廣榮之女明妃有孕之事，皇帝大喜，晉封明妃為明貴妃，皇后進言勸阻，皇帝當面怒叱皇后善妒。

齊廣榮初聞，驚恐不已地進宮請罪。

隨後明貴妃上祈罪責，自請罪於皇后，皇后賜一串佛珠安胎，明貴妃得後腹痛不止，當晚落胎，御醫查出佛珠內含麝香。

皇帝震怒，怒斥皇后，太后出佛堂，上言皇后乃太子親母不可廢，此干戈才稍許平息。

但不日後顧氏父子皆被貶謫，其中顧弘然尤為之重，離職出京至東陽。

東陽乃西北邊境，人煙罕至。皇帝旨令一到，片刻都不許多留。

顧弘然要走，容盼勢必要送的。

這日一早就起來，梳洗打扮好，隨龐晉川上了馬車，往城門去。

此刻剛至清晨，楊柳垂於留橋之上，底下是潺潺的護城河。

二人所乘的馬車飛快的駛出了城門，待兩人下了車，遠遠見顧弘然和黃氏站於柳樹之下，他們身後只跟著一輛馬車，顧霖厚見到容盼，飛快地奔上前抓住她的手，長灃和小兒也下了車。

顧弘然道：「霖厚，帶著表弟去樹底下玩。」

餘下三人皆是心領神會。

龐晉川攙扶著容盼往前走，顧弘然有些擔心的看著她極大的肚子，問：「如何又來送行？聽牧之說這些日子還吃著藥？」

容盼微微掙開龐晉川的手，上前笑道：「還吃著，但好了許多，再調理看看。」

「嗯。」顧弘然頷首，他細細打量著容盼，她臉上再也看不見當年那個稚氣未脫的小女孩身影，做了母親，經了許多事，嘴角笑意越發柔和，然眼中堅毅之色好像這幾年越發盛了。

他擔憂容盼的性格，過剛易折，不由囑咐道：「此去也不知何時能歸，妳還需保重身體。凡事想開些，若想不開，退讓一步，海闊天空也是極好。」

龐晉川幽幽的望著兄妹兩人，眸色濃重，他默默的走上前牽住她的手。

容盼回過頭望了一眼他，神采奕奕。「兄長放心，我信否極泰來！」

顧弘然點了點頭，看向龐晉川。「剩下的，就靠你了。」

「是，兄長。」

「如此我就放心了。送君千里終有一別，莫要相送了。」顧弘然朝兩人揮手止步，黃氏叫顧霖厚回來。

容昐看著他們登上馬車，清晨迷霧漸漸散去，迎著前路，是冉冉昇起的旭日，火紅的火球照亮了天際，衝破了迷濛的前路，馬車漸行漸遠，在周遭大樹遮掩之下，最後再也看不見了。

她收回目光，看向手中緊緊拽住的八寶瓔珞。

她沒送出去的，因為她相信，顧家不會倒下，顧弘然還有再回來的一天！

八月初十，因太子感染風寒之事，皇后再受斥責。

十二日，皇帝出宮行獵，隨行官員僅齊廣榮一人。

十四日，聖駕歸來，皇后有病未能迎駕，明貴妃領眾妃嬪等候於乾康門外恭迎。

所有的矛頭都指向了皇后，彷彿下一刻皇后會倒，顧家會倒。

容昐只一味的養胎，安心的等著小禮物的出生。在這個政權交替的時候，連自己眼睛所見、耳朵所聞之事都可能是假的，她只要看見龐晉川在忙碌，依然深受皇帝恩寵，她就有一股底氣！

一早大夫人那邊就請她過去。

「妳近來怎麼瘦了這麼多？」大夫人正看婢女給實崇餵飯，見她來，招手喚她過去。

容盼扶著她笑道：「臨近產期，時常坐臥不安，就瘦了。」

「這倒是。」大夫人對她絮絮叨叨。「當年我懷妳大哥的時候也是這樣。」

兩人起身往後院走去。由正堂到偏院，走了有一段路，婢女上前麻利的撩開簾子。

容盼不解問：「母親，您來這兒做什麼？」

只見裡頭屋子寬敞，窗臺前的小圓桌上，坐著一個很是老邁的老婦，穿得簡單，只那臉上從眼睛開始到嘴角的肌膚全都翻了皮，露出密密麻麻的紅疙瘩，極是醜陋。

大夫人挽著她的臂彎，親熱的拍了拍容盼的小手。「前幾日晉川來請安，說了妳的身子，我擔憂，便求人去請了福婆來給妳摸骨。」

摸骨……

容盼稍稍有些猶豫，望向那面目可怕的婦人。

那叫福婆的，微微睜眼覷了她一眼，上前朝三人行了禮。

「來，好孩子，福婆摸骨一向極準。」大夫人拉著她在圓桌旁坐下。

容盼有些懷疑，坐上前去，待福婆冰冷的雙手摸上她的頭骨，容盼猶如受驚一般，猛地躲開，老婦亦是皺眉。

「何事？」大夫人緊張問。

福婆滿眼深意。「沒摸清楚。」又上前再摸了一次。容盼強壓住心內的毛骨悚然，任她從頭骨、手骨、至全身骨架摸了一遍，福婆越發糾結。「頭殼兩旁凸出，聰明富厚；臀骨圓起，寶貴悠久，實在貴不可言之命。」

知她福澤深厚，大夫人鬆了一口氣。

福婆繼續道：「然而其成相略是飄渺，竟摸不透大人前半生？」

容盼心下一驚，連忙收回手，抱住小肚。

大夫人問：「這是何解？」

福婆緊蹙眉。「不知，不知。」這是她摸過最奇怪的命數，摸不準，摸不準，估計要砸掉老臉了。

大夫人再問，她也不肯答，後也不勉強，叫人包了三十兩銀子和一疋綢布送了出去。

容盼戒備的望著那福婆走遠了，才喘息的坐下來，吃了一口茶壓驚。

大夫人氣道：「這婆子許是老了，竟摸不得準了。」

容盼淡淡笑了笑，大夫人以為她心下不快，便叫她趕快回去休息。

到了夜裡，龐晉川沒有回來。

內閣之中，每夜都需有一輔臣當值，今夜是龐晉川當值的日子。

容盼沐浴後，滑下綢褲，往腿上肌膚輕輕壓下，很快就浮現了一個深窩，她等了許久，也沒見恢復。

秋香抱了一條毯子進來。「太太，近來夜裡有些涼，老聽您咳嗽，給您加一床毯子。」

「好。」容盼靠在床上，秋香打開薄被蓋在她身上，又蓋上小毯。

容盼舒服的呼出一口氣，摸摸有些僵硬的肚皮。小禮物都好幾天沒動了，也不知道怎麼回事。

「睡嗎？」秋香笑著問她。

容盼點點頭。「妳備一壺水放在桌上，我這幾日夜裡睡到半夜，老覺得渾身熱乎乎的，又渴。」

「是。」秋香替她捏好被子，放下床幔，出去了，不過一會兒的工夫就捧了一個茶壺進來，放在溫盤裡，她望了一眼床裡頭，上前吹掉床頭的蠟燭，只留了遠處一盞燈籠，便退了下去。

容盼睡到半夜，便睡不著了，起身從床上爬起，口乾舌燥。她下了床，趿著鞋，就著昏暗的燈光往圓桌前走去。

打開溫盤的蓋子，提起茶壺，倒了一杯溫水，緩緩喝下。如此喝了三、四杯才漸漸止住口乾。

容盼放好茶壺，扶腰往回走。

凌晨，夜色濃墨，她摸索著往床榻走去，就快到床沿時，肚子忽地一抽，緊得她發疼，容盼捂住小腹連忙扶住床頭雕漆刻花的板子，但已經來不及了，笨重的身子整個往床沿滑去，隆起的小腹直直撞擊上去。

砰的一聲，容盼只覺得一股揪心的疼痛，從小腹源源不斷刺上來，脊椎處也是一陣陣的發麻，疼得她連腰都直不起來了。

「唔……」她重重的喘息著。「林……嬤嬤……」

但很快喘息都沒用了，小腹裡頭不斷的翻滾，她抱住小腹滿地打滾，不一會兒徹底昏了過去……

到秋香等人聽到動靜時，進來，發現她底下一灘血水，已昏死過去，眾人嚇得是魂飛魄散。

翌日，清晨的陽光緩緩升上，東邊是太陽，西邊是一彎銀月，日月同輝。

天還灰濛濛的，金鑾大殿前九龍漢白玉階上，群臣井然有序進殿。

齊廣榮為首，龐晉川居後，一品後是二品，依次按部就班。

「早朝始——」江道平細長尖銳的嗓音響徹整個金鑾大殿。

趙拯身著龍袍，面無表情的緩步登上御座，齊廣榮細長的雙眸微微挑起，老神安定。

趙拯龍目威嚴的掃視群臣，望向御案，江道平連忙上前將桌上一本奏摺小心拿起，放在他手掌之中。

趙拯低聲咳了一聲，道：「有關湖前開港一事，此前朕交予龐愛卿。昨夜朕收到一道奏摺，龐愛卿力薦南澤人氏周朝崢，眾卿家可有異議？」

眾臣皆默，待齊廣榮緩緩出列玉璧呈前。「臣聽聞，周朝崢母親剛亡不久，若讓周朝崢接手此事，不妥。」

龐晉川眉頭微皺，上前，冷靜道：「此為人才，可奪情（注），然湖前開港事宜，時機不等。」

注：奪情，古代官員遭父母之喪，但喪期未滿而強使出仕。

早朝剛剛開始，首輔與次輔便針鋒相對。

趙拯笑問：「眾愛卿的意思是？」

「臣附議首輔大人。」

「臣附議。」

「臣亦附議……」

朝臣紛紛上前附議，趙拯嘴角笑意漸漸冷凝，眼光中森森然的光亮。

就在此時，隊伍最後，一個小官突然出列，大聲指責。「龐大人是何居心？若是奪情，豈非讓朝廷背上一個不察孝親之罵名？」

「龐大人不顧禮制，妄言奪情，實乃大罪！」

一時間，眾人議論紛紛，龐晉川脊背挺得筆直，屹立不倒。

一場雙方都醞釀許久的暴風雨已經到來。

趙拯咬住牙，森森然笑問：「首輔是百官之首，是何意？」

齊廣榮瞇著眼，大步向前。「龐大人先前便有草菅人命、貪污軍餉之嫌，如今竟又妄談祖制，實乃大逆不道！望皇上懲治龐大人，以振朝綱。」齊廣榮撩袍跪下，六十多歲依然是精神抖擻的模樣。

趙拯緊盯住他，冷聲問道：「朕若不肯呢？」

齊廣榮一怔。「臣與龐大人毫無私怨，此言實乃為了皇上，為了黎民百姓，還望皇上嚴懲龐晉川。」

朝中，顧氏一脈多半被撥出，群臣之中竟十有六七都站於齊廣榮身後。

趙拯冷笑，從袖口之中抽出一摺狀紙。「首輔，周朝崢和南澤當地鄉紳聯合上書狀告你乃秦懷安、裘柏幕後主使之人。告你以權謀私，公然制定南澤地方稅收，貪贓枉法之罪！」

他稍頓。「朕原本不信，如今看你狗急跳牆，誣陷龐愛卿，便知其罪不假！」

齊廣榮頓時汗流浹背，江道平將一張滿滿當當的狀紙遞到他跟前，他猛地打開。

那一紙奏摺竟有數十頁之多，壓得厚厚一疊。

齊廣榮連忙跪地匍匐。「老臣冤枉，實乃有人幕後主使，冤枉老臣。」

龐晉川笑了笑，從袖口之中抽出一疊書信。「此乃秦懷安與裘柏往來信件，為何多處提及大人？還有這本帳目又該如何解釋！」

那日以科舉舞弊案抄家，要抄的便是這些證據。

秦懷安作賊心虛，擔心齊廣榮翻臉無情，將這些信件和帳目封存在一個油桶之內。按下不發，是為了揪出齊廣榮幕後所有的勢力，一舉斬獲！

「如今人證物證俱在，你還有何話辯解？」趙拯猛地拍桌呵斥。

齊廣榮不敢置信地望向他，再望向龐晉川，恍然大悟，抖索著哈哈大笑。「君要臣死，臣不敢不死！」

趙拯瞇著眼。「革齊廣榮首輔之職，押往詔獄候審，廢明貴妃，抄齊府！」

齊廣榮除頂戴、官服，被尺杖叉出大殿。

龐晉川目光幽深，嘴角露出一道似有若無的笑容，他轉過身朝皇帝作揖，而趙拯臉上是同樣的笑容。

金鑾殿外，只見天邊五彩雲朵遍布，燦若芳華。

龐晉川下朝歸途之中，看著天許久，待出了東直門，忽見來旺守在那裡。

「怎麼回事？」他問。

來旺急道：「爺，太太摔倒了！」

這時也才八月多而已。

朱歸院中，已經亂作了一團，一盆盆乾淨的熱水進去，不過一會兒一盆盆血水送出。

四個太醫隔著屏風守到外面，焦急的聽著裡頭的聲音。

主臥搯門外，龐晉川猶如困獸望著被緊鎖的房門。

從今早摔倒後，足足昏迷了一個時辰，現在都已是凌晨時分，孩子還未落下。

「太太，太太……」裡間忽地亂作了一團。

龐晉川猛地抬起頭，欲要衝進去，正在廳內燒香求佛的大夫人連忙拉住他。「進去也是添亂，」說著看向蔡嬤嬤。「快問問是怎麼回事。」

蔡嬤嬤點點頭，敲了門進去了許久，出來擔憂地望了一眼龐晉川，回頭對大夫人道：「太太剛才昏了過去，太醫已經拿人蔘吊氣了。」

「可醒了？」大夫人緊張問。

「醒了。」

裡頭，斷斷續續又傳來了她痛楚的呻吟聲，龐晉川陰沈著臉，目光死死盯著漆黑大門，他的右手緊緊捏住椅子一角，雙手青筋暴突。

而此刻在屋裡，燃著紅燭，寬大的雕漆羅漢床上。

容昐掰開大腿橫向躺著，一床大紅色的鴛鴦錦被下腹部還隆得極高，一個產婆跪坐在她下首，不斷的用熱水擦拭她的下體，另兩個站在床沿側邊，一個壓腹，一個教她吸氣再吐出。

容昐滿頭都是汗，青絲都被浸濕了，緊貼在額頭上，渾身好似從水裡被撈出來一樣，臉色慘白，雙唇乾涸。

她嚥下一口唾沫，雙手顫抖地摸上僵硬的肚腹，深深的呼吸了一次，緊咬住牙關。

「唔……」孩子根本連頭都還沒有摸到，可那催產的藥都已經吃了有半個時辰了。

「太太！快用力，孩子已經往下移了。」產婆叫道。

容昐緊拽住一旁林嬤嬤的手，臉被憋得通紅，不斷的用力，到半個身子都抬離了床頭。

「來，用力，憋足了，別洩氣。」

容昐低鳴一聲，無力倒下，劇烈的喘息著。

「……」她絕望的望向床邊的人。

林嬤嬤心疼的替她擦掉額上的汗，輕聲安撫。「太太，再忍一忍。」

她話雖這麼說，但從昨夜裡到現在，整整過了一天一夜了，孩子還沒生下，這其中的風險人盡皆知。

容盼的精神也在這場生產之中被消耗殆盡，耳邊不斷傳來產婆的催促聲，容盼恍恍惚惚的睜開眼，又用了一次力，產婆緊張的望著她，又在她嘴裡塞進了一片蔘片。

林嬤嬤給她餵了水，給她擦了身子，容盼迷迷糊糊的睜開眼，對她道：「生出來了嗎？」

「還沒，就快了。」林嬤嬤朝她僵硬一笑，容盼又閉上眼，重重的喘息一口。

這時，碧環快步走來。「太太，爺在外頭摔了杯子，傳令，若能保母子平安，每人賞一兩黃金。」

林嬤嬤讓碧環下去，擦掉容盼額頭上新冒出的汗水，道：「太太，讓爺回去吧，在外守了一天了，也不是個事。」

容盼吃吃一笑，嘴角笑容雖慘白卻極美，下腹又傳來一陣劇痛，她忍著過了，蒼白的雙手緊緊拽住林嬤嬤的皮肉，齜牙咧嘴的喘息著。「誰、誰都可以走……就……就他不可以，他得在外頭聽著，聽著……」

林嬤嬤低聲嘆息。「您這又是何苦呢？」

何苦？她一路走來，總算走到這一步，她吃了多少的苦，她就得讓他聽著。

聽明白了，他才會牢牢的記住。

他龐晉川是欠她顧容盼的！只有記住了，她活下去，她才能利用他的愧疚更好的活下去；若是活不下去，她也要給長灃和小兒在這個殘酷的龐國公府裡鋪平這條大道。都值了。

容盼閉上眼，靠在床頭，一遍又一遍的撫摸肚裡的孩子。

產婆也是焦心不已，過了一刻鐘的工夫，又試了一次，還是生不出來。

血水換了一盆又一盆，她的臉色也越來越蒼白。

「這樣下去只怕母子俱損。」宮內出來的產婆怕極了，這床上躺著的人非比尋常，若是死在這床上，她只怕是九顆頭都不夠砍的，黃金誘惑雖大，可比不了命大。

幾個產婆商量了一下，沒告訴容盼，不過一會兒，一條細長的紅繩隔著屏風接進來，容盼睜著大大的眼，望著床頭呼吸著。

太醫那邊收了脈，出去。

龐晉川原地徘徊，緊盯著大門。

「大人。」一個姓林的宮中御醫趕忙跪下，龐晉川連忙上前問：「如何了？」

林御醫沈沈搖頭。「略微有些不妙，夫人此前身子已內虛，於生產上力不從心，只怕若再這樣下去情況危急。」

龐晉川一怔，大夫人身子猛地一晃，佛珠噼哩啪啦撒了一地。

「那該如何？」他回過心神，陰惻惻盯住他。

林御醫連忙提起汗巾擦頭，悄悄的望了他一眼，恐懼道：「許……許是只能保住一個……保大還是保小，大人、大人……」御醫不敢再說。

大夫人已是淚流滿面。「自是大小都要了！」

屋裡許久都沒傳出聲音了，龐晉川死死的盯住搯門，雙眸深不見底，許多話在他心裡悶了許久，可話到了嘴邊，又吞了回去，最後只剩下兩個字。「保大。」

沒了，就沒了。

可顧容盼不可沒，他還沒有拉住她的手往下走，他還從未對一個女人有如此熱烈的感情，更讓他不安的是——

容盼，她嫁給他多年，可他印象中，只有她這一年的回眸，其他全都沒有印象。

他驚恐，她若死了，叫他怎麼回想？

御醫抬頭望了他一眼，微微有些驚詫，他連忙應下，飛快往搯門裡頭走去。

產婆就等在那裡問：「大還是小？」

御醫高聲道：「保大！」

若是這位夫人沒了，他們全都得滾蛋！

產婆鬆了一口氣，連忙往裡走去，她才剛站定，只聽得外面搯扇門打開的聲音，緊接著一陣沈穩而有力的步伐，直直朝這邊走來。

屋裡所有的聲音都安靜了下來，那腳步聲就走到門簾處停下。

「容盼。」

容盼轉過頭望向門外，只隱約看到一個高大挺拔的身影。

「好好活著，活下去。」

林嬤嬤心下大喜。「太太，您看，爺心裡是有您的。」

容盼側過頭，不發一語。

龐晉川依然執著的等在外頭，兩人之間隔著道門簾，隔著滿屋子的人，卻好像隔了千山萬水，跨不過去一般。

「太太，爺在外面等您。」碧環不由得出聲，眾人的目光全部都停在容盼身上。

容盼沈默了許久後，回道：「好。」

她聲音落盡，門簾後的那抹皂色靴子停頓了許久，也沒有再離開。

產婆過來，再爬了床。

容盼問：「什麼是保大？」

產婆戰戰兢兢答道：「回太太的話，是用秤鈎子伸進去把孩子鈎碎了拖出來。」

容盼打了個寒戰。

小禮物已經在她肚裡八個多月了，她感受得到她的胎動，知道她是個很安靜的孩子，母女連著心，還是連在了她心底裡。

容盼擦掉手掌心的冷汗，拽住了被褥，深呼吸一口。「讓我再試一次，最後一次。」

太醫又進了一碗催生藥，容盼喝下不過一會兒，肚子劇烈的疼痛。

產婆緊緊拉住她的手，一遍又一遍的用熱水刺激她的下體，另一個則用力壓著孩子往下推。

實在是太痛苦了，容盼眼角不斷地滾落淚珠，她所有的力氣只能安放在肚子上。

深呼吸，呼出。再呼吸，用力呼出。

她感覺到肚子裡孩子強烈的求生意志，小禮物也在一步步為來到這個世界努力。

「快了，快了！摸到頭了！」緊接著是產婆難以抑制的尖叫聲。

容盼嘴角露出一抹笑意，緊咬住熱帕，深深的呼出一口氣。

「呼呼……」

「生了，孩子生了！」

窗外，天色漸漸明亮起來，一盞火紅的旭日冉冉昇上蒼穹。

滿屋的喜極而泣，一浪蓋過一浪，龐晉川就站在門口，不知何時也已是淚流滿面。

容盼強撐著起身，青絲全部浸在汗水之中，林嬤嬤替她撥開嘴角的長髮，容盼緊盯著產婆手上的孩子，嘶啞著聲問：「是男孩還是女孩？」

產婆猶豫了下，林嬤嬤察覺到一絲不對勁，到最後所有的人都察覺到了。

只有容盼滿懷希冀，雙目泛著極亮的亮光。

「是……孩子沒什麼聲息了。」產婆看著她嘴角的笑容漸漸沈下，打了個激靈，一旁抱著小禮物的產婆用力地拍打她青紫的皮膚。

孩子，從出生到現在沒有任何的哭聲。

屋內，頓時陷入死寂。

容盼覺得自己渾身都掉入冰窖了，她發著抖，伸出手，乾裂的嘴唇微微嚅動了下，淚珠一串一串直往下滾，她說：「孩子給我。」

「太太。」產婆不敢。

「給我！」容盼聲嘶力竭地尖叫。

產婆唯恐她情緒激動，連忙將孩子抱上去，屋外龐晉川聽到響動，快步進來。

只見她緊緊抱著一個青紫的小孩，摟在懷裡，她問：「平常……平常別人家的小孩是怎麼哭的？」

產婆沒有反應過來，林嬤嬤急道：「太太，用力拍打孩子的屁股。」

容昐連忙抓起小禮物，這才看清，在她眉間有一顆若隱若顯的紅痣，是她想要的女娃。

「小禮物。」她低喚，揚起巴掌咬牙狠狠拍下。

沒有反應，容昐又打了幾下，還是沒有反應。

產婆急忙道：「太太，摳小姐的嘴巴。」

容昐猛地反應過來，雙手打開她的小嘴，食指大力摳向她的食道。

小禮物長長的睫毛輕輕地打顫，猶如一隻過冬的蝴蝶。

容昐喜極而泣，又輕輕地拍打她的背部，她嘴巴裡吐出了一口黃色的液體，許久後，才像小貓一樣嚶嚶嚶的哭出聲來。

眾人都小心翼翼地看著她懷中的寶貝，容昐全身心都盯著她。

小禮物掙扎著，產婆連忙將準備好的襁褓替她包上。

孩子被抱離了容昐的懷抱，就在這時，她掙扎地睜開了雙眼，起初是一隻眼睛慢慢睜開，後停頓了一刻鐘後，她兩隻眼睛緩緩地睜開，清澈見底，緊緊地盯住容昐。

好似早已知道她就是娘親。

她嚅動小嘴巴，哇哇地以很小很小、小得讓人都聽不到的聲音哭出聲來。

容盼從未見過這樣美的雙瞳。好像那夜絕境時，她在雍王府所見到的北極星，如此耀眼奪目，竟驅逐了所有黑暗。

容盼不由得朝她伸出手。

這是她千辛萬苦才生下的孩子啊。

「太太別心急，小姐才剛出生，還得再仔細檢查檢查，再抱給您。」產婆笑道，隨後上前給龐晉川看了一眼。

那孩子一靠近她父親，就哭得更厲害了。

龐晉川伸出指腹想摸一摸她的臉，可她才剛從娘肚裡出來，皮膚嬌嫩無比，只是滑過，就讓他有些恐慌。

他怕碰碎了她，碰碎了她，他心疼不已。

容盼望著父女兩人，眼中滑過一抹深思，但很快就消失在了眼底。

一屋子的人紛紛跪下，喜氣洋洋。「恭喜爺，恭喜太太！」

龐晉川的目光從小禮物身上移走，深深望向容盼，聲音澎湃。「賞！」

小禮物被抱了下去，容盼才覺疲憊不堪，她癱軟的靠在軟墊上。

屋裡沒有透一點的風，悶熱極了，空氣裡瀰漫著濃濃的血腥味。

眾人皆鬆了口氣，開始收拾善後。

碧環端了一盆滾燙的熱水上前替她擦洗雙手，她走近了才發現太太的臉色異常慘白，白得像一片薄薄的紙片一樣。

碧環心底滑過一絲古怪，她撩開床幔小心的捧起她的手，可卻見到了極其恐怖的一幕。只見雪白的被單被染得鮮紅，鮮血還在不斷往外滲透著。

「血！血……太太流了好多血！」

龐晉川還未從喜色之中回過神，笑容僵在嘴角，他望去。

她的臉色是從未有過的平靜，那雙明媚的雙眼，靜靜的追著孩子遠去的身影。

產婆驚恐大叫。「胎盤沒有全都娩出來！」

屋內頓時慌亂成了一團，秋香趕忙過去，卻打翻了桌上的熱水，林嬤嬤哭著拉住容盼的手直道：「太太、太太您可得爭爭氣，咱多大的風浪都經過了，可不能就這樣去了。」

八年前的大出血還歷歷在目。一路跟過來的婢女、嬤嬤都嚇得臉色蒼白。

產婆嚇得雙手都在打顫，不斷的按摩她的小腹，刺激胎盤娩出。

「太太，再用些力。」

跪在地上請脈的太醫，眼神一閃，大聲叫道：「快，再熬上一碗濃濃的催產藥送上來！」

「哦。」碧環嚇傻了，回過神就往外跑，到了門口忽然回過神。「什麼？什麼藥？」

「催產藥！」太醫怒極，跳腳怒斥。

容盼只覺得自己心跳急促的加速，腦子亂烘烘擠成了一團，心裡是不甘的！

她努力的想睜大眼睛，保持意識清醒，但好像越來越昏沈，越來越覺得困頓，下體的鮮血還在嘩啦啦的流，她想用勁，可兩腿癱軟直都直不起來，她迷迷糊糊的望了四周一眼，看見林嬤嬤臉上的焦急、秋香的驚恐，最後看清她們身後站著的龐晉川。

容昐諷刺一笑。

他如今是什麼都有了，功名利祿，兒女成群，那她呢？終究是心有不甘的！

碧環端上了藥碗，藥是剛才沒喝完的，黑苦的藥汁冒著熱氣。

通往容昐的那條路早已是擁擠不堪，最後只能從碧環手上到冬珍手上，到冬靈，到秋意、秋涼，最後到了龐晉川。

他緊緊扣住那碗藥，因為太過用力，雙手手指都泛白了。

「爺，您給奴婢。」林嬤嬤擦了眼淚上前，龐晉川偏了身，直直的盯著床上他的妻子，走了上去。

眾人皆起來，給他讓了道，龐晉川坐在床沿，一手將她抱起放在自己臂彎之中，低聲輕喚。「容昐，容昐。」

喚了幾聲，都沒什麼聲息，龐晉川雙眸微的一暗，太醫嚇得心肝都快蹦出嘴巴了，連忙上前在她幾個穴道之上扎了針，後扣住她的人中。

那藥才終於餵了進去。

她稍醒了一會兒，也努力的想清醒過來，睜開眼睛，看清了身前的人。

此刻早已是強弩之末，容昐的臉色白得似雪，一點血色都沒有，嘴唇是乾裂的，雙手是冰涼的，連冷汗都沒了，只剩下冷冰冰。

龐晉川輕輕的在她額上落下密密麻麻的吻，炙熱的氣息撲到她冰涼的臉上，他用輕得不能再輕的聲音靠在她耳邊，笑問：「妳敢死？」
顧容昐，妳膽子大得很，在他心裡留下一抹印記就這麼輕而易舉的走了？這要他怎麼過？兒子呢？女兒呢？還有這龐國公府怎麼辦！
她不能不要。
容昐喘息著，渾身疲憊，她的意識在漸漸走遠，可下體的縮動卻越發厲害，她感覺自己就好像在一片火海之中煎熬，又好像被浸泡在了冷水之中，裡外焦灼著，連給她哭喊出的力氣都沒有。
龐晉川掃開她臉上的青絲，露出嬌柔不堪一擊的容顏，他死死的盯住，薄涼的雙唇開啟，用極其生硬的聲音喝道：「顧容昐，妳前腳一走，下一刻我就給妳娶進一位新主母來替妳守靈。」
龐晉川！
容昐猛地一咳，緊閉的雙目猛地張開。
他雙目赤紅，面目猙獰猶如鬼怪，就這樣他還不忘朝她露齒一笑。「活著，活不下去，妳的孩子就要在這公府替妳熬，我沒有妳那麼好的脾氣，對他們。」
「血少了！」產婆大喜，扳開她白皙的雙腿，把手伸進去。「太太，再用點力，胎盤就快下來了。」
「用力啊，太太！」林嬤嬤著急道。
容昐死死的盯住龐晉川，兩人的雙手緊扣在一起，她的雙手慘白，他的雙手是被抓得生白，但明顯的她的力氣在隨著每一次的發力越來越少，越來越弱。

「把小姐抱進來。」龐晉川咬牙。

小傢伙被抱了進來，已經睡著了，小小的身子就裹在大紅色的萬字襁褓之中，緊閉著雙眼，烏黑的長睫毛微微跳動，只有小嘴巴不斷的噏動著，吐出粉紅色的小舌頭，可愛極了。

「小姐已經喝過奶了，太太。」剛抱著她出去的產婆笑道。

容昐的目光很快就被她吸引住，雙眸微微的發亮。龐晉川看見她眼中的亮光，道：「抱下去，不許再餵奶。」

「這……」產婆不明。「老奴不知大人的意思。」

龐晉川冷道：「剋母的孽障要了有何用？太太活著，她才活著。」

眾人莫不噤聲，呆呆的望向床上夫妻兩人，小禮物還安然的睡著。

容昐昂著頭，就抓著他的手，卯足了勁。「龐晉川……你不是人！」

龐晉川眸色一暗，嘴角笑意不減。

一股熱血湧出，伴隨著殘餘胎盤的滑落，產婆滿頭大汗，呼了一口氣，重重的靠在床板上。

血慢慢的止住了，容昐再一次陷入昏迷。

「容昐。」龐晉川怔愣許久，雙手顫抖著伸出食指摸上她的鼻息。

有氣，還在平緩的呼吸著。

他胸腔之中頓時湧起一股難以言喻的悸動，鼓動著他將她的身體摟進自己懷中，他把自己冰涼的唇緊緊貼在她額頭，恨不得合而為一了才能止住這種強烈的情緒。

直過了許久，產婆進言。「太太疲乏睡去了。」

龐晉川低低頷首，深深的望了她一眼，才將她安然的放在床上，替她捏好被角。

一旁，新生的小傢伙張開粉嫩的小嘴打了個哈欠。

龐晉川小心的將她摟抱在懷中，這小傢伙竟讓她娘受了這麼大的苦，龐晉川呆呆的望著，竟難以抑制的釋然。

「壞孩子。」他低聲說。

此刻，竟難以放手，看著她沈睡也覺得心口滿漲，雖然還皺巴巴的一個小不點，長得不知像他還是像她娘，但比她兩個哥哥都好看得不行。

龐晉川的心在她出生後，偏得沒邊了。

第三十八章

在小禮物出生後的第三天，容盼才醒過來。

這場生產耗盡了太多的心血，整個龐國公府上上下下都因為這個小生命的誕生而歡呼鼓舞著。

大夫人每天都要來看，抱著小禮物樂呵一整個早上。

至於老爺子，本來就在兒女上沒什麼緣分，那日也就例行公事來看了一眼，正好看見小禮物剛吃過奶，呼呼睡得正香。

他撥了小禮物一下，小禮物沒醒，老爺子興趣缺缺，賞了一枚金鎖，又繼續修道去了。

但此後的第三天、第四天，日日都要來看一次，來人打聽是為何，老爺子說，這女娃眉間一抹紅痣實在好看，有福氣，必須得善待。

顧家也送了賀禮，顧母親自來了一趟，給小禮物包了鼓鼓的一個紅包，又專門給容盼送了幾個擅長調理身體的嬤嬤。

待容盼醒來後，小禮物已經很能吃。雙眼澄亮，偶爾能轉動著小眼珠子跟著她的手看。

但戰鬥力實在渣渣，被親娘調戲了幾次後，就累趴了，又成小豬睏覺得不行。

也就這幾天的工夫，本來剛出生還渾身青紫皺巴巴的小東西，在吃好睡好、好好地被餵養之後，小臉嫩紅紅的，渾身上下光潔無比。

容盼往往能趴在籃子邊上看她看好久。

林嬤嬤不許讓她這樣耗著，怕她膝蓋落下病，就把孩子的搖籃抱到了她床邊。

在第十日後，容盼身子養得稍好後，才被允許給小禮物餵奶。

小禮物一早就醒了，睜著圓溜溜的大眼望著她，容盼解開一半的衣襟，露出飽滿脹大的渾圓。

這幾日補藥吃了許多，又喝了許多進補的湯藥，已經鼓得極其滿脹，從前天起陸陸續續出了一些奶水。

容盼將小禮物抱起，握住渾圓送到她唇邊，小禮物撲近，小手蜷握，抓了抓，找到食物，大張開小嘴，嗚嗚吮吸起來。

許是和這幾日吃的奶味道不同，小禮物剛開始喝得有些慢，但後面小嘴吸吮的速度越來越快，容盼被她吸得有些疼，想要放開換另一邊，小禮物就吭哧吭哧的發著牢騷。

她對娘這樣，不高興了。

「小東西。」容盼輕輕的點了點她的小臉。

林嬤嬤笑道：「小姐這是喜歡娘親呢。」說著給她端了一碗紅棗桂圓八寶粥上來。

紅棗、桂圓都是補血補氣祛寒的食物，容盼吃著不錯。

待她吃完半碗，小禮物這邊已經一邊吃一邊睡著了。

容盼把她抱給奶娘，奶娘給小禮物輕輕撫了撫後背，才給放在搖籃裡。

容盼的目光這才從小禮物身上移開，捧起碗靠在床頭自己吃起來。

秋香捧著一簇水仙花進來，放在窗臺旁，她道：「太太，花房進上漳州那邊的金盞銀臺，奴婢聞著極好。」

那蔥綠的葉管，頂頭是灼灼開著的白色花瓣，中間是金黃色花蕊，在陽光的照耀下，亭亭玉立，清幽淡然。

秋香折了一朵上前，待她喝完藥別在她耳邊，笑道：「太太調養了這幾日，總算是人比花嬌了。」

林嬤嬤瞪去。「胡鬧。」

秋香吐舌。「剛路上碰到來旺了，問起太太的情況，說爺這幾日病得昏沈，沒法子過來照看。」

容昐一怔。「他病了？」

她竟不覺許多日沒見到龐晉川人了。

林嬤嬤見她問，也道：「可不是，前幾日感染了風寒，聽說不肯用藥。加之皇上器重，一堆公務都等著爺處理，沒日沒夜的做著，這能好才怪了。」

容昐只是聽著，聽過後也就忘在了腦後。

林嬤嬤看她不動，勸道：「太太，您在坐月子不方便，可要派人過去問問？」

「那就派人過去問問吧。」容昐道，拿了小兒前幾日臨的書來看。小兒看書已經很廣，只要他看過覺得不錯的就臨摹一本給容昐。

「那太太可有要交代的話要傳的？」林嬤嬤囑咐冬珍去。

容盼淡淡道：「就說希望他安心養病，保重身子吧。」

「這……」林嬤嬤猶豫了下，容盼已經翻過一頁的書。

淡黃色的紙張，散發著濃濃的書卷味，和著她髮間水仙花清幽的香味，讓人心漸漸安穩下來。

書房內，龐晉川臨窗而坐，寬大的黃花梨書桌上，堆了有一尺來高的公文，他披著件單衣，靠坐在太師椅上，提筆一會兒忍不住劇烈咳嗽起來。

原本剛毅的臉部泛起一層潮紅。

今天是休沐，但公務依然源源不斷送於他桌前。

來旺撩簾上前，端了一杯茶放在他桌面上，小心道：「爺，太太屋裡來人了，您可要見？」

龐晉川抽空看他一眼。「你說了？」

來旺低頭。「是，告訴秋香了。」

「傳。」

冬珍躡足上前，朝他俯身。「爺萬福，太太派奴婢來問問爺如何了？」

龐晉川放下筆，拉攏好袍衫，盯住她問：「太太說了什麼？」

冬珍不敢看他，低聲道：「太太說，讓爺安心養病，保重身子。」

「沒了？」龐晉川一笑，嘴角笑意有些勉強。

冬珍越發低下頭，龐晉川呼出一口濁氣，連咳了數聲。「回太太去，無須操心，不日就好了。妳們不許用這些事讓她傷神。」說罷，目光若有若無的覷向來旺。

來旺連忙跪下。

龐晉川又問：「太太和小姐如何了？」

書房內，安靜得很，冷冰冰地毫無一點生氣。

冬珍回道：「太太身子好轉了，今天給小姐餵了奶，小姐能吃能睡，千金安好。」

龐晉川略微皺眉。「怎麼親自餵奶？」

「太太說，也就餵這十幾天，給小姐吃完初乳就好。」

龐晉川劇烈咳喘出聲，他抓起一塊白帕捂住嘴，待停下，臉已是鼓紅了，喝道：「胡鬧。她如今身子還需好好調理，哪裡能給小姐餵養！」

冬珍嚇得不敢動。「是，太太想來是愛女心切。」

「回去吧，看著太太，不許她再耗費心神，安心給我養好身子……咳咳，若是不滿那些乳娘，自再去外頭找找好的。」龐晉川揮手讓她下去，冬珍唯恐惹惱了他，行了禮就往外走。

待她快要出門時，龐晉川叫住，目光微微柔和起來。「知道妳們也勸不住她。妳與她說，過幾日，我就去看她。」

「是。」冬珍嚇得心眼直跳，衝衝往外走去。

龐晉川依然不放心，叫來旺去回了大夫人，又去找乳娘。

小禮物卻是認定了親娘，連之前乳娘的奶也不肯喝了。父女兩人強上了，雖這幾日沒見到面，但龐晉川對這小傢伙的彆扭深惡痛絕，勢必要扭轉她的挑食。

這日，是小禮物出生的第十三天，容昐在邊上看奶娘給她洗澡。

小身子肉粉粉的，不老實，可她想動，又動不起來，就憋著自己在那邊吐泡。

容昐給她舀了一盆水，水珠滾落下她的身子，小禮物待了一會兒，喜歡熱水。

「太太，爺回府了。」

這時秋香進來通稟，容昐挑了挑眉，面色平靜。「知道了。」

乳娘一邊替小禮物潑水，一邊哄著她笑道：「小姐啊，您父親來看您了，高興了吧，哎喲，真調皮。」

小禮物洗得不亦樂乎，到被抱出水裡，裹上了襁褓還咿咿嗚嗚了幾聲，到容昐抱起時，她已陷入夢鄉。

容昐抱著小禮物出了浴間，龐晉川正好風塵僕僕地從門外進來，身上還穿著朱紅色官袍，顯然是剛從宮裡回來。

兩人的目光不期而遇撞到了一起。

龐晉川的目光也緊緊盯在她身上，嘶啞著聲，朝她笑道：「幾日不見了，可好？」

容昐身上穿著綠閃紅緞子的衫，翠蘭遍地金的裙，頭上綰著極簡單的杭州髻，後面的長髮沒有綰起，只是編成辮子斜放在身前。

經過這十幾日的調養，臉色雖然還有些蒼白，但她在慢慢的恢復。

而他，有好幾日不見了吧，不知是因為忙的，還是病了後的原因，總之是清瘦了許多，原本合身的官服就這樣鬆垮垮的掛在他身上。

看得出，他過得不好。

她很好。

容盼回視他的目光，平靜笑道：「很好。」說著望向小禮物。「她長大了好多。」

時值傍晚，夕陽西落，落日的餘暉給寧靜的臥房鍍上一層淡淡的金邊。

窗外的桂花都開了，幽香的氣味飄散進來，縈繞在兩人之間，帶上一股曖昧的氣氛。

眾人見此，安靜的退出，待人都走完了，龐晉川才快步上前，張開大掌，猛地將她擁入懷中，將她裹進自己的羽翼之下。

他的情感熱烈無比，是劫後重生的感激和欣喜，以及他對她安撫的渴望。

而她早已經冷下來了，目光平靜的望著他身上朱紅色的官服，只是被動的承受著他的情緒，直到他越摟越緊、越摟越緊，壓得她連喘息的空間都沒了，容盼才輕輕的摟住他強勁的腰部。

龐晉川是個很堅毅的人，他渾身到處都是硬邦邦的，就像他對人對事的態度。

在她的很多事情上，他早已做絕了。就算他要回頭，她是不是也一定就在要原地等他才可以？

屋裡，漸漸有些生涼了，容盼低咳一聲，龐晉川才將她放開，拉她回到榻上。

榻邊放著一件斗篷，他拉過替她繫好了帶子。

容盼低著頭幽幽的望著他笨拙的動作，嘴角抿了抿，道：「謝您。」

龐晉川抬頭望了她一眼。「妳我夫妻，何來感謝之說？」

容盼笑了下，笑意不明。

兩人一站一坐，陽光的餘暉落在她身上，照下了一圈金色光環。

她長得實在好看，形容不出的美，只看上一遍、十遍、數百遍都覺不夠。龐晉川忍耐不住，輕輕摸上她的肌膚，感覺她的溫熱和活力，輕聲對她說：「容盼，我心中是放得下妳的。」稍頓。「也就只能放得下妳了。」

他看得很專注，直直望進她雙瞳之中。

容盼沈默了會兒，心下頓覺五味雜陳，酸甜苦辣澀，早已分辨不出是什麼感覺。

但到如今，她明白，自己想要的是什麼。

她什麼都要，唯獨不要龐晉川想要的東西。

容盼避開他炙熱的目光，轉向床頭，她想了想，才認真的回視他的目光。「我知道，我心裡同樣是喜歡您的。」

龐晉川幽暗的雙眸猶如黑暗夜色之中閃過一道極亮的光彩，他緊緊的扣住她的雙肩，喜不自勝。「容盼，只到小禮物這裡，咱們只要小禮物。」

「好。」容盼這時是一口應下。

龐晉川的子嗣也只能到小禮物這裡，她千辛萬苦生下的孩子，怎麼能容許其他女人的孩子來分走她的寵愛？

自小禮物後，從此，這後院之中，絕對不會再聽到其他孩子的哭聲。她要什麼？她要活得恣意和暢快，她付出多少，就要得到多少！

就這一會兒的工夫，小禮物就睡醒了，醒了呼呼出聲。

龐晉川先注意到，興奮的拉著容盼的手上前去。

從她剛出生，容盼就知道她的眼睛有多美，龐晉川卻是頭一回認真注意到。她的眼睛像黑夜星空中明亮的星辰，讓人不由深陷其中。

父女兩人的目光對視住，小禮物偏偏頭，朝他吐舌頭。龐晉川喜歡極了，俯下身要抱她，容盼拉住他的袖子，叫住。「您去洗個手吧。」

龐晉川一怔，望向自己的大掌，哈哈大笑：「閨女，妳娘對妳可真仔細，是不是？」又道：「讓爹爹替妳親親娘。」

小禮物有些急，小臉憋得通紅。

容盼上前去抱起她，把她放在大床上，掀開她褲子上的繫帶，拉開。

龐晉川湊上去。「如何？」

「拉臭了。」

那個無恥小人卻好像極高興的樣子，也不懂得笑，就呼哧呼哧的樣子捲舌。

容盼飛快的換掉她的尿布，替她擦好屁股，墊上新的，才繫好她的棉褲，然後就給她放在床上，趴在她身邊，也不給她放回搖籃了。

龐晉川也望著小傢伙，伸出自己食指，小禮物碰到立馬就鈎住了，可小手實在太小，還不夠握的，不一會兒就鬆掉，龐晉川繼續給她鈎。

「對了，我給她選了幾個名兒，妳喜歡哪個？」說著從衣兜之中小心的掏出幾張紅色紙片，遞到她身前，容昐接過。

如怡，如歌，如至。

循的是公府女孩如字輩，後意思是大人對孩子的期許。

容昐問：「可查過大典了？這幾個字給孩子用可好？」

龐晉川點頭。「是請欽天監正史取的名兒，這三字皆是好的。」

容昐又翻了幾下，最後落在一張紅紙上，推給龐晉川。「就這個很好。」

龐晉川挑眉一看。「如至，如期而至？」

「是。」按照他的計劃，按時到來的孩子。

「好。」龐晉川明白了這個字的意思，他小心的收好紅紙，放回到袖口裡，高興得很。「明日，就用這個名字，我去榮寶齋給如至訂做一個長命鎖，妳要什麼？」

容昐搖搖頭。「不了，我不愛戴金。」

小禮物還不知道自己的大名已經定下了，只是舌頭一直往外捲，好像餓了的感覺。

龐晉川去沐浴了，容昐就抱著她，解開身上的衣衫，餵奶。

小禮物喝得很用力，不一會兒就是滿頭的大汗，容昐細心的抽出帕子，擦拭她額頭，低聲道：「妳可得好好努力，莫要辜負了娘的心意。」

她要小禮物成為龐晉川的牽絆，從她出生開始，她就要讓龐晉川心底割捨不掉。

如期而至？不對，是極、最之意。

小禮物的出生給龐國公府帶來許多歡聲笑語，但很快的又有一件矛盾的事情出現在容盼眼前。

長灃和小兒的關係。

起因是兩人一早都來看妹妹，小禮物喝過奶很乖，誰都肯給抱。

兩人為了爭奪誰抱小禮物，起了口角。

為此，越吵越大聲，吵到小禮物哇哇大哭兩人還沒停下來。

容盼氣急，叫長灃和小兒手拉著手站在外面的白牆角落。

林嬤嬤道：「這不好吧。」

容盼近來比較偏心。「不然就打手板子，兩人都打五下。」

眾人更不敢出聲相助了，長灃和小兒剛開始不願意手拉手，容盼就拖過來一人先挨了一個板子，乖了，才手拉手去牆角站著。

實崇這時也拉著大夫人的手進來了。

睜著圓溜溜的大眼，扠著腰。「咦？你們被罰站了？」

小兒橫眉冷對，眼中怒意十足；長灃微眯眼，咬住牙不屑撇頭。「馬屁精。」

實崇也來了氣，看著大夫人已經抱起了小禮物，就在兩個親哥跟前，走上去，大搖大擺的坐在大夫人身旁，低下頭，小嘴重重的往她臉上蓋了一個香。

小禮物咿咿呀呀的叫著，已經可以舞動雙手了，又被實崇抓住小小的咬了一口。「妹妹，乖妹妹，哥哥親。」

「哎呀，周小公子，男女授受不親。」林嬤嬤打趣道。

實崇眨眨眼。「以後，實崇要娶小禮物！」

眾人皆是一愣，皆沒當真，哄堂大笑。

實崇著急了，解開腰上的玉珮，嚷道：「這是聘禮！」他把白玉放在小禮物跟前晃了晃，小禮物的眼睛亮晶晶的就跟著它移動，後一把抓住了，歪著頭不知在看些什麼，粉嫩嫩的模樣可愛極了。

小兒急了，想要上前，但迫於容盼的壓力。

兄弟兩人，莫不咬牙切齒瞪向實崇。

實崇和小禮物玩躲貓貓遊戲，正樂此不疲。

「過幾日便是小六兒的滿月酒了，妳身子可好了？」大夫人問容盼。

容盼點了點頭。「已是大好了。」

「嗯。」大夫人又道：「我已經交代好如何置辦。」

大夫人又在這兒逗留了一會兒，才帶著實崇回去。

在齊廣榮倒臺後，龐晉川依然是次輔，無他，閱歷擺在那裡，還不夠。皇帝提拔了崇文閣大學士齊海為首輔，聽聞與齊廣榮為同族，但兩人不睦已久。

湖前開港的事已是板上釘釘，周朝崢破例被提拔為湖前推官，早幾日前已經上任。

大夫人捨不得實崇，加之實崇沒有娘，所以就把他留在了公府裡，等周朝崢穩定了，再派人接過去。

待大夫人走了，容盼才叫長灃、小兒過來。

兩人臉上都憋著一股氣，彆扭得很，容盼問：「知道錯在哪裡了？」

小兒先點了點頭，長灃接著說：「不該使小性，與弟弟相爭。」

「不對。」容盼搖頭，兩人都不解的望著她，容盼才面色緩和下來，輕聲教導。「兄弟同心，其利斷金，你倆吵起來，最後有抱到小禮物嗎？」

兩人皆失落搖頭，容盼耐心道：「你倆都是我生的，如何就處不好？」

說著望向長灃。「你對我，可有怨氣？」

長灃低下頭，容盼道：「娘要聽實話。」

「曾經有的。」他猶豫了下，復又抬起頭著急解釋。「但後來沒有了。」

「為何？」

長灃道：「孩兒知娘不易，心頭難說，對兒子慈愛關懷。」

容盼呼出一口氣，這孩子算沒白疼。「人心有偏頗，娘亦如此，當初沒顧上你，實在抱歉。這些年娘也後悔過，時常想若你養在身邊該多好。」

她慢慢的告訴他，長灃直直瞧她，許多話她都沒說，他雖然目睹她對自己的關愛，但心頭的不平在見到小兒的撒嬌後總是不斷湧起，讓他嫉妒羨慕。

容盼又望向小兒。「你性子高傲、倔強，這我並不喜歡。你可曾有把他當你哥哥看待過？」容盼指著長澧問。

小兒搖搖頭，長澧盯住他。

容盼咳了一聲，繼續道：「人同此心，心同此理。那你如何要他把你當作弟弟去疼愛？若是小禮物以後長大了，也不把你當哥哥，時常為了一點小事與你頂嘴、鬧脾氣，你樂意？」

小兒望了床頭正自己玩著的妹妹。「不樂意。」

「是。」容盼道：「所以，你要改。能改嗎？」她這句話是對兩人說的。

長澧和小兒想了一會兒。「能。」

兄弟兩人不睦已久，這並不是容盼想看到的結果，以前不是不想說，而是沒有這個契機給她。

長澧心裡怨她，她輕易不能教訓，就怕好不容易建立起來的母子情分功虧一簣，她只能很小心的維護；而小兒，憑著聰慧嘴巴甜，滑得跟泥鰍一樣，錯處輕易尋不得，他很懂把握她的心思。

但現在，不一樣了。

若是不趁著這個機會扭轉，兄弟兩人長大了，就算不反目也極有可能老死不相往來。一方不穩，另一方也會被人抓住，以此作為目標進行打擊。

要走得好，走到遠，就要掃除一切的障礙，穩定住後方。

九月二十八日，如至滿月酒。

龐晉川向皇帝討了一天休息，容昐也下了床，盛裝打扮。

七鳳銀鎦的金鳳冠，正紅盤金的霞帔，烏黑長髮高攏成朝天髻，耳邊是兩枚青寶石墜子。小禮物戴著虎頭帽，被裹在大紅色萬字襁褓之中，手上戴著兩個銀鈴鐺的金手鐲，在乳娘懷裡舞得歡樂。

「太太，吉時已到，爺讓乳娘抱著小姐去前廳。」秋香也是一身喜氣跨進屋裡，笑道。

容昐便讓乳娘抱著孩子往前廳去。

今日要給小禮物剃胎髮，由龐族之中最為年長有福氣的老人來。

容昐則去東廳，女眷的酒席已經擺好。

待容昐入廳的時候，早已是賓客齊聚。

大夫人在前頭照應，見著她來，連忙招手，容昐上前去，大夫人指著一個穿著紫衣的中年婦人介紹道：「這是我娘家的嫂子，從定州趕來的，本來今兒個還帶了妳表妹倩姊兒來，但不巧前幾日偶感風寒。」

那婦人長著一雙精細的雙眼，穿戴在賓客之間稍末，並不是頂好。

容昐聽聞過，大夫人的娘家早年也是盛極一時，但後因在先皇一朝涉及政治鬥爭，從此沒落了。

容昐朝那婦人行了個禮，笑著喊道：「舅母。」

張舅媽微微挑眉打量了她一眼，最後日光落在她還隆起的小腹之上，笑道：「快起來吧。我哪裡能受得起您的大禮。」

容盼笑了笑，沒再搭理。

前邊。

前不久剛回京的黃氏正帶著一個年輕少婦走進來，顧霖厚已經跑到長灃那邊，兩人正要走，長灃忽然停下，對小兒不知說了什麼，小兒點了點頭，三個小男孩一起跑開。

「妹妹。」黃氏快步上前，容盼的目光才移到她身上，連忙迎上去。

黃氏拉住她不讓行禮，上上下下仔細打量了。「比前幾日見到的，面色又紅潤了許多。」

「今天怎麼這麼遲了？」容盼笑問，望向身旁那名陌生的婦人。

打量著年紀不過二十出頭，長得秀麗、長臉、大眼、隆鼻，頭上戴著時樣扭心鬏髻兒，身上穿著綠杭絹對襟襖、淺黃水紬裙子、金紅鳳頭高底鞋，一副新婦的打扮。

容盼靜悄悄的打量，但目光觸及她身後低著頭，唯唯諾諾站著的一名妾侍時，她嘴角的笑意漸漸沈下。

秋菊。

黃氏道：「這是我弟媳，父為翰林院修撰，月前剛嫁了沄湖為妻，姓固，妳便叫固妹妹吧。」

那固氏一雙眼睛直勾勾的盯著眼前的貴婦，心下有些泛酸。

後頭，乳娘抱著小禮物回來。「太太，小姐一點都不怯場，在福壽老人手中，全程都沒哭出聲。剃了胎毛後，爺卻心疼了，叫奴婢趕緊抱回來還給您，讓您先別著急餵奶，抱著小姐暖和了再用。」

小禮物被容盼摘下虎頭帽，原本鬆軟的胎髮被剃掉了，頭頂光禿禿的。她舞動著肉粉粉的小手，睜著大眼，咿咿呀呀的在找她。

容盼親了一口小禮物，那小傢伙直勾勾的盯著她身上的五彩琉璃珠。

容盼看了一下天色，酒宴快要開始了，加之今天本來就只是小禮物的滿月酒，還不是需要和眾人見面的時機，她就囑咐乳娘道：「妳把小姐抱回屋裡，剛鬧了那麼一會兒想是也睏了，妳等須仔細照看著，過了這月我就給妳們提一兩銀。」

幾個乳娘喜不自勝，本就是盡心盡力，現下更是恨不得使出全身的力氣來表忠心。

「太太，酒宴開始了。」正說著，秋香過來朝她一俯稟告道。

東廳那邊各夫人、太太皆已入席，十人一桌，一桌兩名侍女端酒侍候著，滿滿當當排了整整三十來桌，正是人聲鼎沸，熱鬧至極。

容盼目視前方，抬著頭，雙手安於身前，慢步而進，在路過秋香時，她誇道：「今晚，妳們真漂亮。」

秋香幾人，均穿著銀紅縐紗的裙，黑髮上都別著一朵俏麗的絨花，或黃，或藍，或粉，或紫，五彩斑斕，幾個站成一排便成了一道風景。

秋香微紅了臉，目光追逐著她挺直的背影。

只瞧前方，她穿著大紅色的正二品誥命霞帔，廳內明亮的燈火將她的側面打得越發柔和紅潤，她一步一步，一步步往前走，走得異常堅定穩直。

酒宴終於在炮竹聲響起時開始了。

容盼照例跟在大夫人身後，一桌桌敬酒，因她剛出月子，白玉壺的酒杯之中，裝的是溫熱的開水。

廳內，熱鬧的氣氛卻烘得她雙眸明亮、兩腮緋紅。

一輪酒敬完，容盼熱得很，便回去換衣衫。

外頭略有些涼意，秋香、秋意走在前頭打著燈籠，假山上的樹木花叢透著一抹斑駁光影，湖面在月色的照耀下，波濤粼粼，泛著晶亮，容盼打了個哆嗦，攏了攏斗篷，一行人直往朱歸院走。

「太太，等會兒要備一碗米粥嗎？」秋香走上拱橋時笑問。

容盼點點頭。「在酒宴上沒吃什麼。」

一行人剛下橋面，忽聽有人叫她。

「太太……」伴隨著一陣涼風吹過，四周草木嘩啦啦作響。

「誰？誰在那邊，還不出來！」秋意驚覺，護在容盼跟前，拿燈籠往前照去，只見陰影處站著一個人影，藉著光可以看見她梳著高隆的婦人頭。

秋菊從黑暗之中走了出來，穿著鴉青緞子襖、鵝黃紬裙子，底下是一雙桃紅素羅的高底鞋，低著頭朝容盼撲通一聲跪地。「太太，是奴婢秋菊。」她早已哭得淚眼婆娑，不知在假山後等了多久。

「妳如何來這兒了？」容盼問。

秋菊跪爬到她跟前，磕了三個響頭，哭道：「秋菊有話想與太太單獨說，求太太賞秋菊一時半刻。」

眾人皆望向容盼，容盼斂目，四周不時有人來往，她掩蓋住眼中的厭惡，朝秋菊道：「好，妳說。」她說罷，又對秋意等人輕聲道：「妳們先回屋裡給我備好衣物，燒好茶，我就來。秋香留下。」

「是。」眾人皆應，朝她行了個禮，紛紛往後退去。

容盼帶著秋菊往亭中走去。

亭中沒有一人，隔著那喧囂的宴客大廳有些遠，只隱隱約約聽到一些鼓漲的風聲。

容盼掃了掃冰涼的石凳，坐下。

秋菊擦乾眼淚，小心翼翼的抬起頭看了一眼她的臉色，怯弱道：「太太，您就原諒秋菊這一次吧。」

容盼顯得有些不耐煩。「有話直說，我沒什麼時間陪妳。」

她說的是實話，前頭一大堆的賓客，哪裡有時間？

秋菊連忙道：「太太，求求您幫奴婢在公子面前多多美言幾句，公子他會聽您的。」

秋香眉頭一皺，上前。「秋菊姊姊這說的是什麼話，咱們太太和你們家公子可是沒什麼干係。」

秋菊被她說得一怔，急道：「奴婢實在是走投無路了，不然也不敢來打擾太太的清貴，只、只是……這次若太太不幫奴婢，奴婢真的寸步難行。」

想必她的日子的確過得不大好，秋菊已是開了話匣子，大口吐出心中的煩悶。

原這黃沄湖新娶的固氏也是個厲害的人物，收拾起他身邊的妻妾一點都不手軟。

但凡是他看上的，她都要橫眉冷對，更何況秋菊在她還未過門前就生下了庶長子，這簡直就是一根針刺在她心口難拔出來。

秋菊的日子就難過了。

每日晨昏定省必不可少，有秋菊在，其他婢女一概不用，單拿她當婢女，且無論侍候好壞皆被挑刺、咒罵、挨打。

這不過幾日就把孩子抱給了乳娘養，秋菊若要見，定是不肯。秋菊求過黃沄湖，但黃沄湖也被這妻妾爭寵的把戲鬧得焦頭爛額，為此越發的少進後宅了。

容盼靜靜的聽著。

秋菊細細道完了，給她磕了一個響頭，捂面求道：「奴婢不敢和正房娘子比肩，只求太太替我通融通融，在公子跟前說幾句好話，讓孩子給奴婢自己養著。公子不忘舊情，也算是太太對奴婢的恩德了。」

容盼望著秋菊這張臉，她早已不是她認識的人了。

如今跪在她跟前的是黃沄湖的妾侍，梳著婦人頭，穿金戴銀，眼中止不住的算計。

「妳既不敢與她鬥法爭寵，又求到我這兒做什麼？」容盼起身，對她道：「我幫不了妳，妳去找其他人吧。」

秋菊眼看容盼要走，立馬慌亂起來，哭道：「太太許是還不肯原諒秋菊，但那日送賀禮到顧府，奴婢實在不是有意去勾引公子，可也不知是哪裡出了差錯，太太……奴婢不敢隱瞞太太，事後奴婢驚恐極了，可又不敢對太太說。」

秋香鄙夷地望著她，卻見太太停下了腳步，轉過身。

秋菊眼中立馬點燃了希望，連忙拉住她的手。

容盼任由她抓著，先問：「妳為何不敢和我說？妳覺得我會阻攔住妳，不肯放妳走？」

秋菊慌忙搖頭。「不是，太太不是這樣的人。」

容盼又問：「妳事後知道有孕，為何不告訴我，而龐晉川卻知道了？」

「奴婢怕太太多心，奴婢不敢讓太太心煩。」秋菊痛哭流涕，眼淚滾落而下。

容盼不由笑出聲，那笑聲顫得秋菊心坎發抖。她似笑非笑問：「所以妳就敢算計我，換掉我的避子湯？」

秋菊猛地頓住，許久猛地搖頭，抱住容盼的膝蓋，痛哭。「秋菊不敢，是爺，爺說不會有事，所以秋菊才……」

「妳到底是為了我，還是為了妳自己！」容盼揮開她的手，秋菊還要再攀上來，容盼伸出手就給了她一巴掌。「妳為什麼不多等一會兒？或者直接跟我說妳喜歡的是他，我難道就不會成全妳嗎？妳既然當初不信我，今天又何必回來惺惺作態求我原諒！」

清脆的巴掌聲異常響亮，在她的臉上留下了暗紅的印記，秋菊捂著臉，被打懵在原地，呆呆地看容盼，連哭都忘了。

誰說她回來哭一聲、跪一下她就得原諒？

容盼收回手，彎下腰指著她鼻子罵道：「自己選的路自己走，妳還指望我會出手幫妳？警告妳，給我滾遠點，若再讓我看見妳一次，定叫妳求生不得求死不能！」

秋菊渾身打了個哆嗦，戰慄不止。

容盼看都懶得看她一眼，往屋中走去，但才剛回過頭，就見不遠處黃沄湖站在那裡。他不知道站了多久了，緊擰著眉頭盯著地上跪著的秋菊，面色凝重。

秋菊似感到異樣，慌忙轉過身，在見到黃沄湖的下一刻，驚叫一聲，整個人抽搐不已暈倒在地。

「您怎麼來了？」容盼深吸了一口氣，頭疼得很。

黃沄湖朝她抱歉一笑，叫人上去拉秋菊。「給妳添亂了。」

容盼點了點頭。「是有些亂，不過這也是最後一次了。」

兩人對立站著，大概快有一年沒見。

黃沄湖貪婪的盯著容盼的面容，心下晦澀酸漲。容盼卻不願意與他多待，今日酒宴人多嘴雜，被人碰見不好。

她朝黃沄湖微微點了點頭。「抱歉，今日事多，改日再去府上拜會。」

黃沄湖苦澀低頭。「莫要客氣，是我喝醉了酒，誤入後院唐突了夫……夫人，還望夫人不怪罪才是。」

容盼嘆了一口氣，叫秋香給他指路回去，自己則要往朱歸院的小路走去。

兩人擦身而過，對向而走，她還未走遠幾步，忽聽他問：「容妹妹，妳當年心中可曾有過我？」許多年都憋在心裡的話，還是問了出來。

容盼腳步一頓，她道：「從來沒有。」

「我不信。」黃沄湖身子一晃，快走數步，猛地拉住她的手。「他對妳根本就不好，若是好，也不會一個個妾納進來！」

容盼下意識甩開，嘴角微微往上勾起，極度諷刺地問：「他對我好不好關你什麼事？你又是誰？我只要知道我過得很好就是了。就算當年我嫁給你，你能保證你不三妻四妾、見一個愛一個？」

「我……」黃沄湖愣住。

容盼步步緊逼。「都是一樣，別把你自己看得太高了。」

在大宅門內，談什麼感情？就算有，那也被一步步消耗了。

月色照在兩人身上，影子卻分得很開，金桂淡淡的香氣和微涼的空氣夾雜在一起，幽幽的闖入人的五臟六腑。

黃沄湖竟不知如何開口了。

「以後……」容盼抬起頭。「再遇見了，就當互不相識。」

容盼挺直了腰板，越過湖面的小道，過了亭子。

大概很早之前，黃沄湖幾乎是占滿了顧容盼所有的感情，但至少在她看來，沒嫁給黃沄湖也沒什麼好可惜的。

一個男人，若是真的愛妳，定是非妳不可的。

可黃沄湖沒有。

既然已經選擇了，那又何必割捨不下？

顧容盼已死，可她還活著。

而嫁給誰，到如今對她已經沒有什麼區別了，不過是換個男人，換個世族，繼續鬥下去而已。

她不屑成為任何一個男人心頭的硃砂痣或者是白玫瑰，她可以過得很好。

第三十九章

酒宴辦到戌時才結束。

容盼睏得不行。

她回到屋裡，卻見龐晉川不知何時已洗漱完畢躺在床頭，正百無聊賴的翻著書。小禮物就躺在他身邊，已經睡醒了。

「回來了？」龐晉川的目光好不容易從書中分出一些給她。

好似只是一個極其尋常的動作，但兩人自南澤回來後，不同房已經許久了。

容盼先脫掉馬甲，洗了手，擦乾淨了，上前逗弄小禮物，漫不經心邊問：「今晚你不回書房嗎？」

「嗯。」龐晉川悶聲哼了哼。「書房冷冰冰的，不如妳這邊暖和。」他也放下書，盯著小禮物，忽地問：「聽說，妳今晚見到黃沄湖了？」

小禮物口水流了下來，容盼抽出帕子替她擦掉，答道：「嗯，見了，無意間碰上的。」

知道瞞不過，也沒什麼好瞞的。

龐晉川眸色如墨，只是嘴角笑意漸漸沈下。「都說了什麼？」他按住她的手，強制將她的注意力拉回到他身上。

從她回屋，眼睛就沒在他身上停留上半刻，一顆心就掛念著她女兒，現在連和他說話都漫不經心了。
容盼這才回過頭看他，看了許久。「我叫他下次再遇見我，就當作互不相識。」
他忽地一怔，稍後，哈哈大笑，握著她的雙手卻絲毫不肯放鬆，小禮物被他的笑聲給嚇了一跳，呆住了。
「別笑了，快放開我。」容盼有些懊惱，眼看小傢伙眼眶開始泛紅。
龐晉川也不知樂個什麼，就覺得心頭暢快。
但下一刻就被小禮物吭哧吭哧的哭聲給憋了回去。
「驚到了。」容盼瞪了他一眼，抱起小禮物往邊上走。
屋外乳娘問：「太太，可要奴婢進來？」
容盼搖頭道：「妳們去睡吧。」
乳娘猶豫了下，應下。
龐晉川雖被她瞪了那一眼，卻覺得渾身暢快，只不知道她怎麼生了孩子後越發的有了風情？
容盼卻是焦頭爛額，小禮物哇哇大哭，小眼淚不要錢的直滾。
容盼只得不斷的安慰她，用自己的聲音安撫她的躁動。
等過了許久，小禮物才漸漸安靜下來，但下一刻，頭就往她懷裡拱。
想是餓了。
容盼抱著她坐下，望了一眼龐晉川，他也在看她。

容盼只得側過身，避開他的視線，解開身上的衣扣，撩開金黃色的肚兜，將乳頭湊到小禮物嘴邊。

小禮物一口含住，大力的吸吮起來。

她剛開始吃得很急，後漸漸的慢了下來，容盼只輕輕的撫摸她的背部幫助她消化。

大致吃了一刻鐘的時間，她才安穩的閉上眼。

容盼小心的將她抱回到搖籃，替她蓋好棉被，拉上床幔。

正待起身，忽腰間多了一股力量，他從身後環過她的腰，在她耳邊吹了一口輕氣，喘息道：「不許再餵小六了。」

容盼身子一僵，強壓住內心不斷翻滾出的噁心。

「容盼，咱們回床上，把小六抱出去。」龐晉川嘶啞著聲，一瞬不瞬的盯住她的眼睛。

容盼在想，她想在他身上得到什麼？

才能忍下來。

龐晉川的慾望很強烈，他將容盼摟抱上床，除掉了她的髮簪，只瞧著一頭烏黑水亮的長髮傾瀉而下，他眼中毫無意外的閃過一絲驚豔。

他靠在床邊，容盼就坐在他身上，龐晉川沒有親吻她的唇，而是直接撕扯開外衫，露出包裹著渾圓的金黃色織花肚兜。

兩人已許久沒在一起，身子卻極為熟悉，他駕輕就熟地解開她的肚兜，看著兩團晶瑩的渾圓蹦出，上下微微跳動著。

龐晉川雙眸極黑，斜視她一眼，撲上去。

容盼昂頭，緊摟住他的脖頸。

他吸吮得很用力，另一隻手不住的揉捏著另一邊，龐晉川小心的剝掉她身上所有的衣物。他的動作極為虔誠，猶如她一碰就碎。

一層一層，剝盡了。

只是，他眼底原本的炙熱卻忽地冷了下來，悸動的慾望在這一刻煙消雲散。

容盼冷漠看他，圓潤飽滿的屁股從他慾望的尖頭擦過，她停了片刻看他實在硬不起來了，才從他身上爬下，抓過地上的肚兜繫上，蓋住那皮肉鬆弛還泛著一圈一圈暗紅色痕跡的肚皮。

「還要嗎？」容盼平淡的問他。

龐晉川回過頭，緊皺著眉，望了她許久，扶額。「遲了，今晚先睡吧。」

「好。」容盼一口應下，迅速的穿好薄衫。她從他身邊爬過，整理好長髮枕在枕頭上。

月色已經升上頂空了，容盼睏得不行，也不知過了多久，在她半夢半醒之間，她感覺到身側的被窩深陷下去，身後一個溫熱的身軀緊緊貼上來。

「睡了？」

「沒睡。」容盼答，她慢慢的感覺到股間他的慾望重新抬頭。

「容盼，妳肚子這裡什麼時候能好？」龐晉川嘶啞著聲問。

「你嫌棄我了？」

他的語氣微微帶了些委屈。「沒有，但喜歡妳從前的樣子。」

容盼嘴角這才勾起一抹笑意，轉過身，埋在他胸口，緊緊攀住他的脖子，聲音有些哽咽。「你想要了？」

龐晉川頷首。「嗯。」說著拉出她的小手伸進自己的綢褲之間。

「今晚，妳得給解決了才准妳睡。」他悶哼一聲。

容盼臉紅紅的從他胸前鑽出來，一雙杏眼帶著水霧，臉龐有些發紅，龐晉川不由得親上她的眼睛，容盼顫抖的眨著，兩隻手握住他的炙熱。

「再快一些。」他在她耳邊低吼。

容盼似笑非笑地望她，順著他的要求，他還不夠，還要繼續親吻她的渾圓，在兩人糾纏到最後，他繳械投降，她笑意不減。

「磨人精。」他紓解後依然不放，將她緊摟進懷中，此刻竟如此的滿足，超乎他意料之外，兩人耳鬢廝磨之間，他輕輕咬住她的耳垂，呢喃。「快好起來，我還不夠。」

「不夠？」她將一隻沾滿污濁還帶著濃重麝香腥味的小手放在嘴角，挑釁看他。「哪裡不夠？」

龐晉川的呼吸猛地又急促起來，容盼翻身壓在他身上，順勢而下。

龐晉川倒吸一口氣，忍受著極致的體貼。

到最後一聲嘶吼，全部繳械在她口中。

容盼從他身上爬下，吐掉口中的濁物，隨後拂開她額前的散髮，在他還未回神之際，強制啟開他的雙唇。

兩人從對抗到相濡再到離開，容盼笑得恣意，竟帶了他從未見過的妖豔。

「下次……」她笑得渾身顫抖，好幾次險險的要從床上跌下去，龐晉川捨不得連忙緊箍住她的腰，她格格笑道：「下次，再不滿足，不要來找我了。」

龐晉川蹙眉，狠狠咬上她的唇。「那我找誰？」

容盼點住他赤裸的胸膛，一路滑下，最後到達那地，微微昂起頭俯視他。「隨便，你找誰。」

龐晉川一怔，但見她捂住嘴偷偷發笑，心下又氣又覺得好笑。

「我誰都不找。」他保證。

容盼微斂目望他，目光飛快的閃過一絲冰冷，她道：「我記下了。」

龐晉川喜歡看她笑逐顏開的模樣，此刻的容盼是活色生香的，他難以抑制的對她產生一種獨占的情懷，他也很自然的將其他的女人與她對比。

但，沒有一個女人能給他帶來這種悸動。

「好。」他輕聲應道，很快的也得到了她的獎勵。

容盼抱住他的額頭，俯下身，在他唇上狠狠的蓋上一個紅痕，還不等他抓住，就已經飛快的離開他的身體。

「小妖精！」他趴在床頭望著她赤裸的身子，咬牙切齒。

容盼笑了笑，轉過頭的瞬間，冷漠的望著身上的渾濁和吻痕。

「秋香。」
「是，太太。」秋香連忙走出。
「沐浴。」

翌日醒來，龐晉川早早去了書房，床邊冰冷冷的，空氣中卻透著一股和煦陽光的味道。
容昐梳洗打扮後，用了膳，去看小禮物。
小禮物正好被乳娘抱著，要餵奶了。
容昐逗著她的小臉蛋。「我是娘呀，還認不認得了？」
小禮物揉著小眼，要往她懷裡鑽去，容昐沒動。
乳娘解開了衣扣，小禮物吃了一口就不肯吃了，直直望著她。
「我來。」她將小禮物輕輕的抱進懷中，往主屋走去。
秋香正收拾被面，容昐坐在榻上，解開衣兜，撩起肚兜，小禮物一頭就往她懷裡鑽，吮吸了就不肯放。
容昐倒吸一口氣，牙齒緊咬。
昨夜被龐晉川咬得重了，現在還疼。但她看見小禮物吃得滿頭大汗紅著臉的模樣，不由得柔下心腸。
一邊吃完了，又換了另一邊，可等兩邊吃完了，她肚子還餓。
小禮物吮了半天，沒吃到乳汁，立馬大哭出聲。容昐頭疼，只得叫奶娘進來，奶娘餵了幾次，才給餵進去。

「太太。」碧環擰了熱帕遞給容盼，容盼敷在胸口煨著。

龐晉川走了進來，看見，不由眉頭一皺。「可是疼了？」

「嗯。」容盼點點頭。

乳娘見他來，連忙抱著小禮物下去。

這時冬珍也撩了簾進來，手上捧了一個木匣，與乳娘錯身而進，她朝容盼請了個安，笑道：「太太昨日叫奴婢送去的回禮，奴婢送去了，老太太說極是喜歡，讓太太安心養著身體，過幾日再和爺去請安。」

龐晉川頷首，替她換了條帕子，隨口問：「岳母可好？」

冬珍笑道：「好是好，但奴婢剛回來的時候，老太太屋裡正丟了東西，頭疼得很。」

兩人皆望向她，冬珍回道：「說是幾幅畫，也不知是丟了還是藏到哪裡，沒找出來。老太太說，許是過些日子它自個兒自動溜出來也不定。」

「什麼畫？」容盼問。

「說是有太太的畫像，還有老太太自己的畫像，左右估摸著是放哪裡給忘了。」

龐晉川看向容盼。「要不，明日我叫畫師來替妳再畫上一幅送去？」

容盼想了想。「也好。」

正說著，屋外進來一個陌生的丫鬟，穿著紫襖、綢褲，年齡不過十五、六歲的模樣，朝兩人一俯。「爺、太太，大夫人說表小姐來了，請您過去呢。」

「什麼表小姐？」容盼連忙穿上衣服。

丫鬟笑道：「是大夫人娘家，張舅母帶著表小姐來咱們府裡作客，說本來是給小姐過滿月的，但偶感風寒沒來。這次來咱們府住上十天半月就回去了，讓爺和太太過去和舅母、表小姐打聲招呼。」

「去吧。」龐晉川扶容盼起來，替她拿起馬甲披上。

容盼整了整髮鬢，隨龐晉川一起去了前院。

兩人還未進屋，就聽得裡頭傳出一陣陣的歡聲笑語，其中一個清脆活潑的聲音尤為惹人注意。

「夫人，爺和太太來了。」丫鬟通稟，說著撩開門簾。

大夫人拉著張倩娘的手，親熱道：「看看妳表哥和妳表嫂，前頭剛得了一個好看得不行的丫頭，不知今日抱沒抱過來。」

她聲音剛落，容盼和龐晉川兩人一前一後走進。

「母親。」兩人行禮，大夫人連忙讓人看座。

容盼坐在圓凳上時，只見大夫人和張夫人坐在主位上，張夫人身邊站著一個曼妙佳人，不過十七、八歲的年紀，長得明豔可愛，一雙大眼圓溜溜的在他們之間轉動，最後落在龐晉川身上猛地一亮。「大表哥。」

龐晉川擰眉，似乎在回憶，後才記起，對大夫人笑問：「是舅舅家的表妹？竟長這麼大了？」

倩娘小步上前，朝他行了個萬福，淺笑依依，埋怨道：「許久不見，大表哥竟把倩娘忘了許多！」

大夫人指著她對容盼笑道：「當年倩娘在咱們家住的時候，天天跟在晉川後頭纏著很。」

「姑母。」倩娘紅了臉，小心的覷向龐晉川身旁坐著的婦人，笑問：「這便是表嫂吧，長得可真好看。」

容盼朝她一笑。「是叫倩娘嗎？」

「是。」她一口應下。

大夫人道：「本來想叫她住我院裡，不過她說想進園子逛逛，我想著把東瑾丫頭院裡的東廂房撥給倩娘住，妳看如何？」

容盼想了想道：「也好，只是委屈妹妹了。」

「不委屈，不委屈！」倩娘連忙搖頭。「表嫂人真好，表哥真有福氣。」說著望向龐晉川。

龐晉川望向容盼，目光灼灼，熱烈異常。

午後，兩人在大夫人屋裡用過膳，大夫人叫容盼帶倩娘在府裡四處走走，溜溜食。

龐晉川順道要去書房，三人便一起出了大夫人院子，往東邊走。

過了座湖，九月底，蓮花早已枯萎，湖面被剝得一乾二淨。隔著水面，傳來陣陣絲竹之聲，倩娘問：「大表哥，湖中一閣樓住著誰？」

龐晉川道：「那處叫閒逸閣，本是一個戲臺子，後建成閣樓撥給府中的戲班住。」

「我家以前也養著戲班，但近些年都散了。這靡靡之音，母親時常管教我，還是不聽為好。」倩娘笑著望向身後的容盼。

容盼正拉著秋香指著湖中覓食的鳥，忽被她叫道。

「嫂嫂，您家中也養著戲班吧。以前可常聽？」

容盼回道：「不常聽。」

「咦？」倩娘瞪大了雙眼。

龐晉川解釋道：「她不愛看戲。」

「原來如此。」倩娘搖搖頭，紅了臉。「嫂嫂是世家小姐，想來家教也是甚為嚴厲的。」說著，又對龐晉川道：「我初來乍到，也不知大家性情如何，若是有唐突之處，表哥和嫂嫂還多多體諒才是。」

龐晉川看了一眼容盼。「妳莫要擔心，她人是極好的。」

倩娘一聽，連忙跑回去，挽住容盼的手臂。「嫂嫂不會怪罪妹妹吧？」

容盼望進她雙眼，許久，臉上才露出一抹意味不明的笑。「不怪。」

「如此，我才放心呢。」倩娘輕撫胸膛，鬆了一口氣，容盼未言，繼續跟在他們兩人後面走著。

倩娘則一路指著前頭快走，問東問西。

其間龐晉川不時停下腳步等她跟上。

但容盼走累了，也不願意走了，就停下來坐在橋邊。

龐晉川又回過頭，要拉她。

才剛走幾步，來旺快步走來。「爺，皇上讓您進宮一趟。」

今日難得的休沐，他微微蹙眉，應道：「知道了。」

他快步走到容盼身邊，對她說：「我需進宮一趟。今晚，妳不用去夫人那邊作陪，讓冬珍告知說身體不舒服，早早睡下了，可知曉？」

「嗯。」容盼本來就沒這個打算。

「若是回府遲了，妳莫要等，先睡吧。」他又交代。

「好，您慢走。」容盼頷首。

龐晉川不由捏了捏她的臉蛋，薄怒。「就一句話都沒和我交代的？」

「這裡人多，您不要動手動腳的。」容盼躲開，望向前頭的倩娘，可手卻被他拉住，她才低聲道：「您早去早回。」

他得了這句話才心滿意足大步離去，容盼望著他的身影抽出絲帕掩嘴。

正轉身，卻見倩娘欣羨笑說：「大表哥對嫂嫂真好。」

第四十章

容盼將張倩娘送到東瑾屋中，長澧和小兒也在。

難得兄弟兩人坐在一起，東瑾正鼓著嘴給兩人分糖，但無論怎麼分都多出一顆，東瑾很憂傷，小心翼翼的望了兄弟兩人，正凝神思考著，突看見容盼來，大喜，撲上去。「嫂嫂，嫂嫂，妳快來幫幫我！」

「什麼事？」容盼問。倩娘被她推開，極是不悅。

東瑾頭疼的轉動手腕，指著桌上的糖。「怎麼分都多出一個來，怎麼分？」

小兒和長澧見到容盼來，連忙上前行禮，容盼走上去，想了想道：「要不，這顆糖給倩娘吧，以後倩娘和妳住一個院子裡，東瑾高興嗎？」

容盼笑著望她，東瑾先是不明白，後想了許久，重重點頭。「高興！東瑾有人陪了！」

容盼讓倩娘過來，對她道：「這是二妹妹，以後妳就住在這兒了，可成？」她話還沒說完，東瑾已經跑上來拉住倩娘的手，兩手一攤開，拉著她飛快轉動。「姊姊真好看！」

倩娘笑意尷尬，被帶了幾次，就甩開她的手問：「嫂嫂，她可是姑父庶出的小姐？」

一旁的長澧聞言，嘴角耷拉了下來。

容盼一笑，倩娘道：「我家中也有幾個庶出的姊妹，但都談不上什麼話。今日一見嫂嫂，倒像見到親姊姊一般親切，不知倩娘以後可否多往嫂嫂屋裡走動走動？」

東瑾還想再去拉倩娘的手，都被倩娘躲開。

容盼招手喚東瑾過去，撩開她滿頭的亂髮，東瑾扭動著，抓她身上的玉扣，容盼壓住她的手，朝倩娘微微一笑。「只怕辜負表妹了，近來恐不便。倒是二房那邊還有幾個妹妹，年紀倒與妳相仿，妳可多去走動走動。」

東瑾笑意僵在臉上，小兒朝容盼覷去，偷偷捂嘴偷笑。

「那……那就改日叨擾了。」她咳了幾聲，羞紅了臉。

容盼淡淡的望了一眼，從善如流。「妹妹想來風寒未癒，還是早些歇息吧。」說罷，交代了東瑾院中主事的嬤嬤幾句，就帶著小兒和長灃出去了。

出去時，長灃嘴巴還鼓鼓的，生著悶氣，小兒好玩的跑到他跟前去，捏住他嘴角，他嘴角頓時跟漏風似的，氣得長灃不行，上前拉住小兒的手要打。

容盼瞪了兄弟兩人一眼。「還鬧？」

她聲音柔和，卻透著一股威嚴。

兄弟兩人立馬安靜下來，容盼才問。「長灃，你還在生氣？」

長灃點點頭，踢開路上的小石子，容盼停住腳步。「倩娘不和東瑾好，這事大嗎？」

「不大。」長灃自己也搖頭了。

容盼勾起他的下顎，看著他棕褐色的雙瞳，低聲道：「你不能強迫別人喜歡你喜歡的人或者是事情，你心胸應該放寬一些，順其自然。」

長灃想了想，點頭，可又說：「可我就是不喜歡她。」

小兒也插嘴。「娘也不喜歡她。」長灃抬起頭驚詫地望向小兒，小兒吐舌。「我猜的。」

「是。」容盼俯下身，噓了一聲。「這是秘密，不許告訴別人。」

「好！」長灃的臉色陰轉多雲，容盼送他們兩人去自己的屋裡，才回了朱歸院。

昨夜沒睡好，午後正是補眠的好時間，容盼享受了一個沒有龐晉川、沒有孩子，也沒有亂七八糟的瑣事的悠閒時光。

待一覺醒來，早已是日薄西山。

容盼讓人去大夫人屋裡請安說她身子不舒服，就不過去作陪了。

她獨自用了膳，秋香問：「太太，今夜要等爺回來嗎？」

容盼冷漠道：「他要回來自然就會回來。」

秋香吐舌，望向林嬤嬤，林嬤嬤道：「留門就好。」

說著讓屋裡的婢女都退下，上前給容盼布菜時說：「太太可是因那日生產時，爺說的話而心存怨恨？」

容盼放下筷子，想了想對林嬤嬤道：「我不怨。人活一世就這麼短暫，我何必要花時間去恨一個人？那得多累、多折騰自己啊。」

林嬤嬤望著容盼平靜的目光，似乎明白了什麼，輕聲道：「自太太那日對秋菊的態度，老奴就知道太太變了，這變了也好。」

容盼只是朝她一笑，繼續拿起筷子用膳。

夜裡，來旺冒雨回來，屋外冬珍替他收好雨傘，來旺抖了抖袖子上的雨水問：「太太在做什麼？」

冬珍面色焦慮，回道：「小姐著涼了，拉肚子，太太在裡頭照看。」

來旺唬了一跳。「可請太醫了？」

「請了，開了藥，正在廚房裡熬著呢。」

來旺聞言道：「我先進去看看。」說著撩開門簾往裡去，才剛踏進，就聽到嬰兒急促的哭聲。

只見明亮的燈光之下，太太正抱著小姐四處走，低聲輕哄著，但小姐還是啼哭不止，小臉脹得通紅。

來旺連忙上前單手請安。「太太，爺今晚留宿內閣，回不來了。」

容盼正被小禮物哭得心疼難耐，哪裡還管龐晉川回不回來，只胡亂應道：「知道了，你去吧。」正說著，乳娘捧著一碗黑黝黝的藥進來，容盼嚐了一口，已經溫熱了，就全部喝下。「哦，乖，娘就給妳吃奶。」

小禮物還太小，喝不了藥，太醫進言讓乳母喝，容盼想了想，還是自己喝吧。既然都生了，再遭罪也是她該受的。

容盼又低下頭貼了貼小禮物的額頭，再次確認沒有發燒，心下漸安。

來旺極有眼色地一看，心道太太此刻也是顧不上爺的，便行了禮趕忙快馬回去。

容盼這邊，喝下藥過了一盞茶的時間才給小禮物餵奶。

小禮物一邊哭一邊吃，吃了一半就不吃了，但過了一會兒好歹乳娘再看，拉稀好了許多，只糞便還帶有些黃水，小腹也不似剛才那般鼓脹了。看來藥還是吃得對的。

容盼摟著她睡在床上，到了半夜，又起來喝了一次藥，就著床上，半哄半叫的，又給小禮物餵了一次奶。

如此熬了半夜，小禮物一吃完奶倒頭就在她懷裡睡去。

容盼抽出帕子擦擦她的鼻尖和額頭，這孩子天生是來向她討債的。

心下又是無奈又是喜歡，恨不得自己替她疼去了。

乳娘又過來換了一次尿布，已經不拉了，容盼這才心安，小心的將她放回到搖籃上，拿了被子把她裹好後，露出一張小臉。

「太太，去睡吧。」碧環上前，撥暗了燭光。

容盼趴在圓桌上，目光怔怔的望著孩子，搖頭：「妳們去吧，我不放心，今晚先守著。」

「是。」碧環知道這孩子對她的重要，也不再言語，就替她倒了一杯熱茶放在桌上，後抱來一件斗篷，容盼披上後，她就站在身後也不動了。

一夜淅瀝瀝下了一場小雨，到了清晨才止住。

龐晉川踏著微雨回府。

「爺。」一早剛開院門的人，見到他回來皆是驚訝。

龐晉川問：「太太人呢？小姐可好了？」

「太太在屋裡，小姐……」還不等他說完，龐晉川早已快步踏進門檻往裡直走去。

黑色的斗篷被風颳得翻捲，他提著馬韁走了半道，才記起來，扔給來旺。

屋裡靜悄悄的，昨夜點的蠟燭剛熄掉，還飄著淡淡的白煙。

碧環聽到聲音連忙上前去，見是他回來，俯身請安。「爺。」說著指向裡屋。「還在睡。」

龐晉川頷首，往裡走去。

只見一張小圓桌前，她撲在上頭，烏雲斜垂。旁邊的搖籃裡，小傢伙已經醒了，正自己吐著舌頭自己玩。

「妳醒了？」龐晉川伸出大掌小心的抱起她，小禮物打了個哈欠，被他抱在了懷裡。

「碧環。」他喊，目光從小禮物移到她娘身上。

碧環快步走進，龐晉川冷聲道：「把小姐抱出去給乳娘。」

「是。」她抱過後，往外走去。

龐晉川坐在容昐旁邊的椅子上，歪著頭仔細的打量她。

也就一晚沒見，怎麼眼底就熬出濃濃的青黑了呢？

他單手摸上她的眼睫，她還沒有醒來，那細細長長的睫毛微微撲扇著，龐晉川露出了一個笑。

他俯身吻上她的嘴，強制撬開她的貝齒，輾轉舔弄，容昐嚶嚀一聲，他大笑，一把將她抱起，正要轉身，忽聽到身後碗碟「啪」的一聲，碎地的聲音。

容盼難受的嗚咽一聲，緩緩睜開雙眼，隔著他的臂膀望去。

只見張倩娘不知何時站在了那裡，地上是碎成片的瓷片，幾個蘋果、柿子滾落一地，有的滾到了龐晉川的腳下。

「我……我只是想給嫂嫂送一些水果……不知您也在。」她臉龐極紅，帶了一抹羞澀，目光飛快的望了一眼龐晉川，捂著兩頰飛快逃了出去。

容盼冷冰冰的望著她離開的方向，但很快在龐晉川轉頭看她時，又閉上眼。

「知道妳沒睡。」龐晉川在她耳邊低哼。

容盼勾起一抹笑，他就這樣吻了吻她的嘴角。「被她看見了，妳可不要惱。」

容盼睜開眼，望向他，昨夜他情況也不好，嘴邊冒出了青色的鬍渣，昨天的衣物都沒換，渾身上下透著一股馬騷味。

她挑眉一笑。「不惱。」

只是在想，張倩娘不該留在這裡了，擋了她的眼，看不順了，就走吧。

龐晉川笑著抱她回了床上，將她放在裡邊，自己也和衣躺下。

容盼翻過身，目光幽深複雜，他從後頭將她摟進懷中，感嘆道：「內閣準備的小隔間床硬邦邦的，難以入睡，還是回來好。」說著勾了勾她的長髮在手中。「明日，皇上傳召妳入宮。」

容盼蹙眉，回過身，望他。「何事？不是皇后娘娘嗎？」

「昨夜一臣子在家中被夫人打了，皇上聞言大笑，便說起妳來，讚妳巾幗不讓鬚眉。」龐晉川說。

容盼的手被他握在手掌之中把玩。

她的手很小，右掌之中有一脈斷裂，後又蜿蜒而出，長至手心彼端。

龐晉川告訴她。「皇上近來頭風病發作得厲害，說不了多長的話，妳莫要緊張，冷靜應對就是。」

容盼對於皇帝早就沒了印象，也就皇后冊封時遠遠見過一次。

是一個極其高瘦的男人，但他眼底的目光讓她對這種人敬而遠之。

「我知道了。」容盼頷首，長舒出一口氣，撥開他的雙臂束縛。「睡吧，實在睏得不成了。」

「嗯。」

屋內漸漸傳來兩人呼吸間吞吐的氣息。

雨後的陽光透過紗翼穿入，變成了極其柔和的光亮，就照在兩人的床頭。

屋裡靜悄悄的，陷入了夢鄉。

翌日，待龐晉川下朝回府後，容盼早已準備妥當。

長灃和小兒、倩娘等送他們出門。

龐晉川先把她扶進車廂，自己才上車。

他極少坐馬，喜歡乘車，故以車廂做得極為精緻寬敞。

「駕！」車夫揚起皮鞭喝了一聲，駿馬揚蹄快跑，只一會兒的工夫，那龐國公府高大的門楣就消失在兩人眼前。

皇宮離公府不遠，大約走了一盞茶的時間。

到他倆下車時，一個身穿深藍色袍衫、提著拂塵的太監早已等候在宮門口外。

「龐大人、龐夫人。」太監朝兩人行了禮，指著身後的兩頂軟轎，諂媚笑道：「皇上親賜明黃色蓋子蓋於轎頂，以示對龐大人和夫人的恩寵。」

龐晉川帶著容昐領旨謝恩，磕了三個響頭，才坐進轎子。

前方是什麼，容昐不知。

但進了那道朱紅色的宮門，看著寬大卻遠遠不見路盡頭的宮巷，容昐心底略有些緊張。直覺的，她不喜歡這個地方。

「龐大人、龐夫人到！」

許久後，轎子緩慢的落地，轎簾被撥開，一縷輕柔的陽光傾瀉在她身上，卻也刺得她雙眼微酸。

容昐從轎中彎背走出，龐晉川早已等在那裡。

他們面前是一道暗紅色的鏤空摺扇門，門口伺立著四個大紅色太監服的奴才，那扇大門緩緩的朝他們打開。

待他倆走近時，聽到裡頭傳來急促的咳嗽聲。

是一個很渾厚的男聲。

龐晉川緊緊的牽著她的手，源源不斷的熱從他掌心傳到她手心。

他偏過頭認真望她。「皇上近來病中。」

「很嚴重嗎？」容昐問。

龐晉川目光幽暗，只是深深望了她一眼，以只有他們兩人能聽到的聲音，說：「舊疾之症，難癒。」

雖是白日，但御書房內卻被層層黑布遮掩，陽光絲毫都照不進去，只有紅色的蠟燭點著，透著一股陰森冰冷。

容昐打了個冷戰，龐晉川回過頭看她，伸出大掌緊握住，輕聲道：「皇上頭風病發，見不得刺眼的日光，妳莫要恐懼。」

他的雙手寬厚，容昐抬起頭朝他一笑，但很快注意力就被御座上高瘦佝僂的男人吸引住了。

皇帝，她曾見過，雖僅有一面之緣，可印象中應該是個高大、俊美、黃袍加身的男人，但只一年，卻好像一下衰老了十幾歲，那瘦骨如柴的雙手抓住筆桿的模樣，讓容昐腦子中不由得冒出一個詞：惡鬼纏身。

許是容昐的目光太過專注，皇帝也直直的望向她，雙目似浸在深潭之下，幽深厚重，他嘴角朝上一扯，笑意似有深意。

容昐斂目，跟在龐晉川身後朝他跪下，行了三拜九叩大禮。

「起了吧。」趙拯虛抬一手，慢慢道，聲音蒼老疲憊，透著一股病態。

龐晉川先起，隨後扶起容昐，容昐頭上的金冠極重，她將一半的重量都交由他才站穩。兩人站在光亮清晰的大理石上，深黑色的石板映照出兩人的模樣。

趙拯深深打量著他們，忽地一笑。「早就聽聞龐夫人賢良淑德，今日一見不但端莊，且容姿頗為秀麗。」

龐晉川眉頭一皺，容昐行了個萬福。「臣婦蒲柳之姿，如何能得如此讚譽，皇上謬讚。」

趙拯仍是笑，笑意透著一層古怪。「夫人謙虛，與龐愛卿果真是一對璧人，不過朕這兒近來不時傳來流言蜚語，說夫人善妒，不知可有此事？」

容昐心下一驚，連忙跪下，龐晉川上前。「皇上，此為謠傳……」

他話還未說完，趙拯咳了一聲，擺手。「若非如此，那朕今日作主，賜你幾個妾侍如何？」

龐晉川撩袍跪下，暗紅色的官服與容昐的大紅誥命霞帔融成一團，他深深望了一眼旁邊低眉的妻子，沈聲道：「非婦善妒，乃臣心中唯有夫人一人，還望皇上成全。」

「哦？」趙拯望向他，眼神一瞇。「朕聽聞愛卿亦是憐香惜玉之人，南澤有一名妓云萬蘭兒，愛卿似十分中意，如此怎心中唯有夫人一人？」

容昐嘴角露出一絲諷刺的笑容，很快又消散了，龐晉川緊張地望向她，聲音帶了一絲哀求。「聖上聖明，此乃中傷微臣之謠言，還望皇上明鑑。」

這兩人，一個是旁敲側擊，一個是老奸巨猾。

容盼頭低得越發低，甚至能在大理石上一清二楚的看清瞳孔的倒影。

趙拯的目光與龐晉川對視許久，漸漸含了一股怒意，後轉向容盼，笑問：「龐夫人對此事是何意？」

容盼身子一晃，怯生生望向趙拯，低聲道：「聖上親賜之人，婦不敢不受。」龐晉川微怒，從寬大的袖袍下緊扣住她的手，容盼吃痛咬住下唇，橫了他一眼，繼續道：「但龐國公府年前伴駕與陛下，被賊軍洗劫一空，實在捉襟見肘，只恐委屈陛下所賜美人，若是如此，那當真是臣婦之過，還望陛下成全臣夫婦之願。」

說罷，垂首朝趙拯深深磕了一個響頭。

冰冷華貴的珠翠磕於地，發出好聽的聲響，也映得她兩頰如玉。

趙拯深深望著容盼，眼底寒意漸起，但很快那抹寒意便消散在他眼底，趙拯扶額，頭疼道：「既你夫妻伉儷情深，朕如何能做壞人？夫人端莊嫻靜，也實在龐愛卿之幸事。」

龐晉川長舒了一口氣，袍袖底下修長的手牢牢的抓住她，眼底閃爍著明亮的光芒。

容盼回以一笑，那笑意卻未達眼底。

趙拯將兩人的神色收於眼裡，疲倦地靠在御座之上，略有些痛楚的呻吟一聲。「朕頭疼病又犯了，龐愛卿先回吧，夫人還要去皇后宮中，皇后說許久不見堂妹了。」

「是。」兩人頷首，朝他又叩了一個響頭。

趙拯揮手，兩人倒退而出。

在跨出御書房時，容盼心底不由一鬆，她不喜歡趙拯給她的感覺。

直覺讓她認為這個皇帝很危險，但到底為什麼會給她這種感覺，容盼猜想可能是病人身上那股陰冷的氣息所致。

「緊張？」

一個小太監走來，來領她去皇后宮中，臨走前龐晉川問。

她的臉色有些蒼白，這讓他有些擔心。

容盼搖搖頭。「不會，你去吧。」

說罷，朝他行了個萬福，隨太監離去。

遠處的天空湛藍極了，一眼望去寬闊無邊，但紫禁城太過高大寬廣，也把這天空給拘在這一片天地之中。

地是方的，連天都是方的，還有那一條永遠走不到盡頭的宮巷，在陽光的照射之下泛著耀眼金光的大紅色琉璃瓦片和黃色牆壁。

容盼在想，這個富貴到了頂天的地方，人間至尊的權力和地位也未必人人欣羨。

坤寧宮位於東，居主位。

容盼隨著太監進入，主位之上正坐著一身著鳳袍的華貴婦人。

圓臉、高額、柳眉、小眼，嘴角噙著一絲淡淡的笑，見她走來笑道：「好妹妹，可見到妳了，新生的姊兒可好？」

容盼注意到她身旁坐著的一個小兒，穿著一身圓領黃袍，鬆黃的長髮被拘成兩個小髻，眉眼之間和皇帝長得極像，但一個是陰冷一個卻是開朗。

容昐朝皇后和太子分別行了禮後，笑道：「娘娘一如從前，妾身觀之欣喜不已。家中姊兒極好。」

皇后仔仔細細的打量了她一眼，叫過太子。「沁兒，這是你姨母。」

趙沁烏黑的雙眼一眨不眨的盯著容昐，看了許久，朝容昐伸出手去。

皇后笑道：「這是要妳抱呢。」

容昐低下頭看這孩童，將他抱起。

趙沁攀住她的脖頸，皇后道：「雖一歲了，但還不會說話，為此皇上與我頭疼得很。」

容昐問：「可看過太醫了？」

「說是無事。」皇后說，容昐點了點頭，皇后從她懷中接過趙沁把他交給乳母。「你們都下去吧。」

寢殿內，宮女太監嬤嬤紛紛俯身退下。

容昐望著那高大的朱紅色摺扇門關上，連最後一絲陽光也關到了門外，她轉過頭，卻見皇帝從簾幕之後走出，真是越發的瘦了，好像一張紙，輕飄飄的風就能把他吹走，透著一股畸形的薄弱。

「顧氏？」皇帝淡淡一笑。

容昐心下一沈，望向皇后，卻見她面色凝重，目光之中滿滿打量的神色，最後好像越發陌生不認識她一樣，尖聲喝問：「妳是何人？膽敢冒充本宮的堂妹！」

容昐瞳孔猛地一縮，脊梁處一股冷冽之感，還不待她回過神，趙拯雙手擊掌，簾幕之後又緩緩走出一個高大的男人，虎背熊腰，斷了一隻手臂，步履蹣跚，他在皇帝跟前跪下，緩緩的抬起頭。

容盼這才看清，他是——龐晉龍！

「罪臣龐晉龍叩見皇上、皇后娘娘。」

趙拯指著容盼，問他。「你把她在通州的事細細說過一遍。」

「是。」龐晉龍抬起頭，朝容盼看去，露出一口陰森的白牙。容盼只覺自己猶如被一條毒蛇盯上，她看著他的雙唇上下開啟，猶如墜入冰窖之中，他講她如何從雍王手裡逃脫，又如何在棘州碼頭逃走。

龐晉龍笑問：「試問一個深閨貴婦如何有這等膽識？此人定是假冒我龐家長媳！」

趙拯轉頭望向容盼。「妳可有何話講？」

容盼終於明白今天是要做什麼了！但這又如何？就算她不是顧容盼，這副身子就是顧容盼的，他能奈她如何？

況且，龐晉龍本身就有破綻！

「臣婦冤枉！」

「妳有何冤？」

容盼鼓起一股勁指著龐晉龍。「此為亂臣賊子，皇上和娘娘如何能信此等奸佞之人所言？他心存報復之心，要報復臣婦夫妻二人。只單憑臣婦逃離賊子之手就判定臣婦是假冒之人，試問若是當時情況，皇后娘娘難道不會為了太子活下去而力保自我？」

「此婦心思縝密，且巧舌如簧，皇上切莫聽信讒言。」龐晉龍大叫。

容盼心一橫，揚手朝他掌摑而去，喝道：「龐晉龍追隨逆賊，忤逆陛下，又叛逃出京都，早就是該死之人，如何能活到至今？再者，即便你便是龐晉龍，可你卻讓你一雙老父老母身陷囹圄，妻子命喪黃泉；你乃龐府之人，我在你生死不明之際不顧前仇救你女兒，而你卻三番五次的陷害於我；如此不忠不孝不義之人，天理難容！既是如此，那你所做之事、所說之話如何能讓人信服！」

龐晉龍被打呆住，容盼看都不看他，撩起袍裙跪地嚶嚶哭道：「此人定不是龐晉龍，不知如何心腸竟如此歹毒，謀害臣婦。臣婦謹守婦德，不知何罪之有，竟得今日殺身之禍，還望陛下明察！」

趙拯和皇后對視一眼，容盼捂臉假作痛苦，在指縫之中注意兩人的神態。

容盼雖知自己反咬一口已是成功，但心下卻不見一點高興，就如她自己所言，龐晉龍早就是該死之人，可皇帝為何不殺他，卻還讓他進了內宮？

由此可見，趙拯早就起了殺心，然龐晉川此人辦事密不透風，他身邊圍得跟鐵桶似的，不好下手，也極難搜集他違法的證據，那龐晉龍作為曾經的龐國公府二爺，對龐晉川如此熟悉，眼下豈不正好能作為皇帝的一把鋼刀？

她思及至此，身子猛地一顫，越發覺得今日是難善了。

趙拯被她哭得頭都疼了，揮手不耐止住。「妳道朕誣陷於妳？且不及，還有人識得妳。」

容盼哭聲漸止，望向簾幕之後走來的二人。

卻是周愛蓮和王妙香母女倆。

容盼眼中閃過一絲怪異，不知這兩人所為何來？

正當她不解時，周愛蓮跪下，從袖口之中掏出一張請帖，遞於容盼眼前，問：「敢問龐夫人，妳如何知道這張請帖之上落款之期？」

容盼腦中猶如一根緊繃的線猛地斷裂。

周愛蓮朝皇上一拜。「民婦拜見皇上，拜見娘娘。」

皇后問：「妳有何話說？」

周愛蓮指著請帖，暢快道：「此是龐夫人在南澤期間處理周家家務的一件事，瑞珠寶行與民婦娘家有生意上往來，民婦嫂嫂仙逝，暫由夫人管事，家僕問起時，夫人道略懂皮毛，一個長於京都的夫人如何通曉洋人文字？」

「妖婦！妳可有何話說？」皇后沈下臉色，將滾燙的熱茶潑到容盼臉上，容盼抬手一擋，茶水還是從她頭頂潑落，深色的茶葉掛在她黑髮之間，顯得狼狽不堪。

她不能退，退了她就死無葬身之地！

容盼抬起頭望向皇后，她眼中的冷意讓容盼不由得打了個寒戰，匍匐在地上。「臣婦，臣婦……」她頓了許久，才哽咽道：「民婦是略懂洋文，但也就看得懂這底下的日期，這、這還是在南澤時偶然見過一次，才記下的。」

「娘娘，您切莫信她！洋文和咱們的字天差地別，如何就過目不忘、輕易學會的！」周愛蓮驚叫。

容盼紅了眼，指著王妙香怒道：「在周家妳就疑我與周朝崢有私情，如今周朝崢去了湖前，他至今未肯點頭答應娶妳女兒！妳是公報私仇、含血噴人，我乃一品大員之妻，如何能受妳一民婦誣衊？」

容盼一不做、二不休，問皇后：「娘娘是臣婦堂姊，從小一起長大，且臣婦夫君從龍有功，陛下和皇后就這樣冤枉有功之臣的妻室？如此豈不讓天下人寒心？」

趙拯眼睛危險一瞇。「果真不是一般婦人，有膽識。」他稍頓，眉頭一挑。「那朕就讓妳心服口服。」他雙擊掌心，摺扇門開，從外緩緩走進一婦人，手上抱著畫卷，交給身旁的宮人。

背著光，看不清她的模樣，只見她低著頭緩步走來，絹紗的裙底滑過冰涼的大理石面。

容盼極力想看清她的模樣，但目光卻被陽光刺得生疼。她聽見趙拯問：「婦為何人？」

「民婦秋菊。」

秋菊緩緩抬頭，臉色蒼白消瘦，她緩緩的轉過頭望向容盼。「太太。」

容盼一怔。

皇后乘機問：「妳是顧氏的陪嫁丫鬟，可認得出妳旁邊婦人是誰？」

秋菊盯著容盼，緩緩搖頭。「她不是我家小姐。」

容盼問：「妳可是怪我當日不幫妳向黃沄湖進言的緣故才不義於我？」

秋菊未答，只自己繼續說著。「這是民婦從顧老太太處拿來的畫卷。」她話音剛落，只見懷抱畫卷的宮人，將畫卷一一攤開。

只見圖中人，從姑娘裝扮至夫人裝扮，或倚欄，或閱書，或刺繡，各個神情不一，姿態百出。

圓臉、細眉、高鼻、小眼，與皇后有八分像。

一旁宮人拿來鏡面，放於容盼身側，趙拯冷聲道：「妳自己看看。」

鏡中浮現出一鵝蛋臉，柳眉、杏眼、小嘴的女人。

這張臉才是她早已熟悉得不能再熟悉的。

容盼終於發現她竟漸漸的又變成了自己上一世的面孔，與那畫中之人相差甚遠。

許多年了，她都已經忘記自己長什麼樣子了。可她先是來到了這個世界，後容貌在不知不覺中發生了改變，到底是因為顧容盼的魂魄消散還是因為她本身情況的特殊，導致了這種現象的發生，她無從考究。

「妳還有何話說？」

容盼乍看畫像整個人驚呆了，腦中竟一片空白，想不出任何理由辯駁，只覺得口乾舌燥，知道在劫難逃了，可此刻她腦中不斷的浮現出，她若死了，長澧、小兒還有小禮物怎麼辦？

一陣陣恐懼似巨浪，排山倒海席捲而來。

前面沒有路了，後面連退路都沒了，她拿什麼鬥？

「妖婦，我堂妹現在何處？」皇后怒極，上前甩了容盼一巴掌，把她的金簪打落在地，發出刺耳的聲響。

容盼捂住嘴角，跪在地上，膝下是冰冷的大理石地板。

就在皇后還要再動手時，皇帝已經叫人都退出去，他上前攔住皇后，咳喘了幾聲，才緩緩道：「朕不管妳是誰，朕只要一個東西，妳替朕辦好了，朕就賞妳還有妳的孩兒們富貴榮華。」

容盼忽地覺得一陣愜意，她轉過頭，撥開散亂的青絲，問：「您要什麼？」

趙拯目光轉回到她身上，透著一股滿意。「妳很聰明，知道朕要什麼。」

容盼低下頭，陷入了沈思。

她能觸及到的，而且強大到需要皇帝耐心揪住她把柄，且為了這個目的用榮華來換取的。

容盼望向臉色蒼白、身形佝僂的皇帝。

一個人的身影很快就浮現在她眼前。

「龐晉川。」

「龐晉川。」

兩人同時開口，趙拯哈哈大笑。「朕只要妳替朕把這些東西放在他書房之內即可。」

兩個宮女手抱著一個中等大小的匣子進來，放在她身前地上。

趙拯蠱惑著。「打開它看看。」

容盼眨了眨眼，伸出纖細的雙手打開木匣上的銅釦。

一頂十二旒綴七采玉珠，羽翼之上綴著盤龍的圓框烏紗帽子出現在她眼前，帽子底下是一件金光閃閃的黃袍。

容盼拖曳而出，抱在手上，不由昂頭哈哈大笑。「功高震主，功高震主！」

龐晉川汲汲一生的仕途和榮華，竟是如此的結果，竟比她的存在還讓人感到諷刺。

容盼笑得眼淚都出來了，她抹掉眼眶中溢出的淚水，抬起頭問趙拯。「我若不應，可能走出坤寧宮？」

「不能。」趙拯搖頭，靜靜注視著她。

容盼咧嘴一笑，趙拯指著那兩個宮女道：「她們會護送妳出宮，也會陪在妳身邊，不用擔心龐晉川會懷疑妳。」

那兩人朝著容盼一俯。「奴婢拜見夫人。」

容盼望著兩張鮮豔的容顏。

不過是皇帝禁錮和看守她的人罷了。

她撐著地面，緩緩爬起，宮女要幫，被她厭惡甩開，容盼直視趙拯，許久，輕啟紅唇。「如你所願。」

趙拯蒼白的嘴角露出一抹笑意，容盼撐著顫抖的雙腳，使盡了渾身的力氣，打開摺扇門。

門外的萬丈光芒將她整個覆蓋，容盼迎面望向天，跨出門檻，雙腳哆嗦了一下，身後兩宮女連忙左右架住她的雙臂。

還不待她再跨出一步，身後傳來趙拯冰冷的聲音。「莫要騙朕，妳若敢妄為，小心妳的三個子女成為朕刀下的亡魂。」

容盼吞了一口唾沫，轉過身，挑起眉。「不用威脅我。」

宮女還要再扶她，容盼甩開她們的箝制，怒瞪而去。「滾，滾遠點！若再敢碰我，我就從這高階之上縱身跳下。」

容盼一路而出，魂飛魄散。

她竟不知自己是如何爬上高高的馬車，如何整理好妝容，又是如何一路回到龐國公府。朱歸院內，秋香迎上前，擔憂地望著她的臉。「太太，您是否病了？」說著摸上她的頭，只摸到滿頭的大汗。

容盼抓住她的手，舉目茫茫。「孩子呢？」

秋香好奇的望著她身後兩個宮人打扮的婢女，回道：「大公子去了東瑾小姐的屋裡玩，小公子正和爺在咱們院的書房內習文呢。」稍頓，不滿道：「那個表小姐也來了，拿著一本書纏著爺問東問西，奴婢看不得她這輕狂樣。」

容盼哦了一聲，失魂落魄往臥室走去。

乳娘正抱著小禮物在廊下曬太陽，小禮物格格笑，一隻鸚鵡盯著她，好奇的轉動藍色的眼睛。

乳娘看見容盼，連忙起身行禮。

容盼抱起小禮物回了屋中，解開繫帶餵奶。

小禮物小手蜷成拳，撲在她胸口，吭哧吭哧吃得厲害，容盼一動不動的注視著她的臉，低下頭吻上她的額頭。

直到她吃完了，睡著了，容盼才把她放回搖籃之中，整理了衣物去書房。

院中早已百花皆殺，只餘菊花開得最好。

容盼撩開書房的門簾。

只見明亮的屋子裡，小兒和龐晉川一起坐於窗臺邊上，張倩娘坐在小兒旁邊，拿著書，蔥白的小手指著書中一段，問龐晉川，然那雙大眼卻一刻未曾落於書面，只盯著他。

容盼抿了抿嘴，目光幽深，深不見底。

龐晉川抬頭看她，笑問：「回來了？」

「是，我回來了。」

第四十一章

夜晚用膳時。

大夫人派人找張倩娘，見她在朱歸院便囑咐容盼道，她今晚吃素，恐倩娘吃不習慣，讓她一同留在朱歸院中用晚膳。

容盼站在門口，夜色如墨，她望著書房之中的兩人，淡淡道：「知道了。」

小兒已經溫習好功課，跑過來問：「太太，什麼時候用膳？」他摸著小腹，嘴巴往下耷拉。

容盼蹲下朝他笑道：「就好，去叫你哥哥來。」

長澧拉著東瑾一起來，晚膳也準備就緒。

容盼換了一身家常襖裙，跨出寢室時，望了一眼角落裡站定的兩宮女。她們肅手、低眉，眼觀鼻鼻觀心，十分安靜乖順的模樣，見她出來連忙跟了過來，將她夾在中間，容盼冷冷一笑，也不言語，往花廳走去。

龐晉川見她來，跨步朝她走去，捏住她的小手，容盼目光幽幽在他臉上流轉一會兒，嘴角笑意柔和。「等久了吧，剛給小禮物餵了奶。」

龐晉川眉頭輕挑。「都說了讓乳娘來，看妳手怎麼這般冰涼？」

「知曉了，剛吹了點風。」容盼點點頭，兩人一起上前。

倩娘嘴角微抿，望著他們交握的雙手目光閃爍，到容盼看向她時，她嘴角扯起一抹僵硬的笑容。「嫂嫂。」

「嗯。」容盼微微頷首，對她很冷漠，直接從她身旁走過。

倩娘尷尬地望向龐晉川，但見他目光絲毫沒落在自己身上，不由雙手擰著白帕，也隨著坐下。

屋外透進一股桂花的清香，混雜著酒味，醉得人覺得空氣都甘甜無比，屋內點著紅蠟，蓋著紗籠，婢女緩步上菜，有條不紊。

龐晉川提起筷子用膳，容盼隨後。

食不言寢不語。

她吃得很慢，基本只是扒米飯，龐晉川挾起一塊荔枝肉放於她碗中。

容盼怔然望著碗中的菜，發了一會兒呆，後抬起頭，咧了咧嘴角朝他笑道：「多謝。」兩人的目光交織。

小兒碰了碰身旁的長灃，兩兄弟捂嘴偷笑。

倩娘咬牙，望著兩人忽道：「表哥，我挾不到您跟前的木須肉，可否挾一塊過來？」倩娘臉色微微發紅，望著龐晉川的眼神帶著崇拜、欣喜和嬌羞。

這種目光，容盼太過熟悉了，在宋芸兒、喬月娥、姚梅娘、萬蘭兒眼中她都見到過。張倩娘不是第一個也不是最後一個。

容盼望向龐晉川，嘴角帶著一股似有若無的笑意，龐晉川見這笑容莫名的覺得心口發悶，他不由得皺眉對倩娘，略有些不耐煩道：「冬珍，與表小姐布菜。」

張倩娘驚住，緋紅的雙臉頓時脹紅了，後慢慢變白，變青，最後面如死灰。

待冬珍將木須肉挾到她碗中時，她已是胃口全無。

容盼抿了抿嘴，重新拿起了筷子。

龐晉川照舊吃了幾口就停下看她吃，容盼用得不多，只吃了小半碗，他又舀了滿滿一碗雞湯到她碗裡，逼她吃下。

容盼坐月子期間早吃膩了雞湯，哪裡肯吃？龐晉川無奈，只得自己拿了她的碗喝下。

倩娘早就不吃了，用手帕擦著嘴角，目光略有些幽怨的盯著兩人。

容盼就讓她看。

只有她不要了，沒有她的東西被人搶走的道理。

「吃好了？」龐晉川問，容盼點點頭，望向倩娘朝她一笑。「見妹妹吃得不多，可是不喜朱歸院的晚膳？」

倩娘被抓個正著，頗有幾分狼狽，連忙撇過頭去。「極好的。」

容盼便不再言語了。

如此面薄，不懂得掩飾喜怒的女人，如何能在這深宅大院之中生存下去？張倩娘還太年輕，單憑著一腔愛意能熬到幾時？她甚至連喬月娥都不如。

晚膳後，張倩娘要回去，但天色已是黑沈。

公府極大，要走也需有人陪，容盼讓龐晉川去送。

從剛才晚膳之中，他已察覺到倩娘的情意，長袖袍下不由掐住她的小手，咬牙切齒問。

「妳吃醋了？」

吃醋？

他還不值得。

容盼輾轉的眸色之中透著一股透明的光亮，她上前理好龐晉川的袖口，在他耳邊低聲道：「我等你回來，今晚任君處置。」

龐晉川眼中飛快閃過一絲光亮，嘴角笑意漸漸揚起，他的呼吸擦過她唇邊，先低下頭，含住那抹殷紅，好好地啜了個乾淨後才放開她，挑起她的臉，啞聲道：「妳如此勾人心魄，今夜為夫定是要好好索求。」

他也是憋了數月了，容盼指尖劃過他胸膛，最後點在他心臟處，目光一冷。「和她說清楚，莫要節外生枝。」

對張倩娘，她頂多是討厭，談恨還談不上。

一個十七、八歲的少女面對龐晉川這樣的男人，情迷不足為怪，但此刻她沒有心思陪她玩下去，只能到此先踢她出局了。

「好。」龐晉川一口應下，轉身消失在逐漸暗沈的暮色之中。

容盼回過頭，叫冬珍準備好一桌酒菜，她一人獨自站於屋中，移步無聲的拉開鏡檯前的木匣，打開一個隔層，取出兩包紅紙包裹的粉末。

她打開其中一包，下在酒壺之中，輕輕的晃動。

燭光照得她側臉帶上一層陰暗。

容盼準備完，叫來冬珍，冬珍上前，容盼交給她另一包藥粉。

「太太這是？」冬珍膽大，略有些見識，心下已知七、八分。

容盼湊近她耳邊低聲說了幾句，她臉色漸漸沈重下來，後連連點頭，容盼說：「記住了？」

「記下了，太太。」

「去吧。」容盼揮手叫她下去。

冬珍將紅紙包藏入袖中，低頭退下。

容盼站起，再次往鏡檯走去。

她用銀針撥亮燭光，望著鏡中的自己，慢慢伸手摸上去。

現下靜心思量，方才在殿中她真是慌得失了分寸。即便容貌改變了、靈魂改變了，可這個身子確實是顧容盼的，這麼多年顧府、龐府上下多隻眼睛看著她過來的，還愁沒有人替她證明？

但她知道這不重要，不過是皇帝欲尋個由頭。眼前，現實的情形是皇帝早就對龐晉川有了忌憚之心。

一個掌控慾如此之強的皇帝，如何能允許他的身體漸漸下坡之後給年幼的太子留下龐晉川這樣的人？

龐晉川不好掌控，皇帝很清楚，所以乾脆就先來個斬草除根。

可為何皇帝不直接除掉龐晉川？卻要通過她來繞道？

容昐猜測，龐晉川的勢力極有可能遍布朝野，若是一著不慎，引起朝局震盪，這種局面恐怕對久病纏身的皇帝而言，是最不願意見到的局面。

若她不按照皇帝所言，不做是個死；做了，龐晉川謀反之罪落實了，這龐國公府上上下下數百條人命難道還能活得下來？

覆巢之下無完卵。

可她也要活著，皇帝只是以為她頂替了顧容昐的位置，可是他還不知道顧容昐早就死了，她也僅僅只是一縷魂魄。

不管最後結局如何，她都不會容許這件事被任何人知曉。

她若覆滅，下一個死的就是小兒！

小兒不能死、她不能死，只能……龐晉川死了。

容昐對著燃燒跳躍的蠟燭，朝對面的白玉酒杯之中斟滿一杯酒，她交握著冰冷的雙手望著那滿得快要溢出的酒面。

梨花白，酒濃味甜，似美人口中之香蜜，讓人聞之忘俗。

容昐給自己倒了一杯涼水。

她端起，湊到嘴邊，冰冷的水滑過她的唇邊，竟感到了一絲溫暖。

正在此時聽得門外婢女道：「爺。」

門簾被撩開，容昐手上動作一頓，抬頭看他。

他身上帶著一股若有似無的血腥味，容盼眉頭一皺，龐晉川走上前，脫掉身上的袍衫，朝她走來，一句話也沒說已經將她擁入懷中，低頭吻去。

容盼偏過頭。「如何有血腥的味道？」

龐晉川左右聞了下。「不曾聞到，只不過剛去了一趟馬廄，可是馬的腥味？」

容盼覺得不是，還要再問，卻被他抽掉髮鬟之間的紫玉簪，一把抱起，往寬敞的羅漢床走去。

「等等。」容盼心口猛跳，喊住。

龐晉川如夜色漆黑的雙眸緊緊地盯住她的臉，她白皙秀麗的臉龐深深映在其中。

容盼在其間見到了驚慌。

她只覺得喉嚨處一陣乾癢，許久，扯了扯僵硬的嘴角，攀上他的脖頸，在他脖子處吹了一口熱氣，低低呢喃。「咱們先喝點酒吧，我有些害怕。」

龐晉川唇溫炙熱。「害怕什麼？」

容盼低低一笑。「害怕醉不了，不放鬆，等會兒你進入時，我會疼。」

「……」他猛地喘了一口粗氣，氣息越發不穩，就抱著她往圓桌走去，坐下，也不放開她，大掌緊緊擒住她柔軟的腰肢，按她坐在自己腿上。

容盼能感覺到臀股之間有一個堅硬的物體抵著她柔軟處。

兩人氣息糾纏在一起，極其曖昧迤邐。

「別急。」容盼勾住他的脖頸，主動送上一吻，另一邊卻死死的盯住那杯酒，遞上去。

冰冷的白酒溢出酒杯，滾落到她手指之間，容盼覺得灼燒又覺得好像雙手都被凍住了一樣。

龐晉川卻是含住了她的唇，肆無忌憚的侵入她口腔之中，抵死纏綿。

糾纏，愛之，鼓動，再糾纏。

他用力的宣洩他對她身體的熱愛。

直到她喘不過氣了，才離開她殷紅的小嘴。

容盼深深喘了一口氣，胸腔之間所有的氧氣都被他吸食得一乾二淨。

「還喝嗎？」龐晉川盯住她，試探著問。

容盼斂目，長長的睫毛撲扇著，在她臉上投下一層淡淡的陰影，她扶住胸口，點了點頭。「要。」

龐晉川忽地一笑，笑意陰沈。

他從她手掌之中取過酒杯，夾在兩手之中，光滑白淨的玉杯猶如玩物被他修長的雙手隨意把玩著，那杯中之酒僅僅剩下一半，他湊上前去，聞了聞。

酒香四溢。

容盼心內狂跳，她口乾舌燥，她看著白玉杯湊到他鼻尖，湊到他唇邊，容盼忽然道：「等等。」

龐晉川唇邊抿住杯身，停下，漆黑濃墨的雙眸盯住她。

容盼擦掉額上的汗，使勁的擦掉，她想告訴龐晉川不要喝，但卻拿來了酒壺，替他斟滿了。

「我幫您注滿。」容盼想從他懷中跳開，卻被他摟得越來越緊，最後他整個人將她提起，那酒杯猛地被他擲於柱子上。

「顧容盼，妳膽敢謀害親夫！」龐晉川震怒！

話音剛落，她整個人給他扔進鬆軟的床鋪。

容盼被砸得眼冒金星，耳朵邊隆隆作響，龐晉川爬上床，一把將她提起，用盡力氣擒住她的手腕，雙目赤紅，陰惻無比。

容盼扶住額，用力推開他的箝制，卻被他抓得更牢。

「放開我！」容盼驚恐萬分，一腳朝他子孫根蹬去。

龐晉川不設防，躲開，雙手微鬆，容盼趁著這個空檔推開他沈重的身子，往外跑去，可就在她剛下床的瞬間，身後一股力道朝她襲來，將她整個人拉回床裡。

撲到床上。

龐晉川怒極而笑。「好，好，好！」他連喊三聲。「妳剛才不是問我，那血腥味是哪裡來的？」

他一邊脫掉袍衫，一邊咧嘴猙獰笑問。

容盼顫抖著，一路往床內挪，可光潔的雙足被他緊扣在手掌之中，才剛退一點，又被他拉回擒在身下。

他身上早已脫得精光，裸露的胸脯上刀疤累累。

「滾……滾！」容盼大力喘息。

龐晉川卻匍匐在她身上，壓住她，舔弄她耳垂。「妳不是不喜歡那兩名宮女，叫了冬珍在她們飯菜之中下藥？」他聲音略低，很是冰冷，猶如蛇蠍一般緊緊纏繞在她耳畔，笑道：「妳既然不喜歡她們，那我就替妳將她們殺了，餵了狗……」

容盼打了個寒戰，龐晉川溫柔地吻上她雙眼。「噓，別怕，我喜歡妳還來不及，怎麼捨得這樣對妳？

「告訴我，皇帝拿什麼威脅妳，要妳替他賣命？」他嘴角揚起一股冷意，目光森然的盯著身下的女人。

他第一次這麼愛一個女人，她竟敢背叛他！

容盼側目而去，冷笑。「你不是都知道嗎？還問我！」

龐晉川厭惡她的冷淡，他扳回她的臉，強迫她直視自己的目光。

還是這般的倔強。

他俯身吻下，容盼緊閉雙唇，他就在她乾涸的唇上輕挑慢撚，最後失了耐心，狠狠咬下她的唇，長驅直入。

他要的很多，連牙齒都要將她的舌頭生吞活剝了一般，她口中的血味頓時瀰漫在兩人之間，他舔弄乾淨了，才放開她，擦掉她嘴角溢出的血絲，笑道：「皇帝性疑，江道平偷聽不來全部。他給了妳黃袍，妳為何不用，卻要毒殺我？」

「你把手伸到他身邊的總管太監了？」容盼猛地望向他。

龐晉川噓了聲。「容盼，這不能怪我。皇帝心狠手辣，他連自己未出世的孩子都能殺，那三朝元老齊廣榮算個什麼？我龐晉川又算個什麼？妳說，他如今病入膏肓了，難道還不許我未雨綢繆？這天下，本該就是有能者治之！」

螳螂捕蟬，黃雀在後，他都知道卻忍到了現在。

容盼心底這才叫一個毛骨悚然。

「告訴我，皇帝拿什麼威脅妳？」龐晉川聲音溫柔，帶著蠱惑。

容盼打了個激靈。

「是孩子？」龐晉川撕開她的衣物，揭下她的肚兜，絆住她的雙手，牢牢固定在床頭。

她怎麼可能告訴他？

容盼大力搖頭。「不是，是我恨你，恨你口口聲聲說喜歡我，可是卻找了其他的女人，是你強行讓我有孕，你讓我噁心無比！」

「是嗎？」龐晉川冷冷一笑。「現在才來恨我？容盼妳不覺得太遲了？」

她眼睜睜的看著自己的綢褲被剝開，露出兩條赤裸的雙腿，他將兩腿掰開放在自己臀股兩側，提著那東西在她乾澀的入口處滑了滑，毫不憐惜的挺身而入。

容盼猶如從中間被撕成了兩半，她的眼淚一下子被逼出了眼眶。

龐晉川俯身而下，越發進入她，吻住她的眼淚。

「別哭，我給妳享不盡的榮華富貴，讓妳一生無憂。」

那利刃脹大得早已撕開她的甬道，容盼痛苦的呻吟，他將布絆住她的嘴唇，低聲道：

「痛？不及我十分之一。」

他有多痛，她就得同受十分。

但他捨不得，只給她一分撕心裂肺的疼。

就因為她無心無肺，他卻愛她不可自拔！

龐晉川用力的把自己鐫刻在她體內。

一次不夠，兩次，兩人的肉體死死的糾纏在這張寬大的羅漢床上，容昐滿身的青紫，有他掐的，也有他吸吮的，身體好像早已不是她的了。

龐晉川解開她的手，強迫她坐在自己身上。

兩人連結著，容昐面如白雪，忍受著他的碩大，他赤紅著雙目死死盯住她的雙眸，一刻不曾鬆懈，用力往上挺動。

漫長的一輪過後，她臉上早已是面如死灰，整個人如水中撈出一般，龐晉川依然纏住不放，覆在她身上咬開她的雙唇，品嚐她口中的蜜汁。

容昐睜開眼，他吻上她的眼睛，她推開拒絕，他就吻上她的雙手。

她所有的一切都是他的，膽敢拒絕？

「放……咳咳，放開我。」容昐深喘了一口氣，推動他的胸膛。

龐晉川冷眼望著她，殘酷一笑。

容昐抽身而出，指著下體。「流血了。」

那裡早已裂開，流著鮮血。這一場性事他是饜足了，她卻次次猶如在尖刀利刃之上。

龐晉川修長的雙指摸上去，容盼悶哼一聲，他低低笑著，在她耳邊低哼。「我去叫醫女。」

容盼合眼，側過身去，懶得再去看他臉上報復後快意的笑容。

她不欠他龐晉川什麼。

夜半，整個朱歸院都是燈火通明。

容盼躺在床上，好像聽到小禮物哭了，乳娘不斷的安撫她，卻不得法，然後她聽到龐晉川摟著小禮物低哄的聲音。

龐晉川進來了，手上抱著嚎啕大哭的小禮物，跪在床邊問脈的醫女連忙蓋好容盼身上的被褥，低下頭朝龐晉川一拜。「大人。」

龐晉川的皂鞋從她身邊踏過，看都不看，直接把小禮物放在容盼懷中，隨後撥開她頭上的青絲，在她額上落下一吻。「她餓了，不肯吃乳娘的奶。」

小禮物到她懷中，就吭哧吭哧哭得小聲，一雙大大的眼睛長得像極了她，容盼愛憐的抽出帕子小心的擦掉她眼中的淚花。「娘在。」說罷看向龐晉川，冷漠道：「你出去。」

龐晉川目光幽深，指腹在她臉上流連片刻。「好。」他撂下床幔，坐在床前的凳子上，雙手抱胸，微瞇著雙眸望著床幔之中隱隱約約透出的母女兩人，嘴角微微往上勾起，冰冷的目光之中透了些柔和，隨後轉向醫女問：「太太如何？」

醫女連忙低頭。「回大人，太太難產未癒，此後，此後……三月內恐不能再行房事。」

龐晉川眉毛一挑，臉色透著一股冷峻。

「知道了，退下用藥吧。」

「是，奴婢告退。」

門簾被撩開，門外守候的婢女又飛快的摞下，關上摺扇門。

龐晉川摩挲著手上的戒指，目光深遠。許久，他上前撥開床幔，她早已坐起來靠在床邊，抱著孩子，戒備的望著他。

「聽到了？」他坐下，看向她懷裡的嬰兒，小臉蛋哭得紅紅的，小嘴不斷的吸吮母親的乳汁，那眼睛還是閉著，哼哼哼，極是舒服的樣子。

「至兒差點就沒了爹，顧容昐，妳就不懺悔？不心疼？」他笑問，這個狼心狗肺的女人。

容昐望了他許久，輕聲問：「你死了嗎？」

龐晉川目光一凜，摸上她的臉。「好狠毒的心腸。」

容昐甩開他的手。「龐晉川，我不欠你什麼，咱們扯平了。」

「扯平？」扯平什麼？她難道還想和他分道揚鑣去？龐晉川低聲笑出。

容昐把小禮物放在身側，替她蓋好被子，轉過頭，直視他的目光。「當初你與二房內鬥，害我流了孩子；因為你，我被雍王所擄，差點命喪通州；你算計我有孕，耗盡心血產下至兒，哪一件你不是在謀我的命？如今，那杯毒酒，你沒喝，你也沒死不是嗎？」

「扯不平，容昐。」他低聲道：「妳就不該讓我放不下妳，除了這條命不能給妳，我能給的都給了。」

「你喜歡我？」容盼笑問。

「妳不信？」龐晉川問。

容盼一口應下。「信，可那又如何？咱們多年的夫妻感情，試問在你身邊我從未歡愉過，你捨棄過我，如今我也捨棄你了。你就算要休了我，或殺了我，我也無話可說了。」

「無話可說了？」龐晉川臉色僵硬得難看，指著小禮物笑問：「那孩子怎麼辦？」

容盼目光一閃，臉上有些動容。

龐晉川緊抓住她的手。「重新開始，要麼妳再信我一次，要麼我就送妳一壺毒酒，殺了妳。」他朝她伸出手。

他的手指修長、骨指分明，手上有長期拿筆磨出的繭子，也有剛才歡愉時她抓過的紅痕。

這個女人就算要毒殺他，他也捨不得放手。

放手，是放不了，那就只能牽著她一路往前，遇神殺神，遇佛殺佛。

他伸到了她跟前，容盼狐疑的望著他，抬起手有些猶豫，他一把抓牢了，就再也不肯放手了。

「信我。」他的聲音帶著蠱惑和安定。

好似剛才那場性事上的折磨從未存在一般。

容盼神色平靜。「你想從我身上得到什麼？」

龐晉川一怔，眼中飛快捲起一場暴風雪，當真是狼心狗肺的女人。

他忽地覺得想笑。

他湊近她耳邊，猙獰著臉在她敏感的脖子上吸吮出一道紅痕，低聲道：「我只要妳……這輩子都待在我身邊。」

待在他身邊，總比死了好。

容盼閉上眼。「好。」

「死後，同棺同槨，無論生死妳都得跟在我身旁。」這是他最後的退讓，也只給她退一次。

容盼恐懼地看他，龐晉川也盯著她。

她長睫猶如瀕臨死亡的蝴蝶，扇動輕顫，卻仍舊明亮好看，他在她眼中看見了自己的倒影，不由得摸上她的雙眸。「咱們是一根繩子上的螞蚱，蹦不遠。皇帝拿什麼威脅妳，我想知道，妳既不想說，我總有辦法弄清楚的。」

他說得對，她已經沒有退路了。

容盼忍住渾身的顫抖，從枕頭底下抽出一串鑰匙丟在他跟前。「黃袍，宮女藏在朱歸院的庫房內，這是鑰匙，得燒了，我已經備好了火把在下面。」

那兩人，就算龐晉川死，她也沒打算留下。

火把早就準備了，那黃袍和御冠她怎麼可能容許讓人在龐國公府找到？

龐晉川拽住鑰匙，深深望了她一眼，抽身離去。

她看著他遠去的身影許久，也披衣下床。

兩腿之間受了傷，走一步都跟針扎了一樣，秋香見她出來連忙扶住她，容盼甩開手。「別跟過來。」

她往庫房走去，地下的門是開的，閃動著明明滅滅的火光。

容盼拾階而下，見龐晉川已經抱著黃袍和御冠出來，扔在地上，他抽出火把，點上去，火在他眼中燒。

火燒著黃袍噼啪作響，可那御冠卻是難以點燃。

他們都聽到從上面傳來的馬蹄聲和呼呼的風聲。

「爺！」來旺突然跑了下來。「錦衣衛來了，說是收到密報說咱們公府私藏黃袍。」他剛說完，看見地上才燒到一半的黃袍也愣了一下。

火光映著三人蒼白的面孔。

龐晉川看了一眼她，容盼走到後面，舀了一壺珍藏的美酒，走上前去，往那大火上澆灌而去，龐晉川將火把投擲其中。

容盼從旁邊的一個箱子中抽出幾卷畫像，一同扔進火中。

火猛地翻滾，火勢沖天，畫卷中顧容盼的畫像飛快燒成黑灰，不一會兒的工夫，所有東西都燃燒殆盡了。

「走吧。」龐晉川牽住她的手，她的手很冰涼。

容盼由著他牽著，兩人邁著緩慢的步伐一步一步朝著階梯而上。

錦衣衛指揮使趕到時，龐晉川與容盼正好出來。

寒風蕭蕭，吹起眾人的袍衫，天色正是最濃黑之時，容盼冷漠的望著眼前浩浩蕩蕩穿著飛魚服的錦衣衛。

龐晉川似乎感受到她的情緒，越發將她的手包裹住，他掌心很熱。

「大人。」張千抱刀作揖。「皇上御令，搜府。」

龐晉川呵呵大笑。「若是搜不到又該如何？」

容盼受了風咳了一聲，龐晉川將自己身上的外衫解下，披在她身上。

張千答道：「若是有誤，自斬殺報信之人。」

「何人？」

「龐晉龍。」

龐晉川咧嘴一笑。「本該是死了的人還能出來，呵呵。」他看都不看那指揮使，摟著容盼進屋。

屋裡比外頭暖和多了，擋住了風。

秋香趕忙迎上前來，容盼顫抖著，對她說：「弄一個湯婆子給我。」

龐晉川摸上她的臉。「冷？」

容盼喝了口熱茶，驅逐了冰寒，點了點頭，後想起了才問：「為何皇帝要拿你開刀？」

他抿了抿嘴，站在窗前，望向院中飛快移動的錦衣衛，抱胸冷冷笑道：「那日朝議首輔之人，群臣議我，而如今他身子已經不大好，若是留下我，太子年幼，皇后又是深宮婦人，大概是從這兒開始，他起了殺機。」

「他得了什麼病？」

龐晉川皺眉。「太醫院沒有記檔，但江道平與我說是腦疾。他時常看不清東西，脾氣暴躁，頭疼發作越發厲害，甚而有時候全身抽搐。」

容盼沈默，皇帝要剷除龐晉川是顯而易見了，那下一步該如何走？

秋香送來了湯婆子，容盼依偎在床上，他也上了床，從身後緊緊摟住她。

外頭熙熙攘攘，整個龐國公府好似被抄家了一般，長灃和小兒都過來了，龐晉川不見他們，也不肯讓容盼見他們，他叫來旺把兩個孩子抱到東廂房去。

她在他懷中，兩人互相依偎著取暖，等著東邊都翻出魚肚白了，龐晉川才下了床，站在落地西洋鏡前，對她說：「侍候我穿衣。」

「好。」容盼走上去，拿起朱紅色的一品朝服，他兩手攤開，她上前服侍穿上。

先繫好了圓領上的帶子，再繫好衣襟，她的小手拂過他的心臟，龐晉川抓住，遞給她玉帶，容盼抬起頭。

他啞聲道：「替我綁好。」

「好。」容盼打開玉帶，從前面繞過他結實的勁腰，替他繫上，就在她繫好正要離開時，龐晉川忽然一把將她圈住，容盼撞進他胸膛，他胸口冷硬，把她的鼻子都撞得生疼。

「妳有多久不曾主動摟我了？」他的聲音從胸膛處發出，似鼓動的風箱。

容盼咬住下唇。

他笑道：「那杯毒酒，就換妳後半輩子天天服侍我綁玉帶。」

他賺了，她虧了。

容盼嘆了口氣，主動攀上他的脖頸，踮起腳尖，貶著眼在他涼薄的嘴角落下一吻，道：「你若能護我這次，以後我心甘情願。」

「好。」龐晉川爽朗大笑，眉間陰鬱一掃而光。「妳到底什麼把柄落他手上？」

容盼神色一凜，眼中熱度漸漸退散，她輕啟雙唇。「他宮裡有幾幅我從前的畫像，你盜出，燒了。」雖能藉口揭過此事，可為了省麻煩，這等東西還是銷毀的好。

再多她就不肯開口了，龐晉川沈默了下。

屋外，來旺的聲音傳來。「爺，指揮使求見。」

沒有搜出東西。若是搜出了，豈有求見的道理？

龐晉川抿了抿嘴，目光陰冷，他放開容盼。「等我，我隨那張千去問問皇上。」

容盼問：「你要如何與他博弈？」

龐晉川已經大步走到了門口，最後回過頭望了一眼她。「無須妳操心，安心看顧妳我孩兒就好。」

要鬥也是由他來鬥。

他走了，門外傳來一個緊張的聲音。

「龐大人。」

龐晉川聲音尖銳。「可搜到了？」

「屬下不敢。」

「呵，隨本宮一同上朝。」

東方，旭日冉冉上升，升到了半空之中，灼灼璀璨，它驅散了黑夜的陰霾，照亮了驚恐一夜的龐國公府。

容盼站在窗前，看著龐晉川越走越遠，遠到最後他不見了，她才拿起昨夜的那壺酒倒進窗臺前的花盆之中。

花一遇到酒，迅速就枯萎了。

「太太！」冬珍快速走進來，神色恐慌。

隨後聽得沙沙的腳步聲，容盼望去，只見大夫人走進，拉著她的手，哎了一聲，老淚縱橫。「我的兒，昨夜亂成了一團，先是妳妹妹要自縊被救下，後是錦衣衛來搜查什麼東西，妳父親與我，一夜都未曾安睡，到底發生了何事？」

容盼皺了皺眉，扶著她坐下，大夫人上上下下摸了她一遍，才稍稍安下心。

「母親莫要擔心，無事了，是誤會。」容盼道。

大夫人嘆氣。「我知曉妳是個孝順的孩子，莫要騙我了，可真是平安無事了？」

「嗯。」容盼頷首。

大夫人盯了她許久，這才長長的舒了一口氣。「這就好，這就好，我需與妳細細商量一事。」

容盼問：「何事？」

「關於妳妹妹的。」大夫人說著，有些難以啟齒，但小心地打量了她神色，還是開口道：「妳也知道母親膝下無子，我從小看妳妹妹長大，如今她自縊雖被救下，但精神依然不好，母親求妳一事可好？」

秋香氣得很，給容盼使了一個眼色。

容盼沒有應，只問：「為何倩娘要自縊？母親不說，叫兒媳如何答應下來？」

大夫人嘆氣。「她也是個命苦的，妳舅舅不爭氣，看上了當地的一戶殷實人家，但那家的兒子吃喝嫖賭無一不精，她不肯。」

「嗯。」容盼點頭，遞上一杯熱茶，大夫人吃了一口，才拉住她的手繼續道：「下面說起我也替她羞紅了臉。自她來咱們府裡，見了晉川後，越發難以自拔……昨夜救下後，才從婢女口中知曉，昨夜晉川送她回去時，她都與他說了，但晉川並不允，她面薄，一怒之下才做了傻事。」

容盼知道她要說什麼了，她將手緩緩的從大夫人手中抽出，臉色沈下。

大夫人連忙拉住她的手。「我的兒，妳是個心善的，就可憐可憐她，讓她入咱們公府，我也好有個伴。」

容盼站起，笑了笑。「這是表妹的意思還是母親的意思？」

大夫人愣了下，容盼道：「母親，您也知曉兒媳不是善妒之人，可表妹若是入府，叫兒媳如何管教？這打也不是、罵也不是，加之表妹動不動就上吊自縊，以後若是起了爭執，她又入了魔障，再來一次，這叫我如何擔待得起？您這般可不若把我架在火炭之上燒？」她說完，撲通一聲跪下。「還望母親憐惜我則個。」

「哎。」大夫人也是知道她為難，不由將她扶起。「是我體察不到，可妳說眼下怎麼辦？」她也是左右為難。

容盼心下稍定，扶她坐下，想了想，細聲道：「母親不用擔心，這事交給我，若是不讓表妹改口，兒媳自願納表妹入府，但這幾日還求母親不要太管教表妹了。」

「妳？」

「放心。」容盼安慰她。

大夫人想了想，過了許久才點頭應下。

容盼送她出門了。

秋香在她身旁。「太太要如何辦？」

如何？容盼神色平靜。

既是天堂有路妳不走，地獄無門妳自來。

容盼在院中站了一會兒，迎面望著遠處的紅口。

太陽柔和的光亮點亮了她的面容，似乎在她白皙的肌膚上塗抹了一層淡淡的胭脂，她臉上沒什麼神情，只是那明亮的光線連她臉上的茸毛都照得一清二楚，莫名添上了些柔和。

秋香站在她身後，悄悄的注視著她。

太太還十分年輕貌美，今年也才二十五歲，卻已然是這偌大的龐國公府說一不二的當家主母。

秋香是羨慕她的，也喜歡她，但她也知道太太並不是尋常柔和的婦人和母親。

「秋香。」容盼忽然開口喚她，打斷了她的出神。

秋香連忙上前，容盼朝她一笑。「替我梳妝吧。」

「是。」秋香恭敬俯身，隨她一起回屋。

梳洗後，容盼用了膳，她吃得很多，一碗米粥，牛乳和三、四個蜜餞，花卷、芝麻酥，最後還用了一碗蛋羹。

來旺進來請安時，見她匍匐在蒲團之上，供桌上是大慈大悲的觀音菩薩，桌前燃著香，檀香冉冉上升，透著莊嚴肅穆。

他略微打量了容盼一眼，見她今日頭上一概珠翠全無，只用貂鼠的獸皮臥兔綰著一頭烏黑的髮髻，白皙光潔的額前勒著一條翠藍銷金的遮眉勒（注）。

身上穿著寶藍色長襟焦布比甲，裡頭是鴉青色的襖，底下配著一條暗灰色的裙子，裙邊上拖垂兩掛玉珮叮咚。不見往日雅致的素色，但一概的簡單內斂。

「來了？」容盼問。

「是，太太。」來旺趕忙收回目光，低下頭。「爺剛才派人來傳說今日皇上病體微恙，並未上朝，恐要在宮內侍候聖駕，一時半刻不能回府。」

皇帝頭疼病又犯了？在龐國公府查找不出禁物，他的確頭疼。

容盼嗯了一聲，來旺斂目，走上前問：「太太如何唸起佛了？」之前曾有一段時間也看佛經，但慢慢的就丟掉了，今日怎麼又開始了？

「閒來無事。」容盼起身，秋香連忙來扶，容盼放好琥珀佛珠在供桌上，來旺見她沒有事情吩咐，就躬身退下。

容盼目送他離開，才揮手叫來碧環，附在她耳邊低聲說了幾句。

碧環神色先是一震，後慢慢細聽，點頭應下。

「這事無須讓大夫人那邊知曉，若是誰敢走漏了風聲，我定饒不得！」容盼最後交代，碧環俯身一拜，匆忙離去，她腳步極快，差點撞到了跨進門的冬珍。

冬珍正帶一個管事嬤嬤進來，見碧環行色匆匆不由對容盼笑道：「太太，碧環今日怎麼毛毛躁躁的？」

容盼抽出絲帕掩嘴。「許是有事的緣故。妳找我有何事？」

冬珍指著嬤嬤道：「太太，二公子屋裡的嬤嬤來了，說是昨夜錦衣衛搜屋，給嚇了，今早還冷汗直冒，早膳也沒吃，想是害了病。」

容盼眉頭微微一蹙。「請了太醫了？」

「這……」那管事嬤嬤眉一挑，上前諂媚笑道：「老奴正是來問太太，可要請太醫的？」

她話中的意思，容盼立刻明白了。

正所謂牆倒眾人推，長滿和如雯，她不關注，甚而是漠視的，而龐晉川已有了兩個嫡子，兩個沒有姨娘的庶子、庶女在這龐國公府又算個什麼？

注：遮眉勒，婦女的頭飾，具有裝飾和保暖的作用。

宋芸兒與她有仇，此時不正是借機剷除掉的機會？

容盼斜視一眼那管事，管事討好的朝她瞇眼直笑。

容盼低下頭，掃了掃身上的塵埃。「該看還是要看的，你們做奴才的眼界不要放得太窄，我雖為嫡母，但不做滅庶之事。」

嬤嬤不承想她這般說，頓時討了個沒趣，不由摸摸鼻子，笑道：「太太是個好心腸的，想來二公子也極有福氣，老奴這就請太醫去。」

「嗯，去吧。」容盼頷首。

待她走了，秋香才從外面撩簾子進來，手上抱了一個湯婆子，遞到容盼手中，問：「太太剛才的話，奴婢都聽見了，既然太太對表小姐都能下手，那為何要放過二公子一馬？」

容盼回頭望她。「那妳覺得我該如何做？」

秋香沈默了下，冬珍道：「母債子償，宋姨娘死得太便宜了，就算太太今日放過二公子，他日後也未必會肯感激太太。」

容盼聞言一笑。「我不用他感激。」

長滿就算感激她又如何？她何來要這份感激？

「那太太的意思？」秋香問。

容盼摸著湯婆子，冰涼的雙手漸漸溫熱了，她道：「宋氏若活到現在，我絕不會讓她死得那麼容易……長滿今年幾歲了？」

「比大公子小一歲，六歲。」兩人上前。

容盼抬起頭，望向遠處精緻的高樓和飛翹的屋簷。「是了，他才六歲，算我回報給他的。」

她不落井下石，也不錦上添花，對於長滿和如雯，他們能熬到成年，她會把宋芸兒留下的錢財悉數送還給他們。

她能做的也就到這裡了，其他的就看他們自己的運氣了。

秋香明白她的意思，稍末，她問：「那表小姐那邊？」

「張倩娘？」容盼搖頭。「她膽子太大，若是不受點教訓，真當我投鼠忌器了。」她厭惡別人的威脅。

「是。」秋香鬆了口氣。

午膳後，容盼讓人去大夫人那邊，來人回說大夫人午睡下了。

容盼這才往東瑾院中走去。

東瑾正和一群丫鬟在院中踢毽子，一見到她連忙迎上前去。「嫂嫂怎麼來了？」

容盼笑著摸摸她的頭，對她笑道：「嫂嫂有事來找倩娘妹妹，妳去找長灃玩可好？」

東瑾似懂非懂的樣子。「好。」又問：「東瑾不能留下？」

「嗯，乖。」說罷，對秋意道：「妳帶小姐去。」

說完，碧環從後院走出，引著容盼往倩娘屋裡走去。

只見院子中，四、五個丫鬟齊齊被僕婦壓在地上，正中間一個婢女被綁在一張大紅長條板凳之上，倩娘站在一旁，散著頭，穿著紫綾小襖一件，白紬子裙，雙目哭得通紅，脖子下有勒痕。

她一見容盼立刻走上前去。「嫂嫂這是做什麼？竟綁了我的人要打！」

容盼拉住她的手，對秋香道：「看座。」

倩娘眼睜睜的看著兩個丫鬟如入無人之境，進了她屋中，搬來了圓凳兩張。

倩娘這才記起，這整個龐國公府都是她的！頓時面色如土。

「妹妹坐。」容盼拉她坐下，含笑看她問：「妳的事，母親已經與我說了，此次前來是母親讓我來教導妹妹的。」

倩娘面色略有些尷尬，雙目轉向別處。

「來啊，把這婢女重打二十大板。」容盼也不管她說不說話，下令。

「啊！小姐救我！」蜀桐驚叫出聲。

倩娘猛地站起。「慢著！蜀桐非龐府人，嫂嫂如何能打？」說罷指著行刑的僕婦喝令。「不許打！」

僕婦紛紛望向容盼。

「妳既住在龐府，我作為龐府主母，自有管責之權。」容盼吃了一口茶，眼皮抬也不抬。「打。」

「是。」兩個僕婦上前，一人掄起一條漆紅的大板，啪啪啪啪，飛快就打了個四下，痛得蜀桐尖叫連連。

倩娘咬牙，眼淚在眼眶之中滾動，狠狠望向容盼。「妳不過是怨恨我心中有他！何苦要來作踐我婢女！我自縊尋短與她何干？」

容盼笑問：「妳才幾歲？他幾歲？何苦好好一個清清白白的小姐不當，去尋那些晦氣？妳一時拎不清，我且不碰妳，可這婢女如今挨打，全都因為妳。」

倩娘身子一晃，猛地坐在凳上。她問：「我心中仰慕他、敬重他，就算日後入府也是同樣對待嫂嫂。這世間娥皇、女英共事一夫，難不成不是一樁美事？嫂嫂為何不能容我？」

容盼默然看著她，那邊板子還在啪啪的落下，十分清脆。

「他心中可有妳？」容盼目光轉回看她，笑問。

倩娘頓時白了臉。

「他若心中有妳，妳入府。他心中無妳，妳在這龐國公府上吊，是要叫我為難？」容盼嘴角諷刺一笑。

倩娘一時竟被她問得無話可說。

容盼沈下臉。「妳且放心，昨夜在公府發生的事，定然不會傳出去，妳若是想以此逼我就範，那妳就想錯了。」

「我、我沒！」

「到此為止。」容盼不想再說，起身。「停下。」

僕婦還未打完，容盼拍拍手掌心，只見一個年老嚴厲的嬤嬤走出。

容盼對倩娘道：「以後，妳搬出東瑾的院子。這個老嬤嬤就每日在妳身旁提點教導妳，蜀桐傷了，近期看來是不能服侍妳，妳身邊的婢女也不大好，我另挑了四個手腳麻利的婢女侍候妳。」

倩娘顫抖著看她。「嫂嫂這是要軟禁我，若是這事被姑母知曉了，嫂嫂又該如何自處？」

「自處？」容盼冷哼。「我是兒媳，妳只不過是姪女，便是今日我逐妳出府，讓妳閨名掃地，妳又能如何？」

倩娘眼中這才有了一絲驚恐。

容盼走上前，挑起她的下顎，望著她年輕貌美的容姿，告訴她。「別自作聰明，我若要處置妳，易如反掌。今日只稍作懲戒，不過是看在母親的面子上饒過妳最後一次，若下次還敢再犯，我先打折蜀桐的雙腿。」

倩娘死死的瞪著她，開口。「妳如此惡毒，表哥知道嗎？」

「怎麼？」容盼勾起嘴角，一笑。「妳要告訴他？」

「天理昭彰，妳會有報應的！」

容盼把她的下巴越捏越緊，捏得她臉色都變了，才甩手放開，倩娘整個人倒在地上，容盼直起身子，俯視。「報應？報應不報應也不是妳說了算。」她轉身。

她當初若有這一半，宋芸兒、姚梅娘的結局，早非如此。

在這深宅之中，猶如煉獄，終於一步一步把她磨練到今天這個地步。

她不會再回頭了，回過頭去看從前的日子。

第四十二章

夜幕降臨，華燈初上。

龐晉川回來時，神情疲憊。

他把大部分的重量都壓在她身上，回來第一句話跟她說：「今晚妳要替我沐浴更衣。」

「好。」

溫熱的水拂過兩人的身子，他緊摟著她光滑的肌膚，在她肩頭上落下一個又一個的吻。

他的感情很熱烈，知道她的身子不能承歡，也仍然抱著她不放。

容昐伏在他肩頭，雙手從他的心臟滑過，滑到他唇邊，如蜻蜓點水般落了下去，她問：「今日見過皇上了嗎？」

「沒有，他病中誰都不肯見，連皇后也被摒在門外。」他纏著她。「不過他革了我次輔之職。」

容昐一怔，他很滿意在她臉上見到擔憂的神色，不由勾起嘴角。「但他沒敢動我根本。」

此刻皇權和相權此消彼長，皇帝病重，需要倚靠龐晉川，也忌憚龐晉川，若是輕舉妄動，恐他跳腳，逼宮。

「太醫如何說？」容昐問。

龐晉川搖了搖頭，將她從浴桶之中抱出，直接擦乾淨了，抱到床上，占有性的將她壓在身下，修長的雙手細細摸過她的眉、眼、鼻，到紅唇，眼中閃動著一絲複雜的光芒。

他說：「他不信任何人，江道平傳不出任何消息。」

「咱們會贏嗎？」

他抬起她的手，放在唇邊親了又親，只是笑，許久後翻身從她身上下來，摟著她。「睡吧，不管如何我都在妳身邊。」

容昐嘆了一口氣。

他問道：「容昐，我有沒有與妳說過情話？」

她沒有回頭。「沒有。」

龐晉川在她耳邊用極低的聲音道：「執子之手，與子偕老。」

割捨不下了，這個女人。

一生的籌謀、算計，竟是比不過她。

容昐翻過身，鑽進他懷中，狠狠的咬住他胸口的肉，咬得牙齒都痠了，他胸前也流了血，她才說。「我不稀罕。」

「真狠心。」他哈哈大笑，摟緊了。「我會讓妳稀罕的。」

兩人許久竟沒這般平靜過，也沒再出聲，燭火已經燃燒過了一半，被風吹過明明滅滅，不斷的跳動著。

他今日實在過於疲憊睡著了，她卻有些興奮，在輾轉許久後，起身披了一件單衣去隔壁看小禮物。

乳母輪流守著，正餵奶，小禮物不知吃了多久，還含著不肯放，小眼睛卻已經合上，長長的睫毛微微顫動著，還帶著淚珠。

容盼摸上她的額頭，輕聲問：「怎麼哭了？」

乳娘回道：「剛才找您呢，爺囑咐人不許進去打攪，小姐哭得不成，後實在見不到您才肯喝奶。」

「真壞。」容盼親了親她，小禮物柔軟的身子散發著淡淡的乳香。

乳娘問：「太太可要抱？」

「不了。」她起身往佛堂走去。

用火摺子，點亮了燭光，照得滿屋亮堂，她連燒了三炷香，匍匐跪在蒲團之上，誠心合掌。

她心中有鬼，所以拜佛。

身後忽然摟來一個臂彎，將她整個覆蓋。龐晉川醒來沒見到她，找來，見她一人跪於佛前。

「怎麼半夜不睡，讓我好找？」

容盼用盡所有的力氣拽住他的手臂，突地輕聲說道：「我在南澤聽聞過，洋人有一種新藥叫鴉片，可治皇上腦疾。」

龐晉川大量收購鴉片，進貢內廷。

十月初十，內宮沒有傳出任何風聲，皇帝病情治癒的事也未通告，早朝已極少見他身影，但朝野之中分分秒秒都在進行人事的變動。

皇帝不但致力於肅清龐晉川的勢力，同時也忌憚其他藩王的勢力。

十月十五日，皇帝宴請八名先帝庶出的藩王賞桂。

酒宴行至一半，乾清宮忽發大火，皇帝狀如瘋癲跑出，抱頭滿地打滾，殿內和著藩王以及三十餘名太監宮女皆被封鎖在內殿之中，大火熊熊燃燒，待撲滅後殿中之人皆已燒死。

頓時全城縞素，皇帝乘機收回所有兵權，龐晉川越發處於被動地位，但從那時候起皇帝病情也開始急轉直下。

十月二十日，龐晉川再進藥，自願革去所有官職，只受龐國公。

皇帝頭疼難耐，著太醫細檢，太監試藥，皆曰無事。也不知這頭疼之症是不是已經耗盡了他所有的忍耐力，還是龐晉川的退讓，讓皇帝終究用了藥。

兩日後，皇帝臨朝，精神煥發，大賞太醫院上下，賜龐晉川玉帶一副，卻絕口不提復他官位。

龐晉川受皇恩後，臉色極是平淡，央求傳旨公公上傳信函，要攜妻兒出京都，遊樂山水。

皇帝不准，革他半年俸祿，下旨言辭犀利，怒斥龐晉川乃無能小人，斥容昐為紅顏禍水，革她二品誥命夫人，革除長灃爵位。

聖旨傳到時，傳旨太監讓龐晉川和容盼在冷風當口跪了四個時辰。午時，下起了漫天的白雪，到傍晚，太監吃完了茶，慢悠悠的開始傳旨，容盼的膝蓋被凍得僵硬，兩頰通紅乾裂，身上早已落滿了皚皚白雪。

送太監出公府大門時，龐晉川讓人拿著一條翠綠色的翡翠遞到太監手中，笑問：「不知公公叫什麼，日後龐某還需公公在皇上跟前多提點提點。」

翡翠價貴，千金難求，這一串通體翠綠，顆顆滾圓。

太監睇著眼，掂量了會兒，才露出一口渾濁的米白色牙齒，笑道：「龐大人果然上道，咱家乃司禮監隨堂太監丁丙秋。」

龐晉川含笑送他走遠了，雙手緊握成拳，目光從未有過的陰冷。容盼站在他身後，伸出纖細的小手悄悄裹住他半個大掌。兩人的掌心都很冷，卻都能從對方身上感受到溫度。

龐晉川回過頭看著妻子，冰封的雙眸才漸漸破除了冰凍。

「委屈妳了。」他一瞬不瞬的注視著她，撩起她嘴角被風吹散的青絲，寵溺無比。

「不會。」容盼朝他一笑，那笑意極是柔和，他極少見她這樣笑過，便是有，也是對孩子。

晚上回了屋，容盼撩開綢褲時，雙腿早就凍得青紫，特別是膝蓋處腫得紫黑。

龐晉川要叫太醫來，容盼制止。「他既是想讓咱們跪著，我即刻就叫了太醫，豈不是與他對著幹？忍著吧，也不是很痛。」

他望了許久，接過秋香手中燙過的布，一遍又一遍小心的敷在她膝蓋之上，對她道：

「等我，不會太久的。」

容盼靜靜的點頭，兩人已不用多少言語。

此後，幾天內不時有朝臣來龐國公府表達對皇上卸磨殺驢的不忿，龐晉川只是笑笑，道：「龐某闔府上下的榮華富貴皆為皇上所賜，對聖上只有感恩戴德，哪裡還敢存著一絲不忿，若是如此便其心可誅了。」

他還重新拾起在工部的事務，匠心獨運的繪製了許多造型獨特的閣樓、桌椅。

容盼則讓長灃把她想要的東西畫出來。有秋千椅、書櫃，有抽屜的書桌，還有一個鐵製的燒烤架。

起初龐晉川對她所繪製的圖形略有些鄙夷，但讓鐵匠做出來後，鐫刻上花紋，刷上一遍又一遍的漆，蔭乾了，他發覺不但造型精美大方，且使用效果極佳。

為此，龐晉川畫了新圖後便拿來給容盼看，兩人稍稍增減，做出的東西越發實用，有些甚至流落到了民間，頗受喜歡。

到了十一月中旬，宮裡傳出消息，兩廣總督進獻三位道人為皇上修煉丹藥，皇上還在蘇州給道士訂做了法衣，一次就是一百二十件。

龐晉川除了設計圖稿，仍然在孜孜不倦的進貢藥丸。

直到一日午後，兩人在看匠人上漆，卻聽聞皇帝要親臨的消息。

龐晉川要換好公爺的品階服已經來不及了。

皇帝的玉輦已經行至公府門外，龐晉川和大老爺、大夫人以及容盼連忙出門迎駕。

趙拯虛抬一手，漠不在意道：「都起了吧。」

容盼只看見一個明黃色的衣角在她身前停頓片刻，聽他毫無感情的聲音。「顧氏抬頭。」

龐晉川雙目一凜，容盼朝趙拯拜了又拜，這才斂目抬頭。「吾皇萬歲。」

她目光飛快的掃過趙拯，只見他精神抖擻，但身形卻與那日所見又消瘦了不少，特別是那雙手，簡直跟皮包骨一般，骨上的皮肉皺巴巴的，毫無一點血色。

容盼低著頭，快意一笑。

趙拯瞇起眼，就著陽光看她，這個女人……他眼睛已不大好，只有低下頭，湊近了才看清楚。

許久他朝龐晉川道：「愛卿看清楚了嗎？」

龐晉川緊抿著薄唇，合眼。「啟稟聖上，微臣清楚。」

「清楚？」趙拯細細琢磨這兩個字，許久諷刺一笑。「你竟如此。」

他從容盼身前跨步而去，隨後大老爺和大夫人趕忙跟上，秋香要上前扶起容盼，容盼就著她的手緩緩站起，膝蓋卻似被兩顆沈重的鉛球緊緊掛住，重得她無力起身。

就在她步履蹣跚之時，一雙大掌扶起她。

容盼猛地甩開，龐晉川卻緊抓不放，她看清是他，才打著顫，站直了。

「你知道了？」她問。

龐晉川沒有點頭也沒有搖頭，他斂目，擋住眼中的流光，反問：「我知道什麼？」

容盼噎住，他小心的將她的手握於掌心，她的手幾近柔若無骨，十分嬌小，他笑道：「我只知這手我握了許多年了，再也不肯放，妳也別嫌棄我的癡心，都付與妳了，若是妳不肯收，掉在地上碎了，我可怎麼辦？」

他說得很真誠，還帶著自我埋汰，容盼眼眶微的一紅，咬住下唇，道：「謝謝你了。」

龐晉川有些生氣。「妳我夫妻之間，何談言謝？」他用力地捏了捏她的手骨。「快跟上，我需進去了，在他跟前妳小心行事即可，他不會拿妳如何的。」

容盼頷首，看著他先行離去。

秋香上前扶住她的手。「太太，小心腳下。」容盼的膝蓋自從那日受傷後，就落下了毛病，只要遇到風雨天，就會發作。

想來明天應該會是個陰天。

容盼朝她一笑，待要進去時，只見那日前來傳旨的丁丙秋拿著拂塵快步朝她走來，眼神透露著精光，帶著蔑視，昂首。「聖上口諭，著顧氏下廚。」

這是拿她當奴婢使了。

前頭龐晉川還在行的身影猛地一僵，容盼緊盯著他，希望他別回身。

「顧氏，還不接旨？」丁丙秋細長的聲音不耐煩的在她耳邊響起。

容盼這才回神，就著秋香的手跪下，叩了三叩首。「臣婦接旨。」

她話音剛落，前頭龐晉川才重新往前大步跨去。

秋香要扶起容盼，丁丙秋問：「請龐夫人一人去吧。」

秋香問：「公公，且寬容寬容。」

「這咱家可作不得主，要不妳同聖上說去？」丁丙秋冷笑，目光滑過她手上戴的紅寶石戒指，容盼朝秋香搖了搖頭，她才不得不無奈退下。

廚房外守著錦衣衛，個個身著飛魚服，腰間掛著威嚴的刀，目光如炬。

裡頭，更是忙得人仰馬翻，有十幾個太監監視著各個火爐，眾人見容盼進來，一怔，連忙行禮。「太太萬福。」

容盼抓起旁邊放著的圍裙，大力抖索了一下，麻利的綁在腰間，對眾人高聲道：「今日我也下廚，妳們各做各的。」火爐映著她的臉，十分好看。

府內眾人本就服她，當下莫不上前要幫忙，卻被制止。

容盼選了兩道，一道是雞絲銀耳，一道是清炸鵪鶉。

她飛快的把雞胸肉切成絲，放入碗內加調料抓勻，油滿，滾入蔥薑末爆香爆炒，很快她這邊就瀰漫出一股香味，隨後倒入泡好撕成絲的銀耳和雞胸肉，就著大火大力翻炒出鍋。

第二道菜出得也極快，與其他廚娘菜色出的時間基本相同。

丁丙秋雖有意找她茬，但卻不想這一個深宅貴婦弄起鍋碗也極其熟練。

容盼抽出絲帕小心的將碟子的邊緣擦乾淨了，隨後又飛快的拿出一個小碟，從一個土陶之中挾出幾塊黑不溜丟的東西。

丁丙秋立馬拉長聲調。「這是什麼！膽敢給皇上用這等粗賤之物。」

容盼手上不停，解釋道：「這是滷製的冬筍，是莊子上新鮮割下來的，看著雖不起眼，但吃起來又香又酸，又辣又鹹，很是下飯，是婦人所做，今日皇上前來，少不得要賣弄一番，還望公公給婦人這一機會。」

說著將手中的一顆紅寶石戒指摘下，就她送出碗碟的工夫飛快的塞入他手掌心之中。

丁丙秋明瞭。「既是如此，且讓咱家先嚐嚐，看看龐夫人這孝順的心意可值得送上？」

容盼示意廚娘拿來剪刀，她剪下一小塊，放在小碟之中送上。

丁丙秋略微咀嚼了，止不住的讚嘆。「夫人手藝確實不錯。」

容盼朝他俯了個身。「還得多謝公公通融。」

「不敢，不敢。」丁丙秋摩挲著袖子，抽出白帕，揚了揚，慢條斯理的擦著沒有鬍鬚的嘴巴。容盼看見自己的紅寶石在他袖口熠熠生輝，嘴角不由咧開一個笑容。

午膳由宮中太監送上，容盼坐在廚房外的樹下，看著那一排長長的送膳隊伍遠去。

她抬起手擋住陽光從乾枯的樹木之中傾瀉而下的斑駁。秋香拿了斗篷上前。「太太，披上吧。」她又從懷中掏出一盒藥膏，抹了一點搽在她手上。

「不是多大點事。」容盼抽出手。

秋香嘟嘟嘴。「我看見了，那個公公不許人幫太太您洗菜、摘菜、洗碗不是？」

容盼沒吭聲，等了一會兒，問：「那邊該要用膳了吧。」

「誰知道呢？」秋香滿不在乎。

容盼和秋香在這院子之中坐了許久，等了大概半個時辰的工夫，只見一個小太監匆匆趕來。「快，快，龐夫人，皇上宣您覲見。」

容盼眸色一亮，趕忙起身整了整身上的衣物。

秋香要跟，她止住。「別跟來。」只丟下這一句就跟著太監走遠了。

正屋大廳之中，趙拯坐於主位，然後依次往下是大老爺、龐晉川。

容盼緊張的拉了拉袖子，小步上前，拜道：「臣婦顧氏給皇上請安，吾皇萬歲。」趙拯總是給她侵略性很強的感覺，容盼不喜歡見到他。

趙拯眼皮子都不抬，指著他身前一個碟子問。「這是妳做的？」

容盼抬起頭，目光在空中和龐晉川對視，她極快的撇開，望去，是那碟冬筍。

「是。」

「這碗冬筍做得極好，妳可還有滷製？」他起身笑道。

大老爺和龐晉川連忙也跟著起身。

容盼俯身回道：「這是之前滷製的，只剩下一點，不敢進呈給皇上，容臣婦再滷製了送進宮。」

趙拯伸了一個懶腰。「好，那就妳一人替朕滷製二十罈，朕的皇后和幾個愛妃也定喜歡夫人的手藝，夫人可否？」

二十罈，她一個人滷，趙拯擺明是在為難她。

龐晉川不忍，正要上前，容盼在他出聲前，俯身道：「臣婦定當竭盡所能，盡心盡力以報皇恩。」

「呵。」趙拯冷笑著望向龐晉川。「看來，她跟在你身邊多年，沒少學這些咬文嚼字，聽得朕耳朵都長繭子了。」

「微臣有罪。」龐晉川隨她一同跪下。

趙拯望著地上的兩人，疲憊地打了個哈欠，踏著金黃色的團龍朝靴往外走去。

容昐起身，目送他離開，眼中只剩下一股冷漠的嘲諷。

一碟冬筍和那鴉片，要你的命。

容昐親自去別莊採冬筍。

只揀取毛竹還埋在地下尚未破土的筍芽，一共拉了十車回公府。

趙拯不許旁人幫她，每日都派了太監來看。容昐沒有能力一一都剝皮，再用刀切成碎片。天氣太冷了，冬筍都結成了冰。

她便請教了廚娘，乾脆連殼帶肉埋到火堆裡煨熟了，再拿出來晾乾，這皮一下子就剝落了。

可就這十車，容昐也從早上剝到了晚上。

夜裡，內宮之中，趙拯身著袍衫半敞開胸膛躺在榻上，身下一妖嬈宮妃正用力的吞吐著他那物。寢宮之中，燃了催情的迷香，壓制住似有若無的鴉片煙味。

趙拯倒吸著涼氣，臉上又是舒服又是糾結，卻是極致的享受。

丁丙秋透過屏風，隱隱約約看清裡頭淫靡的香豔，他知道皇上用藥後，會找宮妃侍候，如今在內宮之中已是不成文的規定了，宮妃們也都卯足了勁要在他身上得一個兒子。皇上至今也只有惠妃所生的一個庶長子和皇后所生的嫡子，故以如今的後宮傾軋十分厲害。

「如何？」趙拯隱忍的聲音傳來。

丁丙秋連忙跪下，眼睛還偷偷望著屏風內那婀娜的身影，他用尖細的聲音諂媚道：「啟稟皇上，顧氏今日已經剝好了筍殼，明日就要開始滷了。」

趙拯眉頭一皺，抓住麗妃的長髮，暴戾問：「如此之快，可是她一人所為？」

「是，奴才從公府回來時，她才剛剝完筍殼。那蔥白似的纖細手指，指甲折斷了，磨得光禿禿的，有的還流血了呢。」他繪聲繪色道來。

趙拯露出一絲愜意的笑意。「你且看著，不許有人幫她，若是幫，重新做。」

這個賤人，膽敢背叛他，她以為燒掉黃袍就無事了？他手中還拿捏著她的命脈，好牽制住龐晉川，逼他就範。

穩住了龐晉川，他才能無後顧之憂的剷除掉其餘藩王的勢力。

「是。」丁丙秋合目，摩挲著手中新得的瑪瑙佛珠，恭敬退下。

他走出門時，聽到麗妃的尖叫聲，他回頭望去，在摺扇門未關之時只見她已經坐在皇上身上，大力的起起伏伏，長髮飛舞。

何時，他也要嘗嘗這騷娘們的味道。

夜裡，容昐滿身疲憊的回到屋中。

小禮物三個月了，喜歡被她父親抱在懷裡，睜著一雙大眼找她。見她進來，那無齒小人咿咿呀呀著急了。

龐晉川見她進來，把小禮物抱給秋香，上前拉起她的手，他一句話都沒說，只是看著。

「怎麼都沒睡？」容昐要抽手，不想刮到了他指間的寶石戒指，那磨掉了一層皮的手瑟瑟發抖。

「都是竹筍的味道。」他低聲抱怨，拉著她走到面盆架前，裡頭早已放好了溫水。屋裡燒著爐，很暖和，龐晉川褪下了戒指，帶著她的手往溫水中伸進去。

才剛伸進去，她就驚叫連連要抽出。

小禮物骨碌著眼睛好奇的瞪著父母，後嘟著嘴朝兩人咿咿呀呀捲舌頭。

「別鬧。」他低聲喝止。「這般怕疼，我還以為妳膽子有多大，妳瞧那邊至兒在看著妳呢。」

容昐轉過頭，果真見到小禮物看她。

她手也不敢縮了。

龐晉川替她洗得很乾淨，連殘留的竹筍細齒都拔了出去，一連洗了兩盆熱水，他才拉著她走到桌前。冬珍從櫃子上拿下消腫止血的膏藥，龐晉川伸手沾了一些，低下身替她細細搽著破損的指尖。

「明天要做什麼？」他問。

容昐感覺到透明的膏藥覆蓋在傷口之上，很快的撫平了刺痛，她道：「要過水一趟，洗掉澀味，開始準備調汁和五花肉。」

「妳很會下廚？」他似乎漫不經心的問。

容盼認真的盯了一會兒他的動作，在他快要抬頭時，伸出手撫上他的臉，躲避他這個問題，問：「你想要嗎？」

「要什麼？」龐晉川迷惑問。

容盼叫秋香把小禮物抱走，她才道：「忍了一個多月了。」稍末她補充。「我的身子已經恢復原來的模樣了。」

她極少主動，至少在龐晉川印象中不多，今天難得勾引一會兒，他自然是想要的，但念及她的身子，想想還是算了。

「再等兩個月，咱們就在一起，但現在不行。」他深吸一口氣，在她殷紅的唇上落下一吻，只是如雪花落在她唇間。

容盼埋頭在他脖子處，忍了許久，眼眶熱熱的，想說的話終究沒說出口。

翌日，容盼很早就醒來了，小禮物還在酣睡，她叫起，給她餵了奶後，開始往外跑，尋上好的五花肉。早市很早開，也很早就關了。

待容盼回來時，小禮物不肯讓她抱，容盼也不抱她，用了早膳開始洗筍，去澀味。

她在廚房的院子中架起了三口大鍋，加了少許鹽，把切好的冬筍倒進去，用清水煮滾，煮好後倒入一個裝滿冰塊的冷水之中，等著浸泡半天，這時已經是傍晚了。

暮色金黃，寒風雖蕭瑟，她卻一點都不覺得寒冷。

到了夜裡，小禮物主動要她抱，容盼給她餵了奶，替她洗了澡，小禮物在接收了長澧、小兒和東瑾一干人等羨慕加嫉妒的目光後，很無恥的酣然入睡。

就在大家都準備入睡時，容盼休息了片刻後，爬起來開始倒掉冰水，將冬筍一片片整齊地放在牆角待明日下鍋開滷。

龐晉川剛才沒有出去，他在屋中看書，透過窗戶，他看見她不斷彎腰又站起，站起又彎腰的身影。

他眼底的眸色早已是黑得深不見底。

明日要進貢的藥也早已齊備妥帖，他遞給來旺。「去吧。」

「是。」

待容盼半夜三更回來時，她撩開床幔，他已入睡。

容盼躡手躡腳就著半盞燈，扶著腰洗了臉和腳也躺了上去。

腰幾乎都直不起來，躺在床上疲軟無比，輾轉難眠，就在她異常煩躁時，一雙炙熱的大掌仔細的覆上，仔細的替她不斷的揉搓著。

一遍又一遍。

容盼打了個哈欠，知道是他，但實在是太舒服，她睜不開眼跟他道謝，便昏昏入睡。

夢中依然感覺到那雙手，還有緊緊貼著她身軀的堅實胸膛。

第四日，容盼開始滷冬筍了。

她用醬油加上水，對半調開，加上八角、紅糖，辣椒還有大把罌粟殼煮開，後下入五花肉，先用大火燒開，滾沸，棕褐色的湯汁噗噗的冒出香氣時，她再撤柴轉小火，足足燉了有半個時辰，才撈出五花肉，下筍片煮開，再燜一盞茶的工夫，用肉湯去煨筍。

她煮得極其用心，所有的材料都是選最好的，精細配比。

到滷筍出鍋時，整個院中都瀰漫著一股濃郁鮮香的筍肉香味。

丁丙秋盯得眼睛都直了，容盼盛了一碗給他。

丁丙秋沒吃，容盼就把那碗吃得一乾二淨，他這才笑著試吃了一口，隨後配著飯又是用了一大碗。

容盼笑道：「公公愛吃，婦人也另備了兩罐，還望笑納。」

說著，來旺命人抬來了兩罐，丁丙秋兩罐都打開了，其中一罐，眼睛閃得人幾乎睜不開眼。

「夫人這幾日的心血，咱家歷歷在目，咱家定會稟報皇上知曉。」丁丙秋合不攏嘴，一隻手插進那密不透風的金銀珠寶之中。

容盼蹙眉道：「婦人愚昧，這幾日有勞公公了，只是才滷出三罈來。」

「不急不急。」丁丙秋笑道：「咱家先回宮覆命了。」

丁丙秋拂塵一掃，命隨來的太監抱著甕回宮。

容盼抖抖身上的灰塵，回過頭與窗前站立的龐晉川四目相對。

夜晚，內宮之中，趙拯緊擰著眉頭望著那罈黑黝黝的滷筍。「顧氏可吃了？」

丁丙秋笑道：「吃了，奴才親自看她吃了滿滿一碗呢。」

「死了沒？」趙拯興趣缺缺，早不記得那日吃到的美味。

丁丙秋跪在地上，小心的打量著他，眼珠子飛快的轉動了下，回道：「皇上說笑了，這顧氏雖有點小聰慧，但怎敢給皇上下毒？皇上想要捏死她，比捏死一隻螞蟻還簡單，到今日還不動她，不過是看在她是一小小婦人分上，哪裡值得您為了一低賤之人大動肝火，傷了身子，耗神的理兒？」

趙拯未語，只叫他去喊太醫來問脈。

他這幾日覺得自己身子好了許多。

丁丙秋躬身退去，叫人去公府報信。

容盼聞言，依舊冒著天寒地凍在外面又弄了三天，滷好後調上爐子悶著，然後翻炒，再裝進罈子中。

待所有的滷筍都送進內宮之後，依然猶如石沈大海，一點聲響都沒有。

容盼耐心的等待著。

等到了數日後，突然聽丁丙秋傳來消息。

趙拯胃口越來越不佳，但在麗妃宮中用過一碟滷筍後，簡直欲罷不能，每日他都必要滷筍上桌。

容盼展顏笑道：「這又滷製了幾日，味道自是極好的。」

十二月初，傳來消息，麗妃、章嬪、新婕妤有孕，皇上又臨幸宮女。

不過幾日，皇帝未曾臨朝，太監傳是偶感風寒，但江道平和丁丙秋說是腦疾發作，連鴉片都壓制不住了，即便用了也只是抑制一刻鐘的時間。

因為不斷發作的頭疼，他脾氣變得越發暴躁，食不進，只有配上滷筍才會稍微吃上幾口。

容盼聞言，只是冷冷一笑。

到十二月中旬，趙拯已經臥床不起，整個朝政都推到首輔齊海身上，齊海為此忙得焦頭爛額。

容盼做好滷筍後，已經開始忙碌起龐國公府過年的事情。

張舅母來接倩娘，倩娘卻不肯出府，容盼聽完老嬤嬤的彙報，只淡淡說了一句話：「既是不想走，就留著吧。」等她到了容貌逝去的時候，就知道為了虛無縹緲的東西值不值得了。

龐國公府養一個，不嫌多。

二十五日，龐國公府上上下下已經打掃完畢，容盼正看著小兒習三綱五常。

她放開手，讓小兒自己寫。

來旺進屋，打了個哆嗦，朝她撲通一跪。「太太，皇上駕崩了。」

小兒手抖了抖，淡黃色的紙張上落下黑點，迅速擴染了，容盼橫眼望去，小兒縮頭。

「不是故意的。」

他這是給嚇的，好好一人怎麼就沒了呢？

「繼續寫。」容盼對他說，又轉過頭問來旺。「皇上是何時駕崩的？」

來旺呼出一口白氣。「是昨夜子時駕崩的，當時皇上在勤嬪娘娘宮裡歇息，到勤嬪娘娘醒來時，發現皇上半個身子都僵硬了，再一摸早就沒了脈搏。」

情理之中，理所當然之事。

「哦。」容盼點頭應下。「還有什麼事？」

來旺不由多望了她兩眼，回道：「爺叫您立刻進宮，哭靈。」

「我不是誥命夫人，無須進宮。」

來旺連忙道：「爺由顧老大人重新保舉升了吏部尚書，此刻太子還小，皇后娘娘早已哭成了淚人，只能依仗咱們家大人和顧家，那齊海畢竟只是個外人。」

容盼點了點頭。「你去吧，我稍作梳妝就進宮。」

來旺朝她作了個揖，小兒正寫到一句話。

君要臣死，臣不得不死。

容盼拿起墨筆，將這句話劃掉。

小兒噎住，心道這樣不好吧。

容盼已經從炕上下來，穿好了鞋子。

她出了屋子，迎著風雪，那梅花迎風鬥雪，恣意綻放，有一朵紅梅被風吹落掉到她肩頭，容盼取下，放於鼻尖細聞。

微微一笑。

筍吸油，五花肉遇熱容易化，最易出汁。

趙拯腦疾，只能用鴉片壓制住，鴉片吸食後雖易解除一時的痛楚，但也容易讓人精神亢奮，淫性炙熱。

他已是病入骨髓了，又加之這般內外掏空，那麼她送上去的滷筍油膩、鹹辣，就是他的一道催命符。

油膩刺激他的病情；鹹辣致他血壓增高。

旁人吃了無事，對他卻是猶如烈火之中倒酒，只會越燒越熾烈。

越是這樣，趙拯就越離不開鴉片。

她不急，不急。

也不怕趙拯不吃，那滷筍之中加入了罌粟殼就是要讓他欲罷不能，她有耐心慢慢的等著他崩盤。

秋香上前替她繫好斗篷的繫帶，撐開傘問：「太太，可要進宮？」

容盼伸出手，接住半空飛舞的雪花，道：「進宮，為何不進宮？」

她要的東西還沒拿到手，有些帳還沒算完。

第四十三章

漫天的白幡，迎著冷肅的蕭風，雪花飛舞而下，整個紫禁城都沈浸在一片白色的世界之中。

帽頂是白的；袍衫是白的；連人的臉色也是慘白慘白的。

容盼穿著一身素服從西門進，一路坐轎往體仁殿去。

她剛下轎子，就見龐晉川早就等候在那裡。

他穿著副一品的仙鶴朝服，外頭罩著白衫，腰間飾帶全無，上來就對她道：「長話短說，江道平可信，等會兒他會來找妳。」說著將一團白帕子遞到她手中。「隨機應變。」

幾句話，還沒說完，身後就有人來催。「大人，首輔大人找您。」

「知道了。」龐晉川冷漠道。

回頭深深的望了她一眼，上前重重的捏了捏她的小手，不再停留，快步從她身旁擦身而過。容盼聞到他身上煙燻的味道，濃重刺鼻。

容盼喊住。「夜裡寒氣重，你記著穿斗篷。」她指了指他單薄的衣衫，風一颳過就撩起袍衫一角，冷風直往他身上灌。

龐晉川低頭一看，雙肩不住的聳動著，忍著許久，才將嘴角的笑意壓下了，但那雙眼睛卻異常炙熱的望著她。「知道。」說罷，再也沒時間停留，隨著來人匆匆遠去。

容盼待他走遠了，才打開那白帕，只見帕中放著一個白玉小瓶，打開來，迎面撲來一股辛辣味。

他大概知道她哭不出來，所以早早就特意備下了。

容盼從袖子中也拿出了這麼一個小瓶，裡頭也裝好了辣椒水。

「太太，進吧。」秋香輕聲道，容盼抬頭望去，那朱紅色的大門上懸掛著白幡，垂墜而下，隨風飄蕩。門外侍立著太監，拿著拂塵，一個個都似蠟像面無表情。

往殿內望去，最裡頭正中間的御座之上安放著大行皇帝的靈位。各個有品級的命婦排成兩列極長的隊伍，從殿中跪到了殿外，對著趙拯的牌位哭。

她抽出帕子，掩住嘴，遮蓋住眼底的冷漠，將手放在秋香的掌心之中，跨進高門大檻。

她沒有任何品階，所以理所當然的跪在了命婦的最後，容盼在指腹上滴了幾滴辣椒水，抹在眼眶四周，不過一會兒辣得她生疼，頓時淚如雨下。

旁邊哀戚的四品命婦不由得多看了她一眼，咬了咬牙，使勁的擰了自己大腿肉，那眼淚也直逼出來。

後頭兩個品級低下的命婦都哭得如此傷心，前頭跪著品級高的哪裡肯示弱？紛紛卯足勁，頓時體仁殿內哭聲震天，哀不自勝。

容盼眼眶被辣椒水刺激得不住流淚，淚水啪嗒啪嗒砸在冰冷的石板路上，眼眶已是紅腫不堪。

她抽出帕子正想擦去時，一個宮女走到她身邊，朝她一俯。「龐夫人，太后娘娘有請。」

頓時，殿內安靜一片。

容盼一怔，還跪在地上，她抬起頭昂看那宮女。

那宮女看著眼熟，她這才想起來，是了，皇后早已是太后了。

「稍等。」容盼由著秋香攙扶起身，今日下雪，大風，膝蓋處又開始發疼，她出門前就用湯婆子敷了一會兒，剛才跪在冰冷的石板上久了，膝蓋又開始陣陣發疼。

待她們走遠了，剛才跪在容盼身旁的四品命婦問前頭的。「剛那婦人是誰？」

前頭品階雖高一些，但也不熟，直到前頭的貴婦極不耐煩的道：「她，妳們都不認識？」

稍頓，四周人都看她，她吊足了胃口才略微滿意道：「她本是二品誥命夫人，夫君乃龐國公，吏部尚書龐大人。娘家乃與太后娘娘同門的顧家。之前她家小姐滿月時我去喝過酒。」

四品命婦一時竟呆愣住了，心下不由懊惱，剛與她比什麼？

卻說容盼這邊，從體仁殿出，過了月亮洞門，就進了一個素淨的後院。

從宮女口中她得知，這是太后哭靈時小憩之處。

進了裡頭，一股溫熱的氣息撲面而來，容盼忍不住打了個激靈，只見太后正眯著眼。檢查新皇的御冠、小龍袍還有朝靴，底下跪著一群端著盤子的宮女。

太后挑眉淡淡掃了一眼，對眾人道：「都下去吧。」

容盼站起，打量著她，只見她滿頭的青絲高攏成髻，正中間戴著一朵極大的丹鳳攥珠朝陽銀簪，兩邊各用小鳳點綴，鳳口金珠垂下，那眉梢之間是止不住的得意。

再細看，她身上穿著全白的大衫，加龍鳳暗紋飾樣，腳下是繡鳳高底繡鞋。看得出，太后的日子比在先帝那朝過得好。

「顧氏。」太后出口喊她。

容盼雙手置於前，朝她一俯頷首。「娘娘吩咐。」

「先帝雖駕崩，但哀家這兒還存著幾幅畫像，妳需看嗎？」太后對她，眼中依然是難掩的厭惡。

但此刻，新皇不過才一歲，先皇去得急，股肱之臣皆未留下，她需要依靠顧家，也需要依靠龐家的勢力替皇帝治理天下，現在還不到卸磨殺驢的時候。

這個女人，便是捏住龐晉川最好的把柄。

容盼低下頭，長長睫毛撲扇，自存在一股風韻。「臣婦信得過娘娘，不用看。」

太后沈思許久，強壓著一股怒氣。

容盼頭俯至地，太后憋著一股氣，惡聲惡言喝道：「哀家成全妳。」

「臣婦謝娘娘成全。」

太后看著她姣好的側臉，想起後宮之中的妖精，心下不由將之前存著的怨氣撒在她身上，指著耳間使喚道：「那裡有壺熱水，妳替哀家沖杯熱茶過來。」

「是。」容盼頭抬也不抬，躬身退下。

太后冷笑，轉動著手中的戒指，啐了一口。「賤胚子。」

過了一會兒，容盼端了杯茶出來，放在她身側的案几上，退到一旁。太后挑眉不耐煩地覷了她一眼，飲了一口，立馬潑出去。「我不喝龍井。」

容盼問：「娘娘喜喝何茶？」

「碧螺春。」

容盼端下茶碗，下去，這時有宮人進來稟告說皇上來了。

容盼待在耳間裡，又重新燒了壺熱水，在等待的過程中，她聽到太后告訴皇帝。「我兒，以後再也不許你進後宮，也不許和你兄長玩。」

皇帝還不會出聲，只看著他母親，懵懵懂懂的。

太后愛憐的摸了摸他的小臉。「皇帝只需聽母后的就可了。」

容盼端了茶水出來，太后接過，才喝一口就吐掉。「什麼腥臭味，也不知是什麼貨色也敢充碧螺春！」

容盼眸色一暗，嘴邊笑容沈下。

皇帝好奇的睜著眼珠子滴溜滴溜的看容盼，許是她身上小禮物的乳香味讓他喜歡，皇帝嚅動著小嘴，伸出手要她抱，太后皺眉。「下去吧，連侍候都不會，真是愚不可及。」

容盼顫抖著手，跪拜在她灑下的滾燙茶水之中，朝她連叩了三個響頭，才艱難地爬起身。

就在她慢步退出門時，也不知怎的，鬼使神差的抬起頭。

卻見太后抱著小皇帝，小皇帝一雙大眼還直直的盯著她，嘴角彎彎的樣子頗有幾分小兒的味道，容盼心下覺得怪怪的，但又說不出來，直到小皇帝又朝她伸出了手。「母。」

這還是打他出生頭一句話，頓時屋內眾人喜不自勝。

太后更是喜極而泣，摟著他。「我兒，快叫一聲母后。」

小皇帝委屈地癟癟嘴，像鯉魚翻肚，不斷掙扎著要離開太后的懷抱，他最後眼睜睜的看著容盼的身影消失在厚重的門簾後，哇的一聲嚎啕大哭。

容盼從裡頭出來，抬頭長長呼出一口濁氣，秋香等在外頭，見她出來連忙替她披上斗篷，禦住寒風。

容盼把自己的半張臉都藏在斗篷下面，呼出一口白霧，重新往體仁殿走去。

午膳是在宮裡用的，容盼疲勞了半日，並沒有什麼胃口。

她在眾人用膳時，去了體仁殿附近走走，才剛走到一處荒涼的宮苑門口，忽聽得一聲熟悉的公鴨嗓子。

「麗妃，麗妃，妳就可憐咱家則個。」高聳的雜草間，只見有一男人不住的聳動，他身下是一個赤裸豐滿的女人身子。

女人似乎掙扎得很厲害，丁丙秋喘息道：「妳還以為……妳真是麗妃了？實話與妳說吧，太后娘娘就等著辦妳們這群小妖精呢……呼呼，妳肚裡那塊肉也定留不得，還不如順了咱家，以後這冷宮之中咱家罩妳。」

容盼站在門外看著丁丙秋。

只見他這話說完後，麗妃頓時面如縞素，停止了掙扎，低低的悲鳴一聲。

丁丙秋嘿嘿淫笑，把她翻了過來，抽出尖細的雙手瘋狂的扣動麗妃豐滿的身體，麗妃雙目瞪大了，而他則將他那半截東西塞進她櫻桃小嘴之中。

容盼看著他手中戴著的寶石戒指，在陽光的反射下璀璨奪目。

容盼蹲下身，抓起一塊極大的石頭往裡狠狠砸去，砸中丁丙秋的後腦勺。

丁丙秋猛地停下動作，捂住頭，大呵：「誰這麼大膽！」說完，他自己也怕了，連忙翻身從麗妃身上爬下，哆嗦的抓起身後的衣服，快速穿好，警覺的看著外頭。

麗妃擦掉眼淚，躲在高高的雜草後瑟瑟發抖。

容盼捏著嗓子，朝裡大叫。「皇上，皇上，您別用石頭丟奴婢啊！皇上，您在哪兒，快出來，太后娘娘等會兒就來了！」

丁丙秋頓時白了臉，也不管麗妃了，直接往小門跑去。

容盼冷笑著看他，又看著麗妃倉皇失措地整好宮裝也跑開了，她才從門後走出。

對於這種欺軟怕硬，死咬住不放，扭曲了人性的賤人，一味忍讓只會縱容他囂張的氣焰。

沒了趙拯的丁丙秋，捏死他，易如反掌。

到了傍晚，雨雪皆停，在她出宮的路上，太監早已掃清了白雪，只留下一行長長的帶了濕意的路。

她從西門出，正待爬上車，身後扶著她的手忽地換成了一雙有力的雙臂。

容盼轉身望去，只見一個身穿蟒袍的太監正攙扶著她。

「夫人小心，咱家江道平。」江道平尖聲道，待把她扶上車廂時，江道平才指著裡頭說：「車內有畫像。」

容盼一怔，回過神來，感激不已，朝他行禮。「謝謝公公。」

江道平不敢受。「是龐大人囑咐的。」說著上前替她撂下車簾，低下頭，恭敬道：「夫人好走。」

馬蹄聲噠噠響起，容盼全都拉開了，她就著昏暗的車內光線望去，將畫像撕成了粉碎。

夜晚，龐晉川到她快睡了，才回來。

回來一言不發，將頭靠在她肩頭，把身上一半的重量都壓在她身上。

他身上煙燻味還是很重，還帶了皇宮內奢靡的味道。

她剛想抽身走，卻被他牢牢擒住了腰肢，龐晉川睜開黝黑的雙眸，眼中只倒映著她的影子，他問：「我護住妳了？」

容盼還沒反應過來，龐晉川笑道：「那日，妳說若我能護住妳，日後妳日日替我綁腰帶？」

容盼這才想起，心下不由有些窘迫。

龐晉川卻好似不知情，攤開她的小手牢牢的握在自己大掌之中，許久，誠心誠意道：「走到這裡，我還是打算牽著妳一起走下去。」

他一語雙關，兩人都沒去扯到那畫像的事。

容盼咬住下唇，想了很久，有些感激的話，倒覺得已經沒必要了。

龐晉川望著她雙眸許久，才笑道：「晚了，睡吧。」

「嗯。」

他去沐浴更衣，容盼去看了小禮物，她在小禮物屋裡坐了許久。

直到他在門口探出頭，朝她喊。「回去，睡了。」

因是年底，趙拯的喪事未能大辦，禮部商議了下，國不可一日無君，但新帝若要臨朝，定得將先皇魂魄安寧。

於是在輔臣和六部大臣商議後，決定先將趙拯的棺槨停放在壽仁殿內，每日請水路大法師誦經安寧。

二十八日，新帝登基。

聲勢極其浩大，但那一歲小兒哪裡肯坐得住？登基大典才行至一半，就尿了褲子嚎啕大哭。

太后從珠簾後走出，抱著皇帝，在他的哭聲之中還是行完了大典。

朝議，新皇年號為：章和。

之後，斷斷續續傳出消息，後宮那些太妃太嬪因悲傷過度，導致小產，太后特地撥出西宮的壽康殿給這些妃嬪居住。

不過一日又傳來，先帝庶長子暴斃於宮中。

先帝不過只有二子，至此也就僅有小皇帝這一脈了。

龐晉川這些事都不肯告訴容昐，他不知從哪兒尋來了專治腿疾的醫科聖手，每日只需她安心養病。

容昐只有在和林嬤嬤、碧環等聊天時，偷偷說起一些。

到了除夕夜。

酒席退散後，龐晉川帶著闔府眾人在院中放煙花。

屋外很是寒冷，樹枝上都掛滿了沈重的積雪，空院中間，璀璨的煙花啾的一聲，燃至半空，炸開成一朵朵形形色色的花朵。

眾人頓時歡聲尖叫起來。

容昐要親自放一個，林嬤嬤虎著臉。「太太您千金之軀，若是傷著可怎麼辦？再說了，公子和小姐們都看著呢。」

小兒眼睛亮晶晶的，直直盯著容昐，眼中是滿滿的興奮之色，他也想看母親放煙花。

長灃根本沒顧著這邊，望著滿空的璀璨，絡繹不絕，眼睛都快沒地方安放了。

龐晉川卻是有幾分縱容的意思，笑道：「去放吧。」說著從來旺手中拿了香過來，容昐伸手接過，往前走去。

黑夜之中，煙火燃盡了，黑漆漆一片。

容昐小步上前去，正要伸手點燃引線，卻不防身後一雙大掌繞過她的腰肢，容昐望去，他不知何時已經走到她身後，另一隻手將她的小手包裹其中。

「點火了。」他輕聲道。

容盼連忙聚精會神望向那燃著的煙頭。

兩人攜手湊近了。

只聽得啾的一聲！

一個紅色的光芒劃破黑夜，直衝上天，啪——綻放成一朵極大的火焰。隨後，一朵、兩朵、三朵，接二連三的煙花也竄起，綻放，整個夜幕都被點亮了，輝煌如白晝一般。

龐晉川依然不放手，只是側過頭，望著她姣好的側臉。

她眼中倒映出那七彩奪目的耀眼，微勾起嘴角，神情專注。

他不由得湊上前去，在她臉頰上落下一吻，而後極快的彈開。

待得滿空的煙花燃盡，來旺又命僕婦抱來了許多。

小兒興奮之極，跑上前去，拉著容盼的手。「太太，太太，您也讓兒子放一個！」

容盼還沒吭聲，龐晉川臉色已微微沈下，嚴肅拒絕。「莫要胡鬧。」

他說得極是鄭重，好似剛才攜妻放煙火的不是他。

小兒耷拉著腦袋，有些無力。

他覺得父親太偏心了！怎麼母親就可以？

正當父子兩人陷入僵局的時候，來旺快步走進，神色慌張，他連禮都不行，直道：

「爺，小皇上微恙。」

「我若沒回來，妳先睡。」

來旺已經遞上馬鞭和暗黑色貂鼠斗篷，龐晉川朝她看了一眼輕聲囑咐道，他接過馬鞭，一邊大步向前一邊繫上斗篷。不一會兒的工夫，已經消失在容盼視線的盡頭，能看見的就是他被大風捲起的袍衫一角，最後也捲入濃黑的夜幕之中。

空氣中，還洋溢著熱鬧的氣氛，煙花燃放的淡淡刺鼻味道還縈繞在鼻尖。

小兒看父親走遠了，才上前拉住太太的手，昂起頭，雙眼裡亮晶晶的綴滿了星光透著狡猾，他問：「太太，兒子想放煙花。」

「……」

好不容易可以壓制的人走了，他怎麼可能會錯失這個機會。

容盼鄙視的覷了他一眼，本來想拒絕的，但看見他眼中的渴望和堅定，她想了會兒，才頷首。「去吧。」

小兒六歲了，她不想把他教養得墨守成規，有些事他好奇，她就願意讓他去嘗試。

在小兒的躍躍欲試之中，碧環拿了一個鑽天猴鞭炮，她握住把柄的那頭，小兒上前，林嬤嬤急道：「小公子小心。」

小兒點燃了煙火，只見從那尾部噴出一股氣流，鑽天猴咻的一聲直衝上天，衝得極快、極高。

新年，新的一年在他的炮竹聲中，拉開了帷幕。

夜裡，龐晉川沒有回來，容盼給小禮物餵了一次奶，也落了院門去睡了。

到了半夜，迷迷糊糊之際，被人推醒了，似乎是秋香的聲音在她耳邊道：「太太，大夫人那邊傳了消息過來，讓您快些進宮。」容盼掙扎著起身，打了個哈欠，婢女上前撩開她的床幔掛在銀鉤上，容盼還不太清醒，望向窗外。

窗外黑漆漆一片，微微透著雪光。

「什麼事？」她披了一件衣衫下床。

秋香指揮著其他婢女有條不紊的拿來她熟悉的東西，一邊道：「宮裡不大好，聽說惠太妃趁著除夕夜警戒鬆散，乘機摸進皇上的寢宮，給他餵了毒，如今皇上命懸一線。大夫人說您是太后娘娘的堂妹，理應進宮搭把手。」

一股寒氣，竄入她的身體之間，容盼猛地打了個哆嗦，清醒了過來。

容盼眼前晃過那日小小的身影，那個孩子才一歲多吧，比她的小禮物大不了多少。

漆黑夜色之中，霧氣極重。

一輛寬敞的馬車直往內宮方向奔去，容盼進宮後才撩起簾子悄悄往外看去，竟發覺來來往往的太監宮女莫不驚慌失措，遇到巡邏的侍衛就低眉，快步走開。

她下了車，江道平等在那裡，直接將她引到乾清宮。

乾清宮門外，朱紅色的高大摺扇門牢牢的緊閉著，外頭守著一干的太醫和宮人，守門太監見是她，連忙打開了，容盼捏起襖裙，一隻腳才剛跨進去，就聽得裡頭傳來女人絕望的哀鳴聲。

「皇上，駕崩了！」

太后渾身跟抽筋了一樣，打著嚴重的擺子，鳳冠下原本整齊端莊的髮鬢稀稀疏疏亂舞，一夜蒼老無比。

龐晉川在內的一干重臣跪在冰涼的大理石上，面色無比糾結的望著床上那具漸漸冰冷的小屍體。

趙沁小小的身子被緊緊包裹在明黃色龍被之中，面色極其痛苦慘白，他雙目圓睜，嘴角溢著血，一隻手抽出了被褥，死死的緊握成一個拳頭，顯然死前是經過痛苦掙扎。

幾天之內接連送走了兩位帝王，那下一位繼承的是誰？

其間參雜著惠太妃陣陣暢快淋漓的大笑。

「顧氏，顧氏！這是報應……妳毒害我兒，心狠手辣，如今還戕害妃嬪，活該妳無子送終！」惠太妃不顧身後宮人拉扯著，衝到太后跟前想要抓她的臉，那笑意聽得讓人脊梁骨陣陣的發寒。

她撥開凌亂的長髮，容昐才看見，她臉上都是血紅的，還未結痂的傷口，一道一道把她劃得面目猙獰。

太后赤紅著雙目，動作僵硬的轉過頭望向惠太妃，不住的抽搐著，顯然精神已到了崩潰的邊緣。「賤、賤人，我要妳死！」

「死？」惠太妃聞言似聽到了天大的笑話，大笑出聲。

還不待眾人反應過來，她已吞下藥丸。

「把她嘴掰開！」太后神經質的尖叫。

宮人連忙上前掰住惠太妃的嘴巴，用手肘捅她的脊背，丁丙秋撩開袖子就往她嘴巴裡塞草木灰，滿殿頓時都是一股熏臭味。

容盼看得作嘔，抽出帕子捂住鼻子，秋香驚恐的躲到她身後。

惠太妃卻極其快意的望向太后，嘴角還是溢出了淡淡的血絲。

太后驚恐了，保養得當的雙手伸進桶中，撈起草木灰後拚了命的往她嘴裡塞進去，捶她後背。「吐，妳給哀家吐出來！吐出來！」

惠太妃瞪大了雙眼，抽搐著，默默的望向宮門外的天空。

她的孩子才九歲，根本不曾想與這妖婦爭奪皇位，可卻生生暴斃。

顧氏用下作的手段毀她孩兒，那壺鶴頂紅葬送了她所有的希望，她苟延殘喘活到至今就是為了這一刻！

顧氏，到了地下，且讓咱們再來鬥一鬥吧，讓先帝看看妳惡毒的嘴臉！

東方，漸漸露出一方魚肚白，惠太妃的肚子被塞得鼓脹脹的，她迎著亮光，臉上是從未有過的平靜，這樣看去，才發現她的五官極其平淡，只有那眉梢之間略有些風情。

最後在火紅旭日緩緩昇起時，她漸漸抽噎了一下，嚥了氣。

「死了？都死了。」太后摸上她氣息全無的臉，尖細的指甲扣在她臉上的傷口，使了所有的勁往下刮，用力的刮，猙獰無比。

眾人看得皆覺得脊柱陣陣發寒。

她失了孩兒，心智幾近紊亂。

然而若是趙拯沒有那麼多的妃嬪，太后或許也不會如此趕盡殺絕，斬除掉所有阻擋在她兒子跟前的障礙。

在這深宮之中，為了這把龍椅，到底有多少人命葬送其中？

趙沁剛登基不久，甚至連國號都未啟用，就死於後宮的爭鬥之中，他雖站在了權力的頂峰，但也成為權力傾軋的犧牲品。

而趙拯所有的兒子都被太后誅殺殆盡，他這一脈徹底斷送了。

人算不如天算。

龐晉川起身摟住她的腰，往外走。

天色已經白，紫禁城又迎來了新的一天，四周巍峨的宮殿上還掛著大紅色的綢帶，但很快又有太監攀上梯子，掛上白幡，白色的幡布迎著寒風唰唰的飛舞，將整個紫禁城映襯得越發空曠寂寥。

「手這麼冰？」兩人站在天階之上，龐晉川蹙眉小心捏了她的手。

容昐待要抽回，他卻牢牢擒住不肯放。

「莫急，這幾日可能見不到了。妳等會兒回府安排好孩子，再進宮侍候。」他交代。

容昐點了點頭，正要開口，卻見丁丙秋快步走來，卑微的彎著腰，朝兩人跪地叩頭，諂媚笑道：「大人，首輔大人有急事相商。」

龐晉川抬眉，微不可察的掃了他一眼。「知道了。」

丁丙秋起身，還賴著不肯走，他悄悄覷他，在目光和龐晉川相遇後，連忙恭敬的低頭。

「龐大人前程似錦，以後還望大人多多提拔奴才才是。」

「好說，好說。」龐晉川冷目。

無情最是天家，朝臣們根本無力去理會小皇帝的死，而是著急的商討新帝人選。

現在唯有兩個選擇，一是廣王長子趙深，十歲；一個是晉王長子趙凌三歲。

選擇一個過繼到趙拯名下，為他的繼承人。

廣王乃前朝先帝之二皇子，而晉王的母妃是皇貴妃，身分僅次於趙拯的生母皇后。

是立長還是立貴，一時間群臣非議，竟商定不下來。

各個王府也紛紛派出人馬遊說齊海與龐晉川等人。

龐晉川是堅定的晉王派，他雖不說，但容盼也知曉，與其要一個心智接近成熟的皇子還不如拿捏住懵懂小兒。

然而，齊海更喜趙深，因其生母齊王妃乃與他同宗。本是交好的兩人，在互相明確了對方要追隨的君王後，很快就分道揚鑣。

最後這件事整整鬧了七日，朝廷之上你方唱罷我登場，為了各自的利益互相角逐著，上朝已經不議事了，基本就掐架。

到最後不知哪個人說：「此事需問太后娘娘才是。」

眾人僵持不下，細想了下，才記起這個茬兒，連忙派人告知了太后。

在一個寒冷的肅殺清晨。

趙深和趙凌被帶去御花園中，太后一身素服坐於鳳座之上，她已老態，然而眼中卻還泛著幽幽的光芒。

她和兩個孩子也不交談，就看著他們玩。

到臨近午時，她才起身。

趙深眼尖，看見了，連忙跑上來扶住她的手。

太后望著他，問：「你在那邊玩得興高采烈，如何注意哀家要起身的？」

趙深有禮答道：「姪兒理應侍奉娘娘，承歡膝下。」

「好，好。」太后聞言，笑起，牽著他的手離開御花園，在經過趙凌身邊時，她忽然停下。

趙深不解。「娘娘為何不走？」

太后噓了聲，慌忙的轉過頭去，急切的在尋找著什麼。卻見趙凌一屁股坐在地上，玩得滿頭得大汗，嘟嘟嘴。

「母。」

太后眼眶微紅，朝他走去，趙凌支著頭好玩的看她，朝她露齒一笑。「伯母，凌兒玩累了，要回去了。」

「你要回哪兒去？」太后蹲下身，小心翼翼的望著他。

趙凌天真無邪笑道：「家去。」

「別回家去了，就留在這裡陪著母。」太后吃力的將他抱起，如獲珍寶，一刻都不肯放。

趙凌支著頭靠在她肩膀上，趙深眼睜睜的看著他倆遠去，還不知為何。

待他們走遠了，花叢之中，有一人走出。

卻是龐晉川。

新帝確立了，換上孝服替先帝守靈，摔盆。

趙拯和趙沁的棺槨這才從壽仁殿起。因趙沁剛登基就夭折了，短期之內又無法快速的修建龐大的帝王陵寢，於是朝臣群議，讓兩帝王共享一處陵寢。

這也是立朝以來的第一例。

在京官員自六品以上及其家屬女眷皆要送葬。

容昐帶著長灃和小兒，一路步行，行至城門口，才換了馬車繼續送。

漫天的白幡、冥幣，哭聲震天，人群黑壓壓密集無比，隨葬品，豬馬牛羊等綿延了不知多遠，數目繁多得都看不到盡頭。

從凌晨之時到晚上亥時，從宮中跪拜守靈到京郊送葬，整整三天三夜，待容昐回到龐國公府當晚，就發起了高燒。

龐晉川回來時，太醫已經問完脈，長灃和小兒守在屋裡。

他焦急的撩開床幔，將她抱起，摸了摸她的額頭，滾燙無比，他喚了幾聲，容昐都沒醒。

秋香上前，撥開她褲腿到膝上，只見膝蓋那處早已化了膿，流著黃黃的膿汁，已經擦過一遍了，卻仍舊紫黑腫脹得老高。

秋香道：「太醫說，是因為勞累過度，加之膝蓋化膿，才引起的寒症。日後，這腿恐怕是徹底傷了。」

龐晉川咬牙，碧環端上藥。

他將她在自己懷中調整好位置，拿起碧玉湯勺舀了黑苦的藥汁吹了吹，放在嘴中嚐了一口，才給她用。

藥汁極苦，他餵了幾遍都沒餵進去。

她燒得人事不知。

龐晉川餵了一遍又一遍，湯藥涼了就再熱，直到她喝完了一整碗他才放開她，安放在枕頭上，撥弄好她的青絲。

屋裡燃著淡淡的安神香，那邊供奉白玉觀音桌前的鼎爐之中，點了三炷香，已經燒了一大半，婢女還要上去添香。

龐晉川卻命人撤掉供桌。

她有心結他知道，只是不說而已。這拜神求佛圖得了一時的寧靜，圖不了一輩子，及早撤了，時間久了，那些事也就漸漸會忘記的。

龐晉川又坐了一會兒，正要起身，碧環從屋外走進來，對龐晉川俯身。「爺，表小姐屋裡的蜀桐來了，說是來問問為何這月的月例銀子還沒發？」

「表小姐？」龐晉川凝眉想了會兒，不悅道：「這表小姐在龐府住的時間夠久了，明日叫舅母來，帶她回去。」

「這……」碧環猶豫了下。「只怕表小姐不肯，又要尋短見。」

龐晉川已經走到了門口，門外黑漆漆一片，已是深夜。

他轉過身，面色冷峻。「要死也不是死在這裡。她如今病著，可是尋她的晦氣？」院外等的蜀桐聽到，臉色一僵，匆忙出了朱歸院。

翌日，張舅媽果然來接，要見龐晉川一面，龐晉川根本不在府裡。張舅媽又說要見容昐。

大夫人這幾日眼瞧著容昐昏迷不醒，心下對張舅媽略微有些不滿，加之倩娘又一味的哭，兩人話趕話，差點吵了起來。

為此，大夫人也不肯留了，只叫這對母女兩人早早走，免得公府又雞飛狗跳，亂成一團。

就這樣又過了幾日，容昐的燒，好了又燒了起來，連續折騰了四、五日才徹底清醒過來。

她動了一下，渾身痠疼，膝蓋處就感覺針扎了一樣。

龐晉川正抱著哭鬧不止的小禮物進屋。

她正努力起身，他抱著孩子，兩人四目相對。

「醒了？」

容昐眼中微微濕潤。

龐晉川唉了一聲，將孩子交給乳母，走上前在床頭坐下，將她擁入懷中，輕輕拍打她的背。「莫哭，莫哭。」

直過了許久，才聽懷中人哽咽問：「從此再也無事了？」

龐晉川又嘆了一口氣。「無事了，我護著妳呢。」

他低下頭，吻上她的眼瞼，一遍又一遍的用自己冰涼卻滾燙的雙唇替她拭去淚水。

她的眼淚輕而易舉的讓他覺得心疼難耐，此生怎麼還能再捨得她哭？

第四十四章

用扶搖直上來形容龐晉川的仕途，可以說貼切無比。

在新皇登基的翌日，齊海就被趕下首輔之位，貶去了臨安，而龐晉川名正言順的接替了齊海的位置，重組新的內閣。

那日，在太后要見兩位世子的前夜，龐晉川曾問過容昐，如何才能讓太后動容？

容昐想了很久，在小禮物不耐煩的拽住她手咿咿呀呀尋求關注時，她才道：「皇上一歲多才開口說話，第一個字是母，想來最讓母親揪心的就是孩子。」龐晉川聞言，深思了許久，夜色之中去了書房。

在這短短的兩年光景，朝廷就換了三代帝王。

容昐在進宮朝賀時，發現司禮監隨堂太監也換人了，她打聽之下才知道丁丙秋被發往先帝的陵寢守靈。

他才剛到遵陵沒多久，一個清晨，被掃地的太監發現死在了雪地裡，死前赤條條，身上一件衣服都沒有，雙手和雙腳上被人用粗大的繩子綁住跪著，雙目圓瞪，張大了嘴，神色驚恐無比，顯然是活活被凍死在冰天雪地之中。

就算知道這背後是有人操縱，但這又能如何？太監，更何況是一個失了勢的太監，根本就不會有人跳出來替他說話。

隨後不久，朝廷重新洗牌，革除了一批舊臣。

皇帝開恩科，龐晉川親自主持，提拔了三百六十二名進士，這當中的有些人，在許多年後進入六部，成為各部掌握實權的主管官員。

龐晉川的時代已然開啟。

元鼎五年，容昐再次有孕，但此時她的身子已經不適有孕，在胎兒還沒滿三個月時，小產了。

孩子流掉，容昐很平靜的接受了，她早就已經知道會是這個結果。但對龐晉川而言，這件事嚴重打擊他的神經，在很長一段時間內，他不許任何人提及孩子的事情，回了府就把自己關在書房裡。

直到容昐敲開他的書房，端了一碗壽麵給他。

「今日是你生辰，你都忘了吧。」容昐笑道。

來旺悄悄的往外走，關上門。

因她偶爾會進書房，所以龐晉川命人加了炭爐，屋裡不再是冷冰冰的，添了一絲人氣。

紅燭燃了半截，照著她姣好的側臉，她頭上不戴任何珠翠，只是簡單的綰成一個髻，戴著羊皮金沿的珠子箍兒，十分的簡單素雅。

龐晉川從公務之中抬頭出來，沒有看她，而是直勾勾的盯著那碗熱騰騰的湯麵。

是了，今日是他壽辰，他自己竟都忘了。

他伸出手，接過碗，在書桌後狼吞虎嚥的大嚼出聲。

他吃得很急，不過片刻的工夫已經把麵吃得一乾二淨，只剩下湯。

容盼打開食盒，拿出酒壺和兩個酒杯，放在他跟前的桌面上，倒滿了，遞上去。「吃了吧，孩子都不在，這是我敬你的。」

他接過酒杯，雙手是顫抖的，容盼看著他一飲而盡，嘴角才露出一抹笑意，待她要喝時，他卻按住，接過她手中酒杯，昂頭喝下。喝下了，才抬頭看她。

容盼這才發覺他的雙目暗淡無比。

兩人許久都沒有說話，她就坐在他身旁的小凳子上，待她收拾好東西要走時，他突然揮臂一攔，箍住她的腰肢，把頭埋在她的小腹之上。「妳別走。」如同稚兒，低聲的哀求。

他傷心孩子的小產，但更驚恐她可能也會離開他，一想到這兒，他就無法忍受。

「走？我能去哪兒呢？」容盼問。

龐晉川一怔，看著她明媚的雙眸，使出了全身的力氣緊緊將她抱住，箍牢了。

「哪兒也不許去，我一輩子對妳好。」他霸道無比，索取著。

容盼嘆了一口氣。

至此，龐晉川好似淡忘了這事，恢復平日的模樣，在長灃、小兒面前又做起嚴父。

但他對她也真是好到了極致。

元鼎十六年，如至十六歲的時候，嫁給了趙凌，成了中宮之主。

大婚前，如至要和容盼一起睡，龐晉川忙於皇帝大婚也好久沒有回府了。

如至躺在父母寬大的羅漢床上，她抱著母親的身體，把頭靠在她身上，問：「娘，您說什麼是喜歡？」

她是龐晉川和容昐幾個孩子當中長得最好看的，俏麗的五官基本上汲取了父母兩人所有的優點。

容昐望了她一眼，輕拍著她的肩膀，說：「喜歡啊，喜歡就是想和他在一起，想看著他開心。」

如至把頭鑽進被子之中，只探出一雙會說話的眼睛，害羞問：「那像大哥對大嫂？」

容昐想了想，點了點頭。

長灃對繪畫造詣頗深，幾年前他去南澤時喜歡上一個姑娘，那姑娘只是尋常人家，但脾氣十分好，和長灃很是般配。龐晉川自然是不許的，父子兩人對峙了好幾日，長灃那麼好脾氣的竟頭一次敢反駁父親的意見。

後來還是容昐出面，拉了月琴到龐晉川跟前，笑問：「你看，她眉眼之間是不是與我有幾分相似？」

龐晉川沈默了許久，和她置了一個月的氣，後不聲不響的讓來旺開始籌備婚禮。

月琴是個很好的女孩，新婚後並沒有享受公府的榮華，就和長灃到處走，陪他走過了千山萬水，始終都未曾埋怨過一句。

到如今，長灃的畫已是千金難求，他所到之處都跟著一批人，只要他畫出畫就定要上門求取，求取不得也怎麼都得看上一眼，回去臨摹了。

而長汀在中榜後，就被龐晉川扔進了國子監，到現在還在坐冷板凳。他也沒事，整天嬉皮笑臉過日子。

可就那不正經的模樣，愣是勾得幾家小姐癡心暗許，容盼很是頭疼。他二十歲那年容盼拉著龐晉川問他。「你可有喜歡的人？」

龐晉川對這個兒子，是又愛又恨，恨的時候巴不得把他貶到雲南去，眼不見為淨。他默默望了一眼身邊的愛妻，深吸一口氣，板著臉。

長汀歪著頭，想了想，很鄭重的道：「有。」

「什麼樣的？」

長汀笑道：「不用太好看，但一定要善解人意；要有腦子，不能我說什麼就什麼，但她可以站在我身後，我會保護她。」

龐晉川臉色已經暗下來了。

長汀渾然未覺的模樣，侃侃而談。「兒子要求不多，如果她能和太太一模一樣，那就最好不過了。」

翌日，天還沒亮，長汀被龐晉川趕出了公府，不得不住進國子監。

如至淚眼婆娑，拉著長汀的手不肯放，送他出了二門還要往大門送去。

長汀覷了一眼身後站著的父親，低聲對如至說：「妹妹，別擔心，父親這是生氣了，等他不氣了，三哥再回來。」

「啊？」如至眨眨眼。

長汀再低聲道：「我說我喜歡太太，父親就生氣了，妳說他醋勁有多大啊。」

「……」三哥你真敢說。

到現在，長汀在國子監住滿了一年，龐晉川只許他休沐時回來，容昐倒時常去看長汀，長汀笑笑說：「太太莫要擔心兒子，兒子省的日子是自己過的。」

他不在意別人的目光，甚至也不在意龐晉川的目光，在他心中，父親一直是一座高山，他努力的打拚，企圖越過，站得比他更高、看得更遠。

他會讓世人知道，他不僅僅只是龐晉川的兒子而已！

長汀二十五歲那年入戶部，至今未娶，當年迷戀他不可自拔的那些小姐早已耗不下去成了人妻、人母。

一日，長汀回來看容昐的時候，龐晉川叫他到書房說：「你也差不多了，找個女人成親了吧，你母親雖然不說，但心裡還是記掛著這件事的。」

長汀握了握拳頭，父子兩人的面容極其相像，他就像二十多歲的他。

「父親可是有人選了？」長汀問。

龐晉川默然的頷首，放開手邊的一本書，拿出一封信封遞給長汀。「這是和郡王家的郡主，今年十七，裡頭詳細介紹了郡主的情況，你回去看看，若是肯了，我就讓人上門提親了。」

長汀沒有上前去接。

龐晉川微微挑眉，沈下嘴角。「這些年，你找到像你母親的了嗎？」

為此，他搬離公府許多年也未曾回來。

不得不說，這個兒子是最像他的，但也最讓他頭疼。

長汀在渾濁的官場之中，成長得極快，如魚得水，雖然有龐晉川打壓，可就這幾年的時間也已超過其他同科的進士。

但就算他長袖善舞，八面玲瓏，也改變不了他骨子裡的倔強和清高。

龐晉川厭惡他的清高。

長汀神色不動，斂目。「不曾。」

「既是如此，為何還要浪費時間在這上面？」龐晉川反問：「你母親也僅是你幼時一個夢，收起你不切實際的幻想，找個合適的女人成家立業才是對你最有利的。」

長汀久久沈默，兩人在朝政上也時常意見相左，父親從不會因為自己是他的兒子而下不了手。

長汀也會與他的門生針鋒相對。

可以說龐晉川是他仕途上最大的絆腳石。

他想磨掉他的稜角，他想越過這座高山，父子兩人的關係早已不是他幼年時那般親密。

「去吧，去看看你母親，晚上留在公府吃一頓飯再走，她昨夜與我說想你了。」

長汀朝他作了一個揖，躬身退去。

他熟練且極其飛快的往朱歸院跑去。

這時已是日落黃昏，彩霞布滿了天空，她穿得極其素雅，好似與他離家時一樣，從未變過一般。

長汀慢下腳步，唯恐驚擾了她，他走上去，喊了一聲：「太太。」

容盼回身，連忙拉住他的手，眼眶微紅。

「怎麼回來了？昨晚也不派人過來通知一聲。」容盼挽著他的胳膊去廚房，她不肯讓他進去，那裡煙燻火燎的。

長汀就倚在門口看她，嘴角挑起一抹笑。「回來看看您，太太……」他忽停下，認真道：「兒子買了一座宅院，離公府有些遠，您可要去那裡住上幾日？」

容盼正給他切西瓜，身後廚娘叫。「太太，水燒開了，可要下餃子？」

他的聲音掩蓋在熱鬧的沸騰聲音之下，待容盼再問時，他笑道：「沒事，兒子就想吃太太做的菜了。」

傍晚，龐晉川回來用膳時，父子兩人一句話都沒聊，只有容盼一直往長汀碗裡添菜。

龐晉川就越發的沈默了。

吃完飯後，長汀就要回去了，容盼送他出門到府門外時，長汀笑道：「太太，莫要再送了。」

兩年前，他想在龐國公府附近買一塊宅子，但他花光了所有的積蓄也不夠在這塊寸土寸金的地方買下一塊地皮。

龐晉川一個子都不給他，容盼想給，他又不肯要，最後只能在南城買了宅子，為此他每次上朝和回公府都要騎上半個時辰的馬。

容盼從婢女手中接過食盒，交給來福，笑道：「這是娘滷的醬肘子，你莫要小氣，請你那些好友一起嚐嚐，吃完了叫人回來說一聲，娘再做給你。」

長汀笑嘻嘻接下。「知曉了，太太也要為兒子保重身子。聽說上次暴雨時，您膝蓋骨那兒又疼了，兒子送來的膏藥太太抹了沒？」

「抹了，好得很。」容盼笑著替他整了整領口。

龐晉川也有替她尋來，但還是長汀送的用得最好。

「好，太太莫要相送。」小兒朝她作揖，說罷，快步下了階梯，蹬上馬，揚起皮鞭喝道：「駕！」

駿馬嘶鳴一聲，飛踏而出。

他挺拔的身影漸行漸遠，最後遠得看不見了，與這濃濃的夜色融成了一起。

容盼不由得想起他小時候，穿著銀色的箭袍，似一道閃電，輕易的就能劃破夜色，然而自他成年後已許久沒看他穿了，他僅用他的月俸，買他能穿得起的布料，絲毫不肯接受他父親的幫助。

「回去吧。」龐晉川不知何時站在她身後，霸道地攬著她的腰。

容盼才剛要點頭，只見來福突然折了回來，他遞上一封信朝容盼道：「太太，這是大人給您的。」

龐晉川的臉色略微有些不好。

容盼打開，卻見信封上寫著短短幾字：父屬意郡主，兒只取一瓢飲，望母替兒通融。最後一行字是：不孝兒叩拜。

長汀並沒有接受龐晉川指定的人選，他每日依然上朝下朝，衙門、宅院兩邊跑，有時想容盼了，就回府看一看，偶爾龐晉川有留的時候他也會在公府住上一晚，第二日照樣是要離開的。

直到元鼎二十一年的除夕夜，長灃帶著月琴回來了，闔府人一起在朱歸院中放煙火。

長汀走到容盼身邊，與她並肩站著，他摟著她的肩膀，穿著一身挺拔的月白色袍衫，這是他所有衣物之中最好的一件，還是容盼年前替他製的，他珍惜得很。

漆黑的夜幕之中，漫天的煙火。

龐晉川正在不遠處，提著袍衫，半蹲著替她點煙火，這些年人都老了，自然不似從前那般身姿挺拔，長期的坐工，讓他略微有些駝背和老態。

長灃的長子敬白三歲了，正纏著他要看鑽天猴，龐晉川小心的將孫子拉到身後，低著頭，眉目柔和，好像在低聲哄著什麼，目光一如當年對長汀那般。

他其實也是很孤獨的。

長汀收回目光，他笑道：「太太，也替兒子尋一門媳婦吧。」

他的話，讓容盼怔然了許久，長汀不甚在意的聳聳肩膀。「太太若是不肯，那兒子就央求父親了。」

容盼趕忙拉住。「不可，不可。娘替你尋。」

母子兩人都對龐晉川的審美持有懷疑的態度，在他眼中好像家世好、姑娘嫻靜聽話就最好不過了，即便他如今對容盼好到了無以復加的地步，但這種深入他腦中的觀念卻仍然不可撼動。

他為了平衡朝堂上的勢力，可以用兒子來交換，他執著的想打造一個輝煌過以前所有朝代的盛世，為此他除了不能捨棄容盼外，所有的一切他都可以捨棄。

長灃、長汀，是容盼的孩子，他退了一步，給他自己選擇婚姻的機會。

但，也只有一次。

一家人放完煙火，容盼給他們煮了湯圓。

敬白坐在龐晉川的腿上，小嘴張得大大的，笑得眼睛都眯成一條縫，一口一口咬住瓷白鬆軟的皮，露出裡頭的芝麻花生餡，還有芋頭甜醬。

他很是可愛，長得像月琴多一些，偶然眉目之間有龐晉川的一些影子。

月琴坐在容盼身側，作為公府的長媳，她壓力有些大，就這兩月籌備除夕的事，基本上耗光了她所有的精力。

容盼卻總是笑咪咪的跟她說：「別怕，大膽些，即便是妳做錯了，底下的人也不敢笑妳。」

月琴對這個婆母極是感激，她喜歡丈夫的母親，也喜歡丈夫的家，除了威嚴的公爹她不敢主動開口外，就連宮中的皇后娘娘和婆母最疼愛的小叔子，她也覺得極好相處。

正說著，來旺走進來，他人到中年也越老成持重，明年龐晉川打算放他去臨安當縣令。

「爺、太太。喬姨娘帶著四公子來給您和太太請安了，可要叫進來？」來旺面色有些尷尬，幾乎半躬身子，不敢抬頭看幾位爺。

容昐正和月琴說起明日帳目處理的事情，忽地一怔。

長灃和長汀望向父親和母親，兄弟兩人都沒說話。

倒是龐晉川說：「不用了，叫他們回去吧，大過年的，外頭凍得很。」

「是。」來旺快步離開。

院外很快傳出喬月娥低低的哭聲，但很快就被人拉走。

龐晉川突然拿起她的碗，將她碗中吃得有些冰冷的湯圓撥到了自己碟子裡，又把新上的湯圓給她重新放了三顆，然後催促道：「快吃，不然夜裡鬧肚子，又該睡不著了。」

他習慣了對她好，動作熟練無比。

容昐一笑，搖頭說：「我吃飽了，您吃吧。」

龐晉川就不再言語了。

夜裡，長灃兄弟兩人各自回院後，容昐梳洗了下，拆掉繁瑣的頭飾，舒服的窩進溫暖的被窩之中。

龐晉川正從書房回來，洗了臉也掀開被褥躺了進來。

床很是寬大，放著兩床並蒂蓮紅錦被，屋裡燒著炭爐，暖和和的，他掀開她的被子，撩開她的膝蓋。

果真見到紅腫一片。

今天下雪，加之她作為主母，自是要親自主持祭祀，年年都是要跪的，他年年都習慣回來替她抹藥。

「疼嗎？」龐晉川低聲問。

容昐搖搖頭。「也不疼的，至兒今天特地讓太子送了蒲團過來，跪上去極其鬆軟。」

「那這膝蓋怎麼又腫起來了？」他反問，擰開床頭的藥膏，動作輕柔無比，一遍又一遍替她抹上，待他抹好時，他也沒離開，而是覆身吻了上去。

龐晉川今年五十出頭了，滿頭半白的銀髮，容昐卻依然是一頭烏黑常亮的青絲。

兩人看上去像是相差了不止十歲。

他吻得很用力，似乎不斷的驅逐走他不想要的東西。

容昐推搡了幾次，但今晚他似乎極度的熱情，他想要她。

身上的綢衫被脫得一乾二淨，龐晉川膜拜地吻過她一寸寸光潔裸露的肌膚，最後在逗弄得她氣喘吁吁時，用力挺進了她體內。

他沒有立刻把她吃乾抹淨了，而是停下，密密麻麻的在她臉上、身上落下一個個紫紅色吻痕。

若說兩人多年的性事。

前期，他只是一味的索取，怎麼舒服怎麼來。

後來，他開始顧及她的感受，熱烈的想帶動她一起享受這滅頂的快感，但年輕的身體觸碰在一起，往往似烈火乾柴，恨不得把對方燃得一乾二淨。

但現在，這種結合，對於他而言更多的是為了與她更進一步的貼合，所以他顧及她比顧及自己來得更多。

「容盼……」他低吼出聲，目光灼灼。

容盼被他吊得不上不下，氣急敗壞的咬上他的肩膀。他嘴角略微帶起一絲滿足的笑容，強迫她說：「妳要我的。」

容盼撇過頭，他微微挺動了一下，就是不給滿足了。

在她不上不下之際，終於被他勾引得咬牙切齒哭道：「你快點！」

「快點什麼？」他不滿，容盼淚眼矇矓，他極喜愛，卻忍住不給她，最後直到她白皙的雙臂環繞上他的脖頸，湊近他耳邊低低呢喃了一句話。

他才心滿意足，給了她。

這場性事極其綿長，到最後容盼被他抱進沐浴間，支撐不住靠在他胸膛上昏睡過去。

他饜足的吻了吻她的髮梢，鬆了一口氣。

元鼎二十二年，三月，長汀娶了世族之女謝英。

來年，生下長子，龐晉川大喜，竟喜歡得一夜沒睡，翻來覆去的，到了第二日早早拉著容盼就去了南城。

他看見長汀的宅院不過是三進制的，極為不滿，對初為人父的長汀不屑道：「你這裡冬冷夏熱的，還是搬回公府住吧，別委屈了我的小孫子。」

小孩被乳母抱著，明明皺得跟小猴子一樣，他卻覺得再好看不過了。

長汀越發成熟，他笑道：「兒子俸祿僅買得起這座宅院，多年來都這般住過來了。」

龐晉川瞪了他一眼，孩子哭了，被乳娘抱去餵奶。

龐晉川又道：「你不回也行，但這孫子我是得抱回去養的。」

長汀回道：「父親喜愛孩子是他的福氣，但哪有剛出生就離開生母的道理？」

謝英要坐月子，自是不能離開南城這邊的府宅，龐晉川凝眉深思了會兒，不甘願的一個人去了內間看小孫子去了。

長汀望著父親離去的佝僂背影，他回過頭望向門外走進來的太太。

容昐給謝英熬了一罐紅棗桂圓粥，她遞給身後的婢女，撂下袖子，笑容滿面的對長汀道：「好得很，好得很。」

長汀把剛才的事都與她說了，他問：「當年兒子出生時父親也是這般嗎？」

長汀運氣比長灃好，他出生時正是龐晉川極其需要一個嫡子的時候，自是集了他所有的寵愛。

容昐道：「你別怨他，他只是許多年沒聽到孩子的哭聲，想得很了。」

年歲越大，越覺得寂寞。

龐晉川所有的心血都傾注在朝政之上，但回到公府，沒有與他掐架的政敵，也沒有忙得抽不開身的公文要務，更沒人敢和他頂嘴。

他也想要一個孩子養在身邊，也或許是想給龐府再培養出第二個長汀來。

長汀久久沈默了下，他問：「太太也是一樣？」

容盼拉著他的手，坐在圓凳上，輕聲道：「娘不要。謝英才是孩子的母親，我是他的祖母，實在無須讓他們母子分離，他長大了也是一樣親我不是？」

當年長灃受的苦，她不想再讓小孫子也受一遍。

後來，孩子還是沒有抱回公府養，但龐晉川給長汀在龐國公府附近買了一座宅院。

長汀不肯收，他向龐晉川要了之前他們住過的龐府，容盼就作主把新買的宅院送給長灃夫婦。

長灃因為長期旅途的緣故，舊疾復發，不得不停在京城休養。

而長媳的壓力，卻差點要壓垮了月琴，短短的時間，月琴就害了一場大病，病好後面黃枯瘦，摟住容盼的腰，聲嘶力竭痛苦道：「婆母……實在太累了。」

容盼只能輕輕的安撫她的背部，告訴她：「長媳之路從來不曾輕鬆過。妳在這個位置，就勢必萬眾矚目，但付出的永遠和妳的收穫成正比，只能走了，為了長灃還有敬白一路走下去。」

路到底有多遠，她不知道，當初她一路鬥過來，到如今再回頭，那些曾經她看重的東西早已經都不重要了。

重要的是，她為此付出的到底值不值得。

月琴似懂非懂，容盼抽出絲帕擦掉她滿頭的汗水。

月琴紅了眼眶，哽咽地拉住她的手，匍匐在她膝蓋之上，她把她長期的驚恐告訴容盼。

「婆母，若是兒媳不能容忍大爺納妾，是否為不賢？」

她病了這一月，底下的婢女自是起了覬覦之心，有些貌美的甚至半夜送湯水到長澧的書房。

容盼嘆了一口氣，告訴她：「不是不賢，而是不能容忍。妳若不想他納妾，就直白的告訴他，他若是感激妳之前替他吃過的苦，定是不忍傷妳。」

月琴哭了一場，容盼讓他們夫妻兩人收拾了去外面住。

長澧夜裡帶著月琴跪在朱歸院門口，容盼正在給公主縫製小肚兜，年前，如至剛生下她的第三個小孩。

前兩個都是皇子，第一個出生滿一週歲就被趙凌封為太子，第二個趙凌把他過繼到了趙沁的名下。

看得出，趙凌是個內心寬厚之人，趙拯殺他生父，他仍報答，他的確是個值得如至嫁的男人。

燭光明亮得很，龐晉川剛剪掉一個半截，擔心她傷了眼睛。

他看了她一眼，捲了捲書卷問：「妳讓她走了，她以後還有勇氣回來？」

容盼道：「我相信長澧。」

她相信長澧的眼光，所以能接受月琴。

龐晉川聞言，只叫來旺進來，他說：「叫大公子快走，只給他們半年的時間休養，差不多了就自己回來。」

容盼看他，他又道：「敬白也帶走，每日吵得我耳根子都疼了。」

來旺聳肩忍不住發笑。

這哪裡是抱怨，明明是不想逆著夫人的意思才叫大孫子走的。

來旺連忙出去告訴長澧。

五日後，長澧和月琴拜別容盼後離開了龐國公府。

敬白要等爺爺回來才肯走，可等到天都暗了，還不見爺爺回來，最後他睏得不行，睡在他父親的懷裡才離開了。

龐國公府又安靜了。

人來來走走，走走來來，始終沒變的只有他們兩人。

龐晉川把越來越多的時間花在容盼身上。

他要上朝，不想一個人用早膳，就會半哄半強迫的把她從被窩中拉出來。

他處理公務，不管她做什麼，都必須待在他視線之內。

到後面，容盼開始懷疑他是不是太寂寞了，正考慮要不要讓敬白回來住幾天。

但很快，龐晉川等來了一個讓他驚恐又雀躍不已的消息。

容盼在月初發完月例銀回朱歸院的路上，忽然暈倒……

第四十五章

容盼有孕三個月的消息，猶如一道平地驚雷，砸得眾人目瞪口呆。

宮中御醫來問診時，還戰戰兢兢，就怕首輔夫人有個三長兩短，再加上旁邊跟著神情嚴肅的首輔大人，幾個御醫更是把這脈象問了又問、摸了又摸，直到摸到一股細若游絲的喜脈，幾人頓有一種逃脫的慶幸！

容盼醒來時，已是日薄西山，屋裡點了燈，燃著安神香。

龐晉川就坐在她身旁，一瞬不瞬的盯著她的小腹，那神色又是驚喜又是糾結，以致連她醒來都不曾發覺。

「怎麼了？」容盼支著手，嘶啞著聲，頭還有點眩暈。

龐晉川這才回過神，連忙小心的扶住她的腰，將她輕輕一帶，靠在枕頭上，他將大掌輕輕的覆蓋在她小腹上，極其激動的盯著她。

容盼心底剛滑過一絲奇怪的感覺，下一刻龐晉川已高聲道：「有孕了。」

今年她四十九了。

容盼愣了半晌，龐晉川伸手將她臉上的青絲撥開了，把她帶入自己懷中，一遍又一遍的摩挲著她圓滑的肩膀。

「確定？」容盼好不容易接受這個消息，還有些不敢置信。

龐晉川嗯了一聲。「三個月了。」他已是頭髮半白，早已過了知天命的年紀，如今她又有了孩子，叫他如何不激動？

容盼摸上自己的小肚，那裡還平坦的，這孩子在她身體裡都待了三個月了，可她從未發覺過。之前月事沒來，心底煩躁，還以為是絕經的原因，沒想到竟是有了孩子。

林嬤嬤進來問要不要傳晚膳。

龐晉川拉她下床，讓她坐在床邊，他蹲下身子給她穿鞋。

他穿得極其用心，穿好後還用食指插入到腳後跟處，看鞋子是否鬆緊，還記得那年她懷小禮物時腳腫得老大的事情。

容盼低著頭看他，摸上他半白的頭髮，忽然問：「要嗎？」

龐晉川一頓，笑容很快在他嘴角消失。

在生育皇后的時候，太醫早就說過她的身子不宜受孕，之前懷了但是沒保住，到這個孩子，離她最後一次生產都已經過了這麼多年了，她的身子吃得消嗎？

容盼有孕的事，猶如一片巨大的陰影籠罩在龐國公府的上空。

龐晉川每日都陰沈著一張臉盯著她的小腹，幾個孩子都回來過，求容盼不要再生了，在容盼開始孕吐時，龐晉川叫人給她熬了一碗藥。

「別生了。」他這樣說。

容盼接過藥碗，那黑苦的藥汁倒映出她消瘦的面孔，因著吃什麼吐什麼，連著半月她都沒能好好吃一頓飯，這些天，兩隻大眼越發的明顯起來。

容盼的嘴唇湊上碗邊，她含了一口進去，吞下，緊接著又喝了半碗。

龐晉川只是默默的坐在她身旁，寬厚的大掌不斷撫摸她的背部，到她喝完了，他遞上手帕，容盼擦掉嘴角的藥汁，疲倦的靠在他肩頭。

「妳等會兒，我把碗端出去，叫婢女進來。」龐晉川起身，沒有去看她的眼睛，容盼卻覺得他的身形好像被壓垮了一般，那身上的袍衫輕飄飄的掛在他身上。

這些日子她是怎麼熬的，他也同樣這樣熬著。他不捨孩子，可卻更憂心她的身子。

容盼躺在床上，合眼，等待著疼痛。

門簾被撩起，早已為人母的秋香走了進來，她梳著婦人的髮髻，身上穿著鴉青色的襖子，手上戴了一個寶石綠的戒指，上前就撩開床幔，替容盼掩好被褥，坐在她身旁低聲道：「爺剛才走出去時，摔了一跤，磕破了頭。」

容盼回身看向她，秋香嘆了一口氣。「這些年哪裡見過爺這般狼狽過？」

一整個白日，龐晉川都告了病假，他待在書房裡，不許別人打擾。

容盼吃了藥，昏沈沈睡下，半個時辰後腹部有些絞痛醒來，摸了底下，落了一些紅。林嬤嬤趕忙去請太醫，太醫又等了半盞茶的時間，還不見落胎，後再問脈，她的脈象除了有些小產的跡象外，倒是極其平和。

太醫擰眉半晌，才很是糾結的告訴容盼：「夫人，此胎已過三月，根深柢固，且之前唯恐夫人玉體受損不敢下重藥，只怕還需再飲下一副才可。」

意思是這胎頑固得很，打不下來。

林嬤嬤上前，用熱水替她擦淨了下體，換了一條褻褲後，道：「太太，等會兒吃了飯再用藥吧。」

到夜裡，龐晉川回朱歸院時，容昐已經洗好澡吃過飯，正窩在被窩裡看書。

才四月，晚上仍有些涼。

龐晉川的臉色極其不好，一天的工夫，嘴角都長出鬍鬚，有些是青色的有些是白的。

容昐不由看著他偷笑，眼睛彎彎的模樣。

他自己解了白玉繫帶，脫下暗紫色的圓領袍衫，沐浴後，容昐招手叫他過來。

「孩子沒掉。」開口第一句，她就告訴他。

龐晉川眸色猛地一亮，垂放在兩旁的雙手有些顫抖。

容昐抱怨道：「打不下來，我也不想吃這罪了，想是定要投生在咱們家的，要向我討債的小鬼頭。」

容昐就坐在床頭，他卻跪在她身旁，緊握住她的雙手，不斷落下一個個細吻。

「要討債也是向我討……」龐晉川難以自持，聲音哽咽。「妳別怕，我會保你們母子平安的。」

他體內好像壓抑了一隻猛獸，此刻她親手打開了牢籠。

容昐憐憫的望著他，知曉後面的日子難過的是他而不是她。

孩子六個月時，容昐無力再處理公府事宜，長灃和月琴又搬了回來，只是她覺得自己有些無顏見兒媳。

這樣子，敬白都比她肚裡這個大了幾歲，而長澧更是和孩子差了有三十歲了！

在他們搬回來的前一晚，容盼睡不著，腰痠背疼的怎麼躺都不對，龐晉川正撲在書桌上批改公文，毛筆迅速的在紙張上沙沙落下，一行行黑字飛快的跳躍出筆端。

他寫了一本，見她還沒睡，不由嘆了一口氣，走上去遞給她一杯水，催道：「妳該睡了。」

容盼正拿著鏡子照自己，咬牙。「都怪你！」

龐晉川怕她滾動之間壓著已經隆得很高的肚腹，連聲道：「好好好，都怪我不節制讓妳又懷上了。」

「你看！」容盼兩頰緋紅，企圖用指責來掩蓋住自己的窘迫，她激動問：「我都五十的人了，要是被兒媳說老蚌生珠怎麼辦！」

龐晉川摸摸她的頭。「胡說，誰敢說妳？再說，妳今年才四十九，是我五十多的人了。」她其實看上去還是很年輕，面容保養得當，頭髮烏黑，外表也不過三十多、四十出頭的模樣。

他說著，替她套好襪子，太醫說孕期不能讓她受涼了，以免落下病根。

容盼就靠在他身上，故意把一半的重量都傳給他，還把鏡子放在他跟前。

鏡中出現的是一個五十多歲、有些乾瘦，但面容威嚴，略微帶著些書卷氣的老頭。

龐晉川蹙眉。

他已經許久不照鏡子，每照一次鏡子他就驚恐自己的老去，可她好像依然年輕，他怕牽不了她的手一起進棺材，自己早早的走了，還要在地下等她許多年。

「孩子生出來，不認咱們怎麼辦？」容盼沒有察覺他的異樣，只是有些擔心的問。

龐晉川任由她的小心眼，斂目掩蓋住眼中的驚恐，他伸出手摸著她圓滾的小肚子，嘴角不由得咧開一抹笑意。「我龐晉川的兒子，他敢。」

小屁孩正好踢了母親一腳，好似感應父親的話，龐晉川目色不由得柔和下來。

容盼的焦慮在他的安撫中慢慢消去。

事後證明，幾個孩子雖然對她再次有孕的事情不大贊同，主要是顧慮她身子，其他倒是沒說什麼。

容盼鬆了口氣，徹底把公府交給月琴和謝英了。

月琴處理每日的事務，謝英有空就過來搭把手。

容盼在手把手教著月琴打壓下幾個欺主的奴僕後，便徹底放手讓月琴處理所有的事了。

在後面幾個月孕期，容盼的日子基本過得很安心，月琴處理事情越來越得心應手，而她則成了公府重點保護的對象。

敬白每日跟著先生讀完書，來她屋裡請安時，都會很小心翼翼的摸著小叔叔，偷偷的念叨幾句。

龐晉川則每晚回來都會帶著容盼散步，有一次敬白邁著小短腿牽著容盼手時不小心把叔叔叫成弟弟了，被一向疼愛他的龐晉川瞪了一眼。敬白很委屈，回家和長灃說起，長灃汗顏，連忙教導以後不可叫錯了。

到元鼎二十三年十月，容昐生下了一個男孩，生產時正好遇上暴雨。

烏雲壓頂，天色暗得猶如黑夜。

傾盆大雨嘩啦啦砸下，形成一道密集的雨幕，龐晉川焦躁的在門外走來走去。

因雨聲陣陣，把產房內的聲音完全掩蓋住了，他聽不到她的哭喊聲，到最後不得不把耳朵貼在房門上。

到了午時，才聽到一聲嬰兒洪亮的啼哭聲，產婆抱著新出生的孩子出來，臉上笑開了花。「恭喜老爺，是個小公子，整整六斤，好得很。」

那孩子緊閉著眼，皺巴巴的，小臉極紅，他雙手捏成拳頭，哇哇的大哭。

龐晉川老來得子，還是愛妻所生，竟激動得雙手不知該如何安放才好。

長汀和長灃在一旁看著他，不由想著當年他們出生時，父親臉上是不是也是這樣欣喜難耐的神態？

百感交集。

龐晉川問：「夫人如何了？」

產婆笑道：「好得很，小公子生得順利，夫人只是累得睡著了。」

龐晉川快步進了屋裡，看她，他低低叫了聲：「容昐。」

她睡得很沈，的確是給小傢伙累著了。龐晉川就坐在她床邊，把她的雙手緊緊包裹在大掌之間，一遍又一遍的親吻著。

屋內侍候的人都被趕了出來，他們在外屋侍立的時候，聽到裡頭傳來一聲聲悶沈的哭聲。

眾人皆沈默了。

何意百煉鋼，化為繞指柔。

孩子出生後的半個時辰，暴雨慢慢停歇了，庭院中的水缸裡，渾濁的污濁慢慢沈下，水面清澈見底，能看見紅錦鯉舞著魚尾悠閒的游動著。

龐晉川給孩子取了名，叫長瀅。

瀅字意清澈的樣子，他在這個孩子身上傾注的希望，僅僅只是希望他能平安長大，活得愜意。

長瀅從剛出生就能看出是個很活潑的孩子，他胃口極大，也很懂得把自己折騰得白白淨淨。

每天傍晚吃完奶，照例是要沐浴的，要是不給洗他不舒服了就哭。幸好不像他姊姊那樣挑口，誰餵他都可以，在新生七天後，龐晉川下朝回來時把他從嬰兒房中抱到容昐跟前。

長瀅睜著一雙水汪汪的大眼圓溜溜的看她。

「吃完了？」容昐朝他笑，他吐出舌頭，打了個哈欠，容昐的長髮被他一手拽住，龐晉川小心的從他手中取出，把他抱到她身邊去。

容昐對龐晉川悄悄說：「好像幾天不見，大了好多。」

龐晉川笑道：「不挑，能吃能睡。」

容昐便轉頭去逗弄他，龐晉川俯身把母子倆都圈在他臂彎之中，和她道：「與妳商量件事。」

「什麼？」

龐晉川看著她姣好的側臉，輕聲說：「如雯要回來看妳和長瀅，我讓她住到長滿的府裡。」

如雯由龐晉川作主嫁給了他一個門生劉揚，如今也是一州的知州夫人了，但容昐卻時常聽聞如雯與婆母相處極其不好的消息。

她婆母厭惡她，自然處處給她下絆子。如雯生了三個，都是女兒，她婆母就給兒子納了三個如花似玉的美人。

如雯像極了宋芸兒，給其中一個有孕的妾侍下了藥，孩子打下來時已有四個月，是個男孩。

她婆母氣得要死，她男人卻畏懼龐晉川，不敢對她怎麼樣。

可就這樣，夫妻情分也沒了。

當年如至要嫁趙凌時，她回來一次，語氣間滿滿是對龐晉川偏心的不忿。

龐晉川大怒，連夜叫她滾回去，此後無事就不許她回京城。

這次再回來。

容昐對他道：「你看著辦吧，或者這事叫月琴來處理。」

「嗯。」他扶她躺下，拿了熱帕子替她敷在膝蓋上。

太醫說，這次月子能坐好，許是舊疾能治癒，他便精心的替她養著，她沒想到的，他都替她想好。

但即便是如此，容盼月子裡還是受了一些涼，起因是長瀅夜裡吐奶，拉肚子。

容盼去看他時，吹了一些風。

把眾人給嚇得半死。

府裡老資歷的嬤嬤連忙拿了艾草、生薑、透骨草一把，用半桶水熬好後，加入白酒一瓶，讓她泡腳，那水沒過小腿的，邊泡邊喝熱水，過了一炷香的時間她慢慢透出汗。

用了三次，才一次比一次輕鬆。

到容盼出月子後，如雯來看她，容盼只見了她一次，就讓她回去了。

林嬤嬤跟她說：「大小姐這次回來哪裡是看您的？來旺說，她跪在老爺的書房外一個時辰了，求老爺看在父女情分上幫幫大姑爺。」

容盼正看長瀅吃奶，聽聞一怔，問：「怎麼回事？」

林嬤嬤小聲道：「地方上虧空，被巡察御史查出來，已經報上去了。」

長瀅吃完奶，就開始找她。

容盼揮手讓林嬤嬤不要說了，她把長瀅抱在懷中，長瀅趴著，軟綿綿白乎乎的小手捲著她的青絲，打了個呵欠，就昏沈沈睡去。

跟小豬一樣，又能吃又能睡，比他幾個哥哥姊姊脾氣都好，容盼愛憐的親親他小臉。

如雯在京中活動了有半個月，其中一次以龐晉川的名義給監察大人遞了請帖，送了錢。

龐晉川事後聽說，大怒，叫長滿把他姊姊拉回府裡看管。

這事一出，越發鬧得嚴重起來，幾個早想反彈的大臣拿了這事作文章，企圖打擊龐晉川和長汀。

皇帝不能出面，只將這事撥到三司，命大理寺、都察院、刑部三堂會審。

幾位主事大臣想賣龐晉川的面子，胡亂審了一通，只說貪墨錢財不多，草草了案。

這下猶如滾雪球一般，事情鬧得越發大。

如至氣得眼淚直流，趙凌的後宮只有她一人，雖是獨占聖寵，但其中的每一步她都是如履薄冰，稍有差池，滿盤皆輸。

龐晉川對她說：「娘娘莫怕、莫怕。」他上奏要求親自主審此案。

龐國公府是皇后娘家，若龐晉川和長汀倒了，那皇后的地位勢必岌岌可危，整個朝政又得混亂了。

如雯在聽到龐晉川親自審查時，當場昏厥過去。

此刻就算想保住她夫君也是難如登天了，她瞭解她父親，要麼不出手，要麼出手就是斬草除根。

十二月，龐晉川親審此案，三司陪審。

劉揚貪墨的罪證整整抬上來了一個箱籠，從他後院挖出的金銀珠寶、房子地契，還有他寄在其他妾侍娘家的錢財，全部被挖得一乾二淨。

貪墨太多，行事過於惡劣，加之鬧到了皇帝面前，龐晉川判處劉揚斬立決。

皇帝收到奏摺後，沈默了會兒，對龐晉川道：「他雖不才，但為皇后姊夫，且留他一條性命吧。」

趙凌仁厚，但做事也很果決，他在早朝時發了聖旨，壓制了要反彈的力量。為時月餘的貪墨案這才結束。

如雯在聽說劉揚被流放的消息，跑到容盼跟前大哭大嚷，直罵她偏心惡毒，長瀅睡夢間被她驚醒，哇哇大哭。

容盼安撫了小傢伙，讓秋香把如雯拉到後院的廂房內關著，她叫來了長滿的媳婦焦氏。

焦氏為六品武官之女，長滿娶了她後，龐晉川就撥了京城的一處宅子讓他們出去單過，長滿考了幾次科舉也只到秀才，最後放棄科舉，著力於做地主。

焦氏對這個不難為庶子且對她客氣的婆母很是敬畏。

等她聽到如雯的事後，嚇得冷汗直流。

她慘白著一張臉，拉著月琴的手哭道：「嫂嫂憐惜弟妹則個，夫人不會為此也惱怒夫君吧？」

月琴安撫她。「母親不會記掛在心上，此次叫妳過來，應是讓妳帶大姊回去。」

焦氏連連點頭道：「大姊是夫君的親姊，自是要幫忙的道理。」

焦氏領了如雯回去，但不過半月，鬧得她和長滿吵了幾架，就為了如雯向長滿要京郊幾塊肥田和宅子的緣故。

焦氏忍了，到劉揚要流放的時候，如雯卻哭得賴著不肯走，也不肯回婆家去，一味的要留在府裡。

焦氏氣得兩手直發冷，和長滿吵了一架後回了娘家。長滿上門去接媳婦，被焦氏娘家的幾個兄長狠狠修理了一通，然後拿了鐵棍衝到如雯院裡，把她的東西砸個稀巴爛，叫她立馬滾！

如雯凶横，焦氏娘家更惡，如雯無奈之下想回龐國公府，龐晉川只給了她一張銀票，叫人替她收拾了行李，連夜把她送出京城。

此後的很長一段時間內，容昐再也沒有聽到如雯的消息，她的日子好像就要在這平淡的生活中過完了。

龐晉川對長灃的好，簡直是無法言語的，他把這個兒子，放在掌心之中疼愛著。幾乎只要他在，長灃就是在父親懷中，他洗澡、睡覺，都是他看顧著，長灃對龐晉川的依賴甚至比對容昐的還多。

長灃快一歲時，開口第一句叫的是爹，然後才是娘，喜得龐晉川半夜才合眼。

容昐卻沒有像龐晉川這樣的激動，因為她全程經歷了長汀和如至的成長——第一聲娘、孩子表示親暱給她的第一份禮物，還有他們的全部喜怒哀樂。

庭院之中，花開得正好，秋香給容昐倒了一杯茶，笑道：「今兒個天氣真好，難得太太今日閒著沒去各府應酬，該好好休息才是。」

容昐點了點頭。「等會兒妳去廚房盯著，長灃的肉末雞蛋羹可要燉得嫩嫩的，這小子和他哥哥姊姊不一樣，壞得很。」

秋香埋怨地瞪了一眼容盼。「太太，小公子還小呢。」

容盼笑了笑沒應聲。長瀅很是受寵。

正說著，龐晉川抱著長瀅過來，獻寶一樣抱到自己跟前。

父子兩人有一雙極其相像的眼，只是一個興奮地微微上挑很是精明，一個卻撲扇撲扇，委屈得很。

「再叫一聲爹爹！」龐晉川的聲音顯得十分激動，似年輕的父親一般。

容盼笑著望父子兩人，都折騰了快一夜了，還這樣鬧騰。

長瀅顯然也開始不願意，鬧脾氣的不理他爹爹，鑽進他娘懷中，白胖胖的小手握著芙蓉糕，吃得滿嘴甜膩。

「好孩子，再叫一聲爹爹給娘聽。」龐晉川有些焦急，圍著長瀅四處亂轉，一個往左邊，一個跟到左邊，長瀅又躲到右邊了。

到最後長瀅被纏煩了，嘟著小嘴，委屈的喊了一聲。「爹。」

頓時喜得龐晉川沒邊了。

容盼微微一笑，心想長瀅也該會喊娘才是，剛想教他喊，長瀅卻睜著一雙圓溜溜水盈盈的大眼，撲棱著喊道：「娘親！」

那聲音大而洪亮，又奶聲奶氣，容盼心猛地被一個硬物狠狠撞擊，眼角微微泛起酸軟。

她剛抬頭想止住眼淚，卻見龐晉川正望著自己，嘴角微揚，望著他們母子的目光極其溫柔。

她似乎開始有些理解他了。

長瀅是獨一無二的。

長瀅一歲半時，某日，龐晉川突然折回來，問容昐：「妳看見我昨晚寫的奏摺了沒？」

容昐正給長瀅餵飯，小東西目光閃爍了一下，指著要吃肉。

容昐道：「你自己找找。」

龐晉川又找了一通沒找到，頗有些無奈，長瀅吃完飯他還沒走，長瀅就興高采烈的要父親抱。

容昐被月琴叫出去了，謝英近來病了，沒辦法照看孩子，就把敬禮寄在月琴這邊養著。屋裡，龐晉川正抱起長瀅，摸著他吃得圓滾滾的小肚問：「吃飽了？」

長瀅直笑，撲到他懷裡，摟著他的肩膀，脆生生的喊了一聲。「爹！」

來旺進來了，對他說：「爺，書房裡也沒找到。」

龐晉川蹙眉。「哪裡去了？」

長瀅糾結的趴在他肩頭上，望著他的玩具堆。因為他幾個哥姊經常給他送玩的，屋裡到處都是他的東西，亂糟糟的，容昐就特意在屋裡給他開了一個小角落，專門放他的東西。

「長瀅看見爹的奏摺了嗎？」龐晉川輕聲問。

長瀅扭扭屁股，低著頭。「有。」

龐晉川大喜。「在哪兒？」長瀅指著某處，來旺連忙上去，撥開了果真見底下藏著奏摺。

「爹壞！」長瀅哼哼指責。「娘和長瀅想爹。」

容盼正好進來，聽到後半句話，龐晉川的目光幽幽地落在她臉上，他抱著他的兒子，看著她道：「爹在給長瀅的娘和長瀅打造一個太平盛世。」

他驚恐自己年歲的老去，在長瀅出生後，他越發注重養生。頭髮白了，就再染黑了去；每天堅持出門庭行兩刻鐘，晚膳後再帶著她，行一、二百步，緩緩行，緩緩走。

可看著長瀅竄得飛快的身子，和自己老去的面孔，龐晉川也時常深深覺得無力……

長瀅三歲時，被如至帶進宮去照顧了兩天，太子和公主表示叫這個比自己年紀小而且喜氣洋洋的小屁孩做舅舅壓力有些大，但見到可以做小舅舅爹的父皇摟著他很順口的喊長瀅為小弟，太子覺得或許也是可以接受的。

如至很疼這個小弟，帶了兩天的工夫就捨不得他了，到龐晉川來找時，她依依不捨的囑咐父親要時常畫一些長瀅的畫像送進宮，又親自給他穿了衣服小鞋，領著送到了宮門口，哭得淚流滿面。

長瀅很奇怪的看著姊姊，他不瞭解在深宮之中難得見到家人的辛酸。只是在落日金黃色光輝下，他摟著父親，笑嘻嘻的和姊姊揮手，高聲大喊：「姊姊也要去長瀅家裡玩！」

他還不知道為什麼姊姊不和他們住在一起，但他知道姊姊很疼他。

姊姊和娘長得很像，姊夫看她的樣子和長瀅的爹爹看長瀅的娘的是一樣的。

如至狠狠的又抱了他一回，咬上他粉嘟嘟的小臉，看著父親和他的身影越走越遠，遠到被一道高大的朱雀門隔斷了。

長瀅長到四歲時，謝英給長汀生了女兒，長瀅去看了三嫂後悶悶不樂的回到公府。

晚飯也只吃了幾口就不吃了。

月琴囑咐人給他做他最喜歡的雞蛋麵，長瀅也一口都沒動，後來晚上回他自己屋裡睡覺時，長瀅一手拉著爹一手拉著娘，踢著路上的石子，石子滾到湖裡，乍起一圈漣漪，他說：「爹，娘。長瀅也想要有一個妹妹。」

龐晉川抬頭望向容昐，容昐橫了他一眼，他略微有些尷尬的撫鬚。

小孩子的好奇心並沒有因為父母的沈默而消散，反而第二天就恢復了精神，長瀅來請安時，特意摸了摸容昐的肚子，眼中閃動著亮晶晶的光芒。

第一天、第二天，乃至整整一週他都很有耐心，但到了第九天，他突然癟嘴問容昐。「娘的肚子為什麼還不大？」太子和敬白都說，晚上不要纏著爹爹和娘，娘就會給長瀅生妹妹，他這幾天都沒纏著他們。

屋裡月琴也在，她愣了下，好奇的盯向婆母的肚子。

難不成婆母又有喜了？

容昐穿著沉香色的水緯羅衫，連忙把長瀅抱在膝蓋上，她苦笑解釋道：「娘的肚子裡沒有妹妹，上次爹爹不是跟你說過了，長瀅是爹娘的寶貝，要是生了小妹妹，長瀅就沒辦法這麼受寵了。」

長瀅很糾結，擰著眉毛，低頭沈思了許久。

月琴讓敬白過來，帶小叔叔下去玩。

晚上，龐晉川回來時，容昐把這件事和他一說，龐晉川有些詫異兒子的早熟。但明顯，兩人再生一胎是絕對不可能的事情了，就算容昐肯，他也不肯。

後來幾天，碰上龐晉川休沐，容昐把長瀅丟給龐晉川，進宮去見皇后。

書房內，龐晉川坐在橫條大桌後看書，屋裡沒點香，特意放了果子取香。

長瀅坐在一旁的小桌上練習寫大字，字寫完後龐晉川正在給他批改，長瀅滿眼委屈的盯著父親，龐晉川問他：「怎麼了？」

長瀅道：「長瀅不要小妹妹了，父親不要再娶姨娘。」

龐晉川震怒了，叫來旺送走長瀅後，開始徹查此事。他綁了他身邊的奴才關進柴房裡，一個個審下去，最後扒出是他書房裡磨墨侍候的婢女侍香蠱惑長瀅身邊的小婢教長瀅。

侍香在書房已經侍候了兩年，龐晉川陰惻惻的盯著在地上跪著瑟瑟發抖、花容失色的女人。

來旺躬身問：「爺，如何處置？」夫人還沒回來。

龐晉川面色冰冷，張開單薄的雙唇。「許配給別莊上年紀大了、還未成家的奴才，不許她再踏入公府一步。」

侍香驚恐不已，連忙爬上去，扒住他的膝蓋哭道：「爺！您、您讓奴婢侍候您吧。奴婢……奴婢以後再也不敢在小公子面前亂說話了！」她哭得兩頰緋紅、梨花帶雨。

龐晉川捏住她的下顎，睇著眼望了許久，冷笑道：「妳拿什麼與她比？」

侍香一怔，還不待她回神，就已經被人拉下去了。

等幾日後，容盼才發現龐晉川書房裡侍候的人全部換成了男僕，她問了龐晉川，龐晉川正在看長瀅放風箏。

這日風極大，紅色錦鯉風箏飛得高，長瀅和敬禮、敬白雀躍的拉著細線，正在比誰放得最高最好。

龐晉川回過頭拉著愛妻，淡淡笑道：「早前就想換了，只是沒找到好用的人。」容盼望了他一眼，也不知是真還是假，但也沒有多餘的工夫讓她細想，幾個孩子的風箏糾纏在一起，哇哇大叫。

時間匆忙的流過，從不為了誰而停留。

到長瀅七歲那年的上元燈節，容盼感染了風寒，長瀅被龐晉川帶出去看花燈。

晚上回來，父子兩人臉都是臭臭的，長瀅撲在容盼腿上，大哭問：「為什麼別人家小孩的爹爹都是黑頭髮，我爹爹不是！」

容盼咳了幾聲，捂嘴望向龐晉川，卻見他頭上果真又半白了。

想來是這幾日忙的，給忘記了。

而長瀅，一直養在公府，接觸的人不多，再加上這個年歲，莫名的虛榮心發作，乍然見到其他的小孩，自然是起了攀比之心。

為什麼他爹爹是白髮？
因為龐晉川確實老了。
容昐哄了他幾聲，叫秋香帶他下去睡覺。
深夜了，她昏沈之間，感覺到身旁人下了床，容昐微瞇著眼問：「怎麼不睡了？」
龐晉川披了一件斗篷，回身給她捏了捏被角，笑道：「我去看看長灃，擔心他夜裡又踢被子著涼。」說罷，穿了鞋拉開門出去。
容昐望著他的背影若有所思的躺回到床上。
第二日傍晚，燈節進入尾聲，容昐喊長汀過來帶長灃出去逛逛。
她送長灃到二門外時，蹲下一邊替他整好領子，一邊問：「等會兒你爹爹從衙門回來，要不要娘讓爹去接你？」
長灃抬頭望著三哥，跟撥弄著博浪鼓一樣大力搖頭。
容昐笑笑，也不再說了。
他送走長灃沒多久，龐晉川就回來了，他問了容昐長灃去哪裡？容昐替他解下衣襟上的扣子，柔聲道：「長汀帶他出去看花燈了。」
龐晉川一怔，容昐掃著他肩膀的落塵，隨後將衣服遞給婢女，小手覆上他的大掌。
龐晉川低頭望向妻子。
容昐望進他雙眸之中，道：「他沒有什麼資格埋怨你我，只是他如今年紀小還不懂事，你莫要著急。」

他長嘆一聲，沈沈的點了點頭，當夜用的膳卻並不多。

長瀅看完花燈，直接住在了龐府，回來後他興高采烈的拿了好幾盞造型各異的花燈送給容盼、長澧、月琴和敬白，唯獨只漏了他父親那盞。

龐晉川失落的望著容盼手中的花燈，想上前和長瀅說話，長瀅卻躲避他的目光，拉著敬白飛速的跑到外面玩去。

容盼叫他帶上敬禮，敬禮卻氣洶洶的瞪著長瀅氣道：「我不要和搶我爹爹的小偷一起玩！」

長瀅小臉猛地一白，謝英拉住敬禮低斥。「不可無禮，怎麼和小叔叔這般說話？」

敬禮紅了眼眶。「小叔叔和我搶爹爹，昨晚花燈會上他一直拉著爹爹的手，還騎在爹爹的脖子上！」

謝英很是尷尬的拉著敬禮向容盼賠罪，容盼只是揮揮手，給了敬禮一枚玉珮。

等人都走了，長瀅依然低著頭坐在她身邊。

他問：「娘是因為長瀅才給敬禮玉珮的嗎？」

容盼盯著他漆黑的眸子，不答反問：「你羡慕敬禮的爹爹，那你沒有爹爹嗎？」

長瀅啞然，他發愣了許久，容盼拉著他的手走進內間，從架子上取下一個紫檀木的盒子。

盒子有些年頭了，她打開銅鎖。

一封封信赫然出現在長瀅跟前。

容盼取了一封遞給他。「你已經習字了，自己唸唸，這是你父親寫的。」

從長瀅出生起，龐晉川就養成了記下好玩趣事的習慣。

可能是長瀅第一聲喊爹，也可能是長瀅第一次學會走路，還有長瀅做了壞事被他打屁股的事情。

長瀅坐在凳子上，打開了信函，他從中午看到日落西山。

龐晉川夜深了才回來，他下了馬車，看見一道身影飛快的朝自己急速飛馳過來。

「爹爹！」長瀅撲到他懷中，哽咽大哭，不斷的抽噎著。「是我虛榮……兒子、兒子不該如此對您。」

龐晉川怔然了許久，後猛地一把將他牢牢抱在懷中，滿是滄桑的眼眶中慢慢被迷霧瀰漫。

容盼站在門內，看著父子兩人，不由得長長嘆了一口氣。

不怪長瀅，也不怪龐晉川，只是他們兩人的年歲的確已經能當他的爺爺奶奶了，當初把他生下來，實在是因為太寂寞了。

可到如今，竟對這個小人也覺得有些愧疚。

這件事很小，但卻養成了長瀅寬厚的性格，他開始懂得父母的辛酸，也從不在龐晉川與容盼跟前提起年歲的事，一夜之間竟是成長了許多。

到他十歲時，長灃要帶著月琴去江南了。

容盼和龐晉川商量。「讓長瀅和他們一起去吧。」

龐晉川蹙著眉，容盼說：「孩子長大了，總歸是要離開我們的。長瀅是個很聰明的孩子，他早慧，性格柔和，若只一味的養在這深宅大院之中不出去見見世面，只恐壓制了他的天性。」

龐晉川一夜都未睡，他坐在長瀅床前許久。

到了第二天天剛濛濛亮，他叫長灃到他書房去。父子兩人談了很久的話，最後長瀅還是被長灃帶走了。

公府，長達十年的歡聲笑語，也好像在這一刻戛然而止了一般。

容盼看著龐晉川的華髮叢生，卻懶得再去染黑。

她乾脆就端了染料去他書房裡。

龐晉川身前放著奏摺，但眼睛卻望著長灃給寄回來的長瀅畫像，發悶。

容盼深吸了一口氣，走上去，對他笑道：「我替你染髮吧。」

七月的午後，暖陽正好，四周花簇縈繞，鼻尖是融融的味道，嗅得人心眼都跟著柔軟了。

龐晉川脖子上圍了白帕，容盼站在他身後，細心的替他染髮，她的動作很輕柔，沒有讓黑色的染料沾染了他的頭皮，那一根根白得亮眼的髮絲迅速的被染黑了。

容盼問他。「長瀅現在好嗎？」

龐晉川頷首。「到了江南了，來信說是喜歡那邊的氣候。」

容盼又問：「他語氣如何？」

間。

「很是明朗。」他笑道。

兩人的對話停了一會兒，就在她轉身要去拿手帕時，他忽然拉住她，把頭深深埋入她腰間。

一瞬間的工夫，容盼薄薄的秋衫就被一股濕意染透。

她摘下手套，反手摟抱住他的頭，任由那醜陋的東西沾到她衣襟上。

此刻，他身邊僅僅有她，而她一路走過來，也只剩下了他。

「容盼，為夫我老了。」他終於心甘情願的承認了。

容盼揚起嘴角笑了笑，笑容依然很美，帶著看透後的淡然，她低聲在他耳邊安撫道：

「老不老，不在乎年歲，而在於你的心態。」

世間好的東西太多了，人不可以這般貪心，什麼都想要。

有得到，就有付出的。

他汲汲功名半生，位極人臣，權傾天下，這可不是三十年前的龐晉川能做到的。

從此，龐晉川恢復以往的作息，但是替他染髮卻成了她必要的事情之一。

她若是有時沒空，他也不讓人來染，只等她忙完了，兩人再坐在庭院之中。

長瀅十一歲的除夕夜，正好趕上南方的一場暴雨，沒有回來。

十二歲時，他回來第一件事是和大哥、三哥一起給龐晉川和容盼磕了三個響頭，龐晉川望著三個兒子，緊緊的握住妻子的手。

過年後，他待到十五元宵節過後，那一夜他牽著父親和母親的手去了街上賞燈。

三人手上都提著如至送來的玻璃宮燈，長瀅就牽著父母的手一直走，一直走，走到了街道的盡頭，他才道：「明日就要離行了，爹娘保重。」

短短兩年多的工夫，他長高了不少，龐晉川只是望著兒子，不住的點頭。「好，好，好。」他輕易不誇人，連長汀小時候那般勤奮苦讀，他也很少點頭的，可對於長瀅，他連說了三聲好。

長瀅轉過頭望向容盼。「娘，兒子今晚回去想吃您做的夜宵。」

容盼抽出帕子，點了點頭，長瀅接過上前替她擦掉眼角的淚花。

父母在，不遠遊，遊必有方。

他實在是不孝的，但依然選擇要走。

龐國公府已經攔不住他嚮往外面世界的炙熱，容盼很早就知道，龐晉川如今也知道了。

因為這是他和她的兒子。

長瀅十九歲時，龐晉川給他寫信，問他要不要回來考取功名？長瀅拒絕了，那時他在藏南一代已經頗有名聲，那裡沒有大夫，都用著祖上留下來的老方子，很多人吃不對藥，活不過四十歲就沒了。

他將長期以來龐晉川和容盼還有幾個兄姊給的積蓄，全部買了藥，從江南拉了大夫，在藏南開了一間藥店，藥店僅收取藥材的本錢，初一十五免費問診施藥。

錢花光了，他就再掙，他買了幾塊很好的肥田，專門種植藥材，再將藏南極好的藥材販賣到北方、南方，以及華南地區。

其間，他吃了很多苦，藥材還沒種起時，一度關門大吉，入不敷出。
等藥種好了，他忙著看人採摘，製作成藥材，一整年都在外奔走著。
長汀路過藏南來看他時，他黑得很，渾身瘦得快皮包骨了，可卻笑得很精神，拉著長汀到藥店中去。
藥童上來招呼，但看見東家身邊跟著的威嚴中年男子，不由有些退卻。
長瀅就自己給他倒了水，笑道：「三哥不許告知父母這些事。」
長汀默默的望著小弟，常年的宦海生涯，他早已練就了感情深藏不露。
他低聲問：「值得嗎？」
長瀅目光閃了閃。「除了不能侍奉在爹娘身邊，還是值得的。」
他見了很多世面，看盡生老病死，人生百態。
這也讓他心智變得更加成熟和穩重。
他從開起藥鋪的那一刻就明白，有些責任既然已經扛起來了就不可能輕言放棄。
做這一切他甘之如飴。
長瀅送走兄長後沒幾日，收到了一封從京都來的八百里加急快件，是母親寄來的，字跡凌亂，上面只有兩個字：「速回」。
他心下一驚，轉身要離開時，碰到桌面上的筆洗。
哐噹——

第四十六章

元鼎四十四年，十月初十那日，龐晉川與往日一樣下朝回來，容昐去書房叫他用膳時發現他渾身痙攣倒在地上。

宮中御醫來，診斷是中風。

次日容昐修書給長汀和長瀅。

昏迷兩天後，龐晉川總算醒來，但已經感受不到溫度的變化，就算容昐握緊他的手，他也只是迷茫的望著她。

容昐告訴他。「晉川，你會好的。」

他笑了笑，在她嘴角落下一吻。敬白連忙捂臉，兩頰緋紅。

只是三日後，他再次陷入了昏迷，容昐讓人預備壽材預備沖喜。

十七日，長汀歸家，向皇帝提出暫緩職務。

二十三日，長瀅也回來了。

朱歸院中，燈火一如往昔，驅散走冰冷的黑夜。

風很大，鼓吹著守夜婢女的衣裙嘩嘩作響，那精緻的綢衫似一道道靚麗的風景線，容昐站在院中，望著緊閉許久的摺門，瘦小纖細的身子讓人忍不住上去攙扶住她。

月琴就這樣做了，她走到婆母身邊，輕聲勸道：「娘，您也回去歇息吧。」

容盼慢慢的回過頭，朝她淡淡一笑，那笑意很是溫和，一如月琴印象中的模樣，月琴眼角不由一酸，攙住她的手。

容盼道：「他們兄弟三人進去多久了？」

「有半個時辰了。」她的聲音微微的顫抖。

容盼聞言，微不可察的嘆了一聲。「別怕。」

屋內，飄著濃濃的藥味，聞著就是極苦，好像都能把五臟六腑給生生嘔出來。

長澧、長汀、長瀅兄弟三人跪在床前，龐晉川望著他們，眼神略微有些渙散，又有些淡淡的悲涼。

「長澧。」他咳了一聲，第一個叫到了他的長子。

長澧跪趴上去，緊緊抓住父親的手，他淚眼斑駁地望著龐晉川，低低的喊了一聲：「爹。」

龐晉川的嘴角帶了一抹笑，他伸出顫抖得厲害的手，摸上他的頭髮，這個兒子從小身子就不好，到如今五十多歲的人了，也是半頭的風霜。

「我把龐國公府留給你，你好好經營。」他沈默了會兒，開口道。

長澧一怔，望向身後的長汀。

龐晉川招手喚長汀過來。

「父親。」長汀柔聲低喚他，坐在他身側將他扶起，靠在身後的軟墊上，龐晉川雙目渾濁的望著眼前的嫡次子，他最像自己。

下手狠絕、有謀算，龐國公府交給他定是不會沒落的。

只是他若那樣，她估計又得到他跟前哭一哭，他不捨她流淚，就這樣吧。

龐晉川摸上兒子的臉，仔細地端詳他許久。

長汀的仕途不用他的保駕護航也走得極好、極穩，就這幾年的工夫，皇上不斷的在他面前提出要讓長汀入內閣的事，他都沒有應允。

因為這個孩子最像他，野心勃勃。他知道若是長汀入了內閣，他們父子倆必定是又要再鬥一鬥，鬥一鬥那人臣的位置。

龐晉川的目光略有些恢復了光彩，長汀給他餵了一杯水，拿起母親落在床前的手帕替他輕輕擦掉嘴角的水痕。

他就這般望著長汀，頭一次知曉他兒子竟也是個如此溫柔的人，可他從不對這孩子像對他母親那般，臨了，卻讓人心下有些覺得對不住他。

龐晉川喘了一口氣，窗外吹進清風，吹得床頭的燭火明明滅滅的。

他說：「長汀，我把朝中龐家的人脈都留給你，換你替我看顧這龐國公府。」

長汀捏上父親的手，那手早已是皮肉貼著，乾瘦得猶如骨頭一般。他忽然才意識到在他心中那座自己不斷想越過的高山，也老了。

他笑道：「兒子不用，這些年的經營早已打好了根基。」

龐晉川忽地劇烈咳嗽起來，長汀連忙替他撫背，龐晉川不知哪來的力氣，猛地抓住他的手，雙目圓瞪。「我知曉你存著變法的心思許久了。」

長汀盯住他，龐晉川了然一笑。「你那些人還不夠。」

長汀默默的低下了頭，接受了他的意見。

龐晉川這才深舒了一口氣，滑到了床邊，重重的閉上眼。

長汀問他。「當年你為何要如此待她？若不是你在她最艱難的時候不在，我也不至於怨對你這些年。」

長瀅抬起頭，望向父親和兄長，通紅的雙眸有些迷茫。

她是誰？

龐晉川雙眸微微一跳，眼中泛著幽幽的光芒，他轉過頭，望向窗外。

金桂開得正好，香氣十足，她笑著說只要到了十月，屋裡就不用點香。他卻從未告訴過她，即便桂花不開，她身上的香味也總讓他沈醉。

當年……當年的事，他不願去回想了。

兄弟三人出來了，容盼在院子中等著他們，她什麼都沒打聽，只讓月琴和謝英帶長灃和長汀回去。

長灃住在離這兒很近的宅子裡，長汀住在不遠處的龐府。

待他們都走了，只剩下一個長瀅陪在她身邊。

容盼扶了扶額，順好髮鬢，看著許多年沒見過的老么，笑道：「走，今天是你生辰，娘給你做壽麵。」

長瀅已經高她兩頭了，他攔住母親的腳步，摸上她銀白的髮鬢，是從什麼時候起，母親已經和父親一樣了？

「走吧。」容盼催促道。

她沒讓長瀅進廚房，那裡煙燻火燎的味道重。

長瀅就在門口看她動作嫻熟地下了蔥花煸炒，加入調料做湯，煎了雞蛋，只不過一會兒的工夫，一碗熱氣騰騰的壽麵就出鍋了。容盼抱著大碗公，對他道：「去和你父親一起吃，他這些年來最大的願望就是能給你好好過一次壽辰。」

「好。」長瀅接過碗，摟著她的肩膀。

在幾個兄弟之中，他長得最像她，水汪汪的大眼、微翹起的嘴角，只有濃眉和挺直的鼻梁像他父親。

他是一個長得極好看的男人。

屋裡婢女都被容盼叫下去了。

她多拿了一個小碗，把壽麵撥了一些進來絞成糊，撇開湯麵上的油，只倒了一點點的清湯在裡頭。

龐晉川的目光幽幽落在她身上，到容盼把碗遞給長瀅時，他說：「辛苦妳了。」

容盼坐在床角邊，平靜的說：「兒子回來了，我給他煮了壽麵，你們父子兩人一起吃，也要陪我長長久久的，你看可好？」

這幾日他都沒有怎麼進食，她得多哄著他吃些。

「好得很。」他努力的點頭，容盼笑了。

長瀅用湯勺舀了一小口送到他嘴邊，龐晉川張開嘴，滿滿一口吞下，感慨道：「這麵做得真好。」他其實已經嚐不出味道了，容昐也知道。

只有長瀅不知道，他急著道：「那父親多吃點，下次兒子給您做。」他為了討他高興，侃侃而談藏南的事。

龐晉川望著他這個小兒子，容昐知道他要做什麼，就把長瀅手中的碗接了過來。

龐晉川拍了拍自己的腿，柔和的望著他。

長瀅微微一怔，而後明白過來，匍匐的靠在他膝蓋上。

在長瀅很小的時候，如果他醒來找不到容昐，就會哭著找龐晉川。

這時候如果父親在書房裡處理公務，他小小的身子就蜷縮在父親寬大的胸前，再睏覺睡去，鼻息之間都是父親身上淡淡的香味和熟悉的筆墨香氣，等醒來，母親必然是回來了。

只是如今，他都已經長得這麼大，父親再也抱不動他了。

「長瀅。」

「什麼，爹爹？」

龐晉川輕輕的撫摸他的黑髮，道：「爹爹把東西都給了你的兄長，能給你的不多。」

長瀅昂起頭，亮晶晶的看他，笑道：「爹，不用。兒子如今雖不是富貴，但也算是小有錢糧，養得起您和娘。」他說得很誠懇，不由得惹得兩人一笑。

龐晉川道：「但爹爹給了你他們都沒有的。」

「什麼？」

他望著容盼一眼。「爹爹把你放了，讓你遊歷了這些年。」他能做得最多的就是這些，當年他不明白妻子的意思，但現在見到兒子，他只覺得慶幸。

長瀅低頭沈思著，慢慢體會父親話中的意思。

龐晉川拉過他的手，攤開他的手掌心，在正中間鄭重地寫下了兩個歪歪曲曲的字。

天下。

何為天下？

普天之地為天下，普天之人為天下。

「你救濟藏南，開藥店，是為懸壺濟世。你性子寬厚不急躁，少時就機智，可你只是對小部分人施加仁義，卻對大部分人不仁？」

長瀅望著父親，忽明白了。

龐晉川最後對他道：「回來吧，幫幫你三哥，他以後的路會很難，需要你。」

變法，他早有所意，只是時不待他。

如今，他把所有的人脈和錢財悉數賠了進去，連帶著他兩個兒子，這普天之下的人即便都罵他老奸巨猾、權傾朝野又如何？

長瀅顫抖地握緊掌心，他低低的應了一聲。「好。」

十月二十五日，龐晉川一整日都沒有醒來，容盼就守在他身邊，御醫說首輔大人身子虛弱，陷入昏迷也是常有的，只是切忌再中風了。

二十六日，凌晨，他醒來。容盼睡夢之中爬起，習慣性的鑽進他懷中。

龐晉川半個身子已經不能動了，他用力的吻了吻妻子的白髮，在她耳邊低聲呢喃。「容盼，我還在。」

她在他懷裡一覺安穩的睡到了天青。

二十七日的清晨，天色亮得極快。

龐晉川很早就醒了，他用了一碗白粥、一小碟棗仁山藥糕，還看著容盼手中的酥餅，容盼掰了半塊送到他嘴角邊。

他說：「掰碎了餵我。」

容盼就掰碎了餵他，他笑得極是開心，似長瀅小時候一般。敬白好奇的望著兩人，月琴抽出白帕捂嘴，哭著跑出去。

吃完飯，容盼給他梳了頭、洗了臉，換上一身乾淨的長衫。

他躺在床上許久，身上長了褥瘡，他不肯給她看，只讓來旺給他擦身子。

他怕她看了，等會兒要傷心怎麼辦？

他精神異常抖擻，御醫來問脈，只和容盼道：「夫人，只讓大人高興便可。」他連忙進宮稟告給皇后娘娘。

容盼俯下身，柔聲問他。「今日有沒有想做的事？」

今天，她想什麼都不用做，他也不要再喝那苦得要命的湯藥了，只是好好的陪在他身邊。

龐晉川望著她的眉眼。「妳好久都不曾替我染髮了。」

容盼就應了一聲好。

外頭陽光正好，金桂一簇一簇開得極盛，他就坐在太師椅上，身上披著斗篷，掩蓋住他瘦弱的身軀。

幾個孩子都被容盼趕走了，就剩他們夫妻兩人。

他看了牆角堅強生長的雜草許久，突然問她：「容盼，下輩子咱們還要不要做夫妻？」

容盼一怔，淺笑著繼續染髮，低聲說：「下輩子，我要找一個一心一意對我好的人。」

他連忙接話。「下輩子，我一心一意對妳好，妳還得嫁給我。」他怕她不肯，誠摯道：「這些年來我一直在想，當初妳是什麼樣的，可怎麼想都記不起了，只覺得滿腹的遺憾。如果還有下輩子，我還想牽著妳的手，再和妳走下去。」

他平日就不是個喜歡說話的人，總喜歡板著一張臉，嚴肅極了。

可今日，他對她說了那麼多的情話。

容盼眼眶裡忽然覺得酸軟，她連忙抬頭去望天，可一滴滴淚珠還是毫不留情的砸了下來，滴在他手背上。

龐晉川舉起僵硬的雙手抹掉她的眼淚，她的淚水滑落在他心坎上，燙得他心疼不已，他似哄著長瀅小時候那般，一樣的哄她。「莫哭，莫哭。」

前十年，她費盡心機對他好，終於傷透了心。

後幾十年，他卻對她付出了所有。

明明不希望長灃繼承公府，卻因為她也退讓了。

明明不喜歡月琴，卻也點頭讓她成了公府的長媳。

他說，他要給她留下一個太平盛世，如今也做到了。

他愛她所愛，厭她所厭。

仔細的把她收藏在心坎之間，不忍再讓世事擾亂她。

終於，糾纏了這麼久，她早已是面目全非，他也老朽老矣。

龐晉川抽出她衣襟間的帕子，擦乾她不斷滑落的淚珠，容昐好不容易止住了，連忙替他捏好衣角，不讓風吹著了他。

龐晉川抓住她的手。「有些話，我想問妳。」

容昐忽有感觸。「你問。」

他就湊近她耳朵邊上，低聲的呢喃，唯恐被旁人聽去了，對她不好。

風輕輕的颳過兩人的衣角，嘩嘩作響。

容昐在他問完後，低聲的告訴他。

這些年，他明明看過那些畫，心底也有數，可他從不說，她知道也裝傻，不去觸碰。

龐晉川的嘴角微微一沈，好似掛了很重的東西，只是抓著她的手一刻都不曾放，過了許久，許久，他才說：「容昐，我倦得很，可還想聽妳唸一首詩。」

「唸什麼？」

龐晉川重重的喘了一口氣。「回鄉，偶書。」

賀知章的。

「少小離家老大回，鄉音無改鬢毛衰。兒童相見不相……」

他走了。

桂花樹上的桂花蕊落了一地，滿鼻的淡淡香味，沁人心脾。

他用這首詩告訴她，別走了，就留在他身邊，就算死了也緊緊的靠在他棺槨旁，他還護著她。

容盼俯下身，輕輕的吻上他的嘴角，早已是淚流滿面。

這輩子，她曾經最恨的人和如今最愛她的人，竟離開了。

「兒童相見不相識，笑問客從何處來。」

不知哪裡傳來了琅琅的讀書聲。

容盼扶起身子，聽到身後滿院的哭喊聲。

她曾和龐晉川說起過，老不老看心態，但這一刻，她徹底老了。

龐晉川的薨逝舉國轟動，三日後當葬禮開始時，容盼蒼老的目光望著滿堂的白幡，忽然憶起了那年她和長灃被雍王拘在雍王妃靈堂的事。

她還清晰的記著，當時抱著長灃擔憂、驚恐，希望龐晉川能把他們救出去，可是後來她開始明白，所有的一切都只能靠自己。

如今，一眨眼的工夫，好像時間就這麼從指尖匆匆流過了。

到最後，還是沒有人能陪她走到最後。

「嗚……恩師！」

一個穿著正三品官服的官員走進，跪拜在靈堂前痛哭。

堂下還有一群哭泣的，有他同科的官員還有他的門生，容盼知道他的門生很多，可卻不知竟黑壓壓地數不清人數。

那一個個品階至底是六品的、至高是正二品的大員，看得她眼花繚亂，耳邊誦經超度的聲吵得她有些頭暈。

容盼想要站起來，秋香趕忙上前，可手還未觸及到她身上冰涼的縞素時，容盼整個人已癱軟下去。

大堂之上頓時慌亂成了一團，容盼只記得最後映入眼簾的是龐晉川立在供桌之上的牌位，一瞬間她好像看見他同往日一般靜坐在那裡，手上拿著一卷書，目光沈靜，嘴角微微抿著，透著一些嚴肅。

「娘……」

「夫人。」

身邊傳來窸窸窣窣的聲音，隨後是太醫的聲音。「首輔大人仙逝，夫人定是傷心欲絕，這是身心煎熬所至。因夫人上了年歲，可經受不起這種打擊。」聽著房門被重新關閉，門外的人都壓低了聲詢問，直到一道脆生生的嗓音傳來，壓制了所有的聲音。

「林御醫，龐國公夫人如何！」

是如至的聲音，透著股上位者的威嚴。

容盼緩緩醒來，秋香看見眼眸猛地一亮，一滴淚已滑出眼眶，已然是嚇壞了的模樣。

「夫人。」

容盼嘆了一口氣，就著她的手起身，幾個婢女在她身後放了引枕，容盼無力的側身喝了幾口茶水，就疲倦地閉眼揮手。

「娘娘，宮中怎可離了您？還請鳳輦回宮吧。」

「母親如今病著，本宮怎可不在跟前盡孝？大哥莫要再言。」

「大哥說得極是。」長汀的聲音。「母親這邊自有大哥和我以及長瀅輪流服侍著，加之太子偶感風寒，太子妃哪裡顧得了宮中瑣事？小妹為六宮之主，即便要盡孝也該分得清輕重緩急。」

「三哥！」

容盼聽了一會兒，朝秋香點點頭，秋香會意出去，不知低聲說了幾句什麼，屋外才安靜了下來。

容盼拉了拉身上的衣服，目光平靜的望著門外，只見門開後，如至第一個快步走進來，她穿著素白的宮裝，頭上只簪著一支銀製的丹鳳朝陽，那微挑的鳳目流光四溢，凌厲之下隱藏著一股無措。

如至坐下，看見母親眼眶便是一紅，隨意歪在她身上，有些哽咽的喊了一聲：「母親。」

這些年，只見她縱橫後宮，風華無限，哪裡見過她這般小女兒情態？

容盼抽出帕子低著頭，輕輕擦掉她眼眶中呼之欲出的淚花，長灃和長汀也跟了進來，見到如至這般先是一怔。容盼朝他兩人點了點頭，示意了一下，就輕輕的將如至摟進自己懷中，拍著她的手臂安撫。「莫怕，莫怕。」

如至見到兩個哥哥進來，頗有些不好意思的轉過頭埋進容盼胳膊窩裡，一如當年被哥哥嘲笑牙掉了，羞澀的模樣。

容盼原本鬱結的心口一鬆。「娘娘回去吧，妳大哥和三哥說得對，宮中離不得妳。」如至的身子在她懷中動了動，容盼沒有給她開口的機會，繼續道：「若是太子安好，娘也願意多留妳在府中多住些日子。只是若是為此，太子有個萬一，妳可叫娘如何安好？妳且知道，妳與太子可是龐國公府的命脈。」

如至動容的望著她，容盼嘆了一口氣繼續道：「回吧，妳父親若是還在，也定是不讓妳留在這裡的。」

長汀見皇后有些動搖，連忙上前道：「母親這邊有大哥和我，娘娘無須擔憂。」長灃在後面點點頭。

容盼望著自己的二子一女，道：「你們父親的白事如今也結束了，我這邊身子也無大礙，不用你們個個都在跟前，擾得我頭疼，以後每日只需一房在跟前就成。今晚都先回去吧，好好歇息一晚，明日早點來。」

長汀如何能肯？但望著母親堅決的目光，他又看了看身側坐著的皇后，只得點點頭。

「我送娘娘進宮。」

「長灃一起去吧。」容盼長舒一口氣，躺回到床上就合眼，如至咬著牙猶豫了下，只得跟著她兩個哥哥出去了。

到了深夜，長汀才回來。

朱歸院中謝英等著丈夫，一見他連忙迎上前去。

「母親睡下了嗎？」

「睡了。」謝英又問：「夫君可用過晚膳？」

「嗯。」長汀點點頭。謝英見他神情疲憊，又摸向他寬寬的袍衫，就這三日便瘦了許多，心下不由泛起一絲酸軟，越發柔聲說：「妾身已讓人在外間替夫君鋪好了被褥，朱歸院中輪流看護的人也比往日多了一倍，夫君莫要著急。」

長汀深深的盯了謝英一眼，單薄的嘴唇微抿著，許久才吐露道：「多謝妳了。」

這四個字越發讓謝英心下酸澀，她望著丈夫，心中是滿滿的欣喜和喜愛。

她雖是謝侯府的嫡長女，可比起龐國公府滔天的富貴卻是遠遠不及的。

當初母親告訴她，要嫁給龐國公府的三公子，她心下又是驚又是喜，癡癡的望著從外面抄錄來的他的詩詞，一顆芳心早已是跳動不安。母親告訴她：「首輔大人獨寵夫人，大公子亦獨有大太太一人，想來三公子亦是如此，妳可得惜福，好好爭取公府眾人的喜愛。」

她就這樣帶著滿心的歡喜嫁進了公府，目睹了老公爺對婆母當真是喜愛極了，半點委屈也不肯讓婆母受。

只是，謝英嘴角有些酸澀，她期期艾艾的望向自己的夫君。

夫君雖不曾納妾，可他心思並不在自己身上，她是知道的。她私下裡聽聞夫君最似老公爺，整個人都是冰冷冷的，連婆母都勸慰她說：「妳待他好，他知道，只是他從小性格使然，妳別著急。」

可他們成婚至今，雖育養有一子一女，她依然未曾在夫君眼中看見老公爺望向婆母的那份悸動和欣喜。

謝英停下腳步，直看著夫君已然走了很遠，卻未回頭等她，她有些難過，但想想他這些日子也是疲乏，自己怎能再與他鬧脾氣？

想著，她的腳步也快了，待她隨他進去給他鋪被時，回過頭見夫君正拿著一罐藥酒遞給她，神色平靜。「這幾日看妳雙膝跪得通紅，這是母親常用的藥酒……母親用得極好。」

他這幾日連覺都沒空睡卻知道她雙膝跪得通紅，謝英眼睛一紅，低著頭接過藥酒，正要拿走，右手卻被他一拽。

「謝了妳，這幾日我不歸家，妳好好看顧兒女。」

謝英心下已不僅是歡喜而已，她抬起頭小心翼翼的望向丈夫，見他眉間糾結不可打開的鬱結，不由伸出手去撫平。

待她回過神時，卻嚇了一跳。

夫君素日不喜人觸碰。

長汀卻只嘆了口氣。「回去吧，明早早點來幫幫嫂嫂。」

謝英心下跳得飛快，慌忙點頭出門去，出了門心還怦怦跳。

長汀望著裡間的門簾，眼眸中深不可測。

娶謝英是娘作的決定，記得當年她說：「你性格剛毅，謝家嫡長女性格溫柔，很是適合你。」他點點頭，正要應承，卻聽得裡間一陣低低的咳嗽聲。

母親一笑。「你父親在裡面，他相看過謝女覺得很好。」

長汀低下頭。「那即可。」

母親卻未把庚帖遞給他，卻道：「你是我的兒子，所以娶了謝女後定是不能再納妾的，你可要相看一下？」

不知怎的，鬼使神差的他竟點頭了。

一個月後，他在母親屋中隔間的屏風後見到了謝夫人以及謝家嫡女，謝英。

「娶了吧……」母親送謝夫人回來的時候，他紅著臉對母親說道。

母親微微一笑，點了點頭。

屋內輕咳了一聲，把長汀從回憶中拉回，他輕聲叩門進去，還未開口，秋香姑姑就揮著手搖頭。

他借著昏暗的燈光看去，只見母親依然半閉著眼，似半夢半醒之間就著秋香姑姑的手喝了幾口水，不覺間母親的雙鬢已經微微泛白。

這白髮是何時侵擾上母親的呢？

長汀微微一怔，只聽得母親又低低咳嗽了幾聲。「爺還未從書房回……」話音還未落，她自己就先說不下去了。

秋香盯著她，許久容盼才緩緩睜開眼，咧嘴一笑，臉上神情有些失落又有些茫然，到最後全都落於一聲嘆息之中：「哦，我忘了。」有些落寞又有些孤單。

長汀上了前。「母親可是作惡夢了？」

容盼一怔，回頭看他，見他故作輕鬆的模樣，只笑道：「是啊。」隨即又笑問：「他們都回去歇息了吧？」

長汀上前扶著她躺下，掖了掖她的被角，低聲道：「嗯，都回去了，明早還得來請母親一起用膳的。」

容盼點了點頭，眉眼之中顯露出一絲疲倦，她還想再囑咐些什麼，但最後還是沈沈睡去。

長汀和秋香看她安穩睡下，兩人才退出屋子。

「姑姑，您看母親心裡這關可過了沒？」

秋香要轉身的工夫，忽聽身後三公子的聲音，她微微一頓，轉過頭看向眼前這個難得有些失落的男子，他也是自己從小看顧過來的孩子。

秋香紅了眼。「許是過了，三爺放心。」

長汀就此沒有再問。

翌日晚，因容盼昏厥的緣故，法事才開始正式進行。

一堆堆冥紙摺成的金山銀條都被裝進紙糊的箱子中，被投入熾烈的火焰之中，容盼坐於廳堂之上，看著火光微微發怔。

這一燒，也燒掉了她五十多年的生活。

如今想起來，好多話，竟還來不及與他說；好多事，也還來不及在他走之前辦完。

她想告訴他，她這些年過得很好。

她還想再給他染一次頭髮，這樣也不會臨了、臨了滿頭的白髮……

「母親。」月琴一身素服走上前來，眼眶略微發紅。

容盼抬起頭望著自己的長媳，拍了拍她的手，朝她微微一笑。

月琴順勢扶起容盼，低聲道：「母親身子還未大癒，還需保重才是。」

容盼點了點頭。「妳扶我進去吧。」

月琴低眉，仔細注意她腳下。

容盼走得很慢，蒼老的身軀略微有些佝僂，她一步，又一步，直到最後拐彎處才緩緩轉過頭，再次望了一眼那灼熱的火光，嘴角略微動了動。

最後，只能吐出一句——

龐晉川，你走慢一點……

如果，如果真有下輩子，那便等著她一道，好好過日子。

——全書完

番外　一夕魂夢

元鼎二十年，長汀入戶部。

容盼很是高興，親自下廚給兒子置辦了一桌酒宴，父子兩人剛在書房不知為了何事吵過，現都悶聲喝著酒，一句話都不肯說，酒桌上很是尷尬。

待容盼送走兒子，回屋沐浴完，出來。

只見原本鋪被的婢女都下去了，寢室裡一個人都沒有，只餘下床邊一盞燈。

龐晉川只穿著件薄薄的單衣窩在床頭，掌著一本他平日裡常看的書。

容盼解下鈕扣，脫了袍衫，龐晉川早已撩開他身後的被褥，待她躺好了，才放下書，反手將她拉入自己懷中，細細的吻上她的眉。

兩人的身子已經十分契合，他原先只是想溫存，可一摟上越發的放不開了，慾念隨著酒氣不斷的上漲，龐晉川翻身將她壓下，灼熱的氣息不斷呼在她的脖頸之間。

「酒後不宜行事。」她推了推龐晉川裸露的胸膛，雙眸極是明亮。

「我……就看看妳。」他不肯下來，俯身吻上她的眼睛，簡直要將她吞入腹中才能解渴。

這一下，越發催化了酒性，他將她兩腿扳開，拿了床頭的燈細細看著婦人身下那處。

卻似白麵饅頭一般，微攏起，底下蜜穴緊閉著，不留一條縫。

龐晉川伸出修長的食指略微挑逗下，才深入她蜜穴之中，才剛入頓覺四周蜜肉層層擠壓過來，似嬰兒小嘴啜住他的手指不放。

龐晉川深吸了一口氣，猛地抬頭死死盯住她。

容盼顰眉，雙目含春。

兩人雙眸不經意碰在一起，竟勾得他恨不得時刻把她揣在自己兜裡才安心。

前戲作得極足，待她丟了一次，他才將自己狠狠的埋入她體內。

她底下正是被刺激得收緊的時候，被他這一撞頓感魂飛魄散，媚肉越發層層纏住他不放。龐晉川倒吸了一口氣，咬牙狠狠拍下她圓滑的屁股，低吼：「放鬆些。」

容盼眼中含淚望他，青絲凌亂不堪，傾瀉於床上。

龐晉川再也受不住這妖精勾引，把她雙腿夾在自己腰間，猛地大動起來。

那一次次都頂得她身子不住往前，容盼氣喘吁吁緊趴在他身上，龐晉川翻了個身讓她壓在自己身上。

「不，不要了……」容盼有些難受，只覺體內那物擠著自己魂兒都沒了，又是痠又是脹，還有一絲絲酥麻。龐晉川卻看也不看她，只聽得她低低的嬌喘聲，越發想將她拆吃入腹才好。

平日兩人情事雖也有不加節制的時候，但多半都是她不要了，他也捨不得她累，可這次卻是滅頂的快感一層層壓下他還死活不肯放手。

到他饜足時，容盼早如一灘軟泥，被他牽制地勾在身上，去了浴間。

到出來時，婢女早已換了床單，龐晉川將她抱放在床上，在容盼迷迷糊糊之際，忽在她耳畔問：「容盼，上次妳不是說要進宮看娘娘嗎？且等我下朝回來接妳一同去。」

那聲音透著一股霸道、占有，卻是一點商量的餘地都沒有。

容盼懶得看他，翻身往裡睡去，只留了一個背影給他。

龐晉川愣了半晌，嘆了口氣，將她後背處的被子往上捏好。「莫要病了，莫要再病了。」

燭火跳動了幾下，龐晉川迷迷糊糊想著之前在書房內和兒子的爭吵。

長汀說要帶他母親去南城那邊的宅子住一段時間。

他自然不肯。

這轉季的時節，她雙膝正是最疼的時候，南城那宅子冬冷夏熱的，不適合她。

龐晉川迷迷糊糊想著，壓根兒沒想把這件事告訴妻子。

只夢中，忽然覺得被什麼東西勾住了，身體一味的往後掉，待他回過神，天已經全暗下來了，雨勢也漸漸小下去。

這裡好似十幾年前朱歸院中的擺設。

龐晉川覺得自己腦中有一絲什麼要揭開了，鬧得頭疼。

他想起容盼還睡在床上，連忙上前撩開床幔，可雙手卻透過那紗，直接撞了進去，只這一眼驚得他瞠目結舌，只見床上睡的卻是年輕了二十多歲的容盼，模樣還帶著一絲青澀，臉色蒼白異常，雙目緊閉，牙齒緊咬住自己的下唇，好似在忍著什麼痛楚。

龐晉川心下一疼，待要上前去摟她起身。

卻見她猛地睜眼醒來。

「容……」他的雙手穿過她的身體，他的聲音戛然而止，還要再撈還是這樣。

「太太，您可醒了。」林嬤嬤察覺到她醒來，連忙撩開墨綠色的床幔。

容昐循著昏暗的燈光望向她，點了點頭，要起床，卻牽動下腹，頓時疼得她冷汗直流，臉色蒼白。林嬤嬤趕忙上前扶著她，叫了婢女進來弄好枕頭才扶她靠好。

她只覺得下腹一陣陣的抽痛，那痛越發深入全身，骨髓，乃至心底，令她疲倦無比。

那小腹處，還是高高隆起的，五個月了，只是從前是圓滾滾的，孩子在，還緊實，可現在是軟趴趴的肉，再也摸不到孩子的胎動了。

在她穿越的第五年，一個已經成型的孩子從她腹中流掉。

這是她和龐晉川的第三個孩子，可惜沒能保住。

容昐神色不大好，黑色柔軟的長髮從光潔的額頭散落下，沾著汗水黏膩膩的，彎彎的柳眉下一雙大眼依然溫和明亮。

龐晉川多多少少知道這是怎麼回事了，他想上前安慰妻子，但卻近不了身。

望著自己透明的身子，他苦澀一笑，只能緊盯住她的臉龐。

只見她四處掃視了一圈。

屋中擺設都很簡單，一眼就能望得清楚。

「爺還沒回來嗎？」她低聲問。

林嬤嬤望著自己從小看著長大的小姐，眼角忽地一酸，抽出帕了抹掉她額上的汗水。

「派人回來說去了別莊，明日回。」

林嬤嬤的神色已然是知道什麼了，可卻不敢在這關頭說。

龐晉川猛然想起，在她孩子流掉後，自己去了別莊帶了喬月娥回來。

此刻望著床上的妻子，他頓覺雙手冰涼。

容盼低下頭面色只露出一些失落，但又很快散去，眼底纏著一絲晦暗，卻仍舊笑著對林嬤嬤說：「我口渴得很，妳替我倒杯水來。」

有婢女已經端上茶杯，容盼就著婢女的手直喝了半碗，又吃了黑乎乎的藥，那黑苦藥汁，龐晉川只覺縈繞在心口，悶得他難受。

「太太別睡，等會兒該用膳了。」林嬤嬤見她昏沈，唯恐她又睡下，等會兒再叫起又是一通難受，便拉了她身上的被子哄著她說話。

午後，落胎耗盡了她的心力，容盼眨眼頷首，想起龐晉川，又想起如鯁在喉的宋芸兒，心下便聽了林嬤嬤的話。

還是早些好吧，他，莫要被其他女人纏了去。

「是男娃還是女娃？」容盼抿了抿嘴，問。

林嬤嬤整理被褥的手猛地一頓，復又平靜低頭。「是小姐。」

她話音剛落，容盼眼眶便是一紅，心下很是酸疼。

那孩子竟和她沒有緣分，投生到她肚裡卻無福生下，也不知此刻是否又另尋他處了，她倒希望孩子沒走遠，等她好了再來給她當女兒。

容盼悄悄的摸上腹部。

「太太，還有機會的，您莫要太過傷神，養好身子再要個孩子也是可以的。」林嬤嬤知道她對這孩子的期待，現下連忙寬慰。

容盼點了點頭，緩了個神。

秋菊捧了粥進來，餵她。

容盼吃了半碗，叫她把門口的燈點亮，免得他回來看不見路。她說著，眼眸極亮，龐晉川呆呆地望著年輕的妻子，印象中除了在小兒身上，他還從未見過她這樣的目光。

這一刻龐晉川忽然意識到自己丟了什麼，心下隱隱作痛。

秋菊擔憂地望了一眼林嬤嬤，不敢看容盼，逃也似的往外走。

容盼吃了粥又擦了熱乎乎的臉便昏沈沈睡下，林嬤嬤嘆了口氣，叫了婢女守夜，自己則去顧府那邊報了消息說人醒了。

龐晉川待燈暗了，才躺到她身側，目光複雜的望著她。

原來從前的容盼是這樣的，他能感受到她的情意，只恨自己當初根本無暇顧及妻子的感受。

龐晉川靠近妻子也跟著睡了一覺，待他清醒過來，太陽已經升到半空，探進窗臺之內，落在窗前花盆上。

容盼正吃藥，面色比昨日好了許多。
龐晉川心下大喜，心道等會兒可得好好請宮中的千金婦科聖手來給她好好看看，莫要落下什麼病根，但轉念一想自己此刻連摸她一下都不可，怎麼叫人？想著嘴角又有些酸澀，恨不得狠狠捶自己幾拳。
容盼吃了藥，正瞇眼休息。
林嬤嬤叫人進來給她讀書，她瞇著眼恍恍惚惚又睡了過去，待到了日落時分才醒來。屋裡暖和和的，任由著落日金黃色的光輝照在她被褥之上。
她一醒來就見龐晉川坐在自己床沿邊，臉上是難掩的疲憊。
她不由得伸出手撫平他緊蹙的眉頭。
龐晉川別過，還未回神，目光極其陰冷、忌憚。
而兩人身旁不知處，那抹影子心下略微泛酸。雖是從前的自己，但妻子摸誰他都覺得不悅，想著望向年輕的自己，越發不喜起來。
「怎麼了？」容盼低聲問。
龐晉川神色一僵，柔和下來，低聲道：「身子好多了嗎？」
「嗯，好多了。」容盼笑了笑，龐晉川重重握住她的小手。「公府還有事，我先走了，妳好好照顧自己。」
容盼那笑意戛然而止。
他都不問問她和孩子嗎？

侍龐晉川起身跨出一步時，容盼拉住他的衣袖，眉頭微蹙，問：「昨、昨天你去別莊可為了何事？」

他神色有些驚詫，望向身旁侍候的老嬤嬤，原來下人什麼都沒對她說。

不過也沒說的必要，她是他的妻、龐府的主人、公府的長媳，任誰都越不過她去。

龐晉川道：「妳莫要操心其他事，好好養好身子。等會兒我讓喬氏進來侍候妳。」

容盼一怔，呆呆望他。

龐晉川忽有些厭惡她這樣不設防的眼神，心下有些凌亂，這種不該有的煩躁讓他心底略微有些不適，便想也不想跨門出去。

容盼看著他消失在簾幕之後，還坐在床上。

林嬤嬤見她呆滯的模樣，連忙跪下，緊張道：「太太可莫要傷心了，總歸只是一個妾侍，您剛流了孩子，可不能哭，仔細傷了眼睛。」

容盼重重合眼，喉嚨處只覺得被人緊緊扼住了一般，半晌眼淚嘩啦啦的直流，卻是一丁點聲音都沒。

「太太……」林嬤嬤趕忙抽出帕子替她抹淚。

容盼搖搖手，撇過頭，嘴角露出一絲諷刺。

可有什麼好哭的，自己尋的路，自己受著。

早知今日何必當初，何必愛上這樣的男人。

只是龐晉川這一刀捅得可真夠狠的，她孩子剛掉，他轉頭就給她帶了一個女人回來！

那影子心驚肉跳的看她，恨不得立馬替自己解釋，可張了嘴見她眼淚嘩啦啦的流，卻是心內疼得受不了。

「那女人叫什麼？」容盼哭著問。

林嬤嬤不敢不回。「喬月娥。」

「長得比我好看吧。」她又問。

林嬤嬤沈默了，那女子面容嬌麗，連宋芸兒都比不過，渾身的張揚。可這話她沒敢跟容盼說。

容盼見她神色，已是知道了許多，也不再問了，一整晚一句話都不肯說，卻還吃著藥。

但到了半夜，婢女進來巡夜時，忽發覺太太燒得渾身滾燙，連忙喚了太醫來。

卻說了鬱結於心，感染了風寒。

容盼冷汗直流，林嬤嬤替她擦身時，容盼燒得人事不知，卻還強撐著咬著牙，直到許久，才低低哽咽一聲。「林嬤嬤。」

林嬤嬤趕忙應聲。

卻見她嘴角嚅動，聽不得她說什麼，待要再問，她已昏沈睡去。

然只有那影子聽得她說。

「林嬤嬤，我難受……」

只這一聲疼得他肝膽俱裂。

難怪之後她對自己冷漠如此，後竟生生下毒要他的命，想至此，竟一點也不能怪她了。

他欠她許多，竟不知能不能還得上，心下頓覺茫茫然一片。

那影子想要去攀附她，可卻一點都碰不到，待他想要伸手再去抓時，一股熱流猛地向他襲來，待他清醒過來，卻覺得自己渾身痠疼。

「……太醫，家父都昏迷一夜了，怎還未好？」是長汀的聲音。

龐晉川頭疼欲裂，強制起身，卻望著屋內擺設。

才發覺自己夢醒了。

窗外花枝開得正茂，他見長汀與太醫低聲交談，面色穩重，早已是獨當一面。

「回龐大人，首輔得的是時下風寒之症，加之近日來操勞過度，病中也是休養生息之時，且莫操之過急，想來今日便能好。」太醫低眉恭敬回道。

他話音剛落，就聽來旺驚呼。「大人醒了。」

長汀連忙撩袍和太醫進屋。

龐晉川望著兒子，嗓子還癢得很，問：「怎麼不見你娘親？」

長汀笑道：「父親許是忘了，昨兒個是太太進宮的日子，皇后娘娘久未見太太，且懷著皇子，太太不放心便進宮了。」

龐晉川眉頭一皺。她不放心她女兒，怎麼就放心得下他！

御醫又小心的給首輔大人把了脈，仔細的開了藥方，才告退。

有冷風吹進來，長汀走到窗臺邊闔窗，那溫暖的陽光被隔絕在外，龐晉川想起夢中的容昐，那連哭都不肯哭出聲的模樣，知曉她是把自己恨上了，心下又有些擔心，容昐可還記著這事不曾？

龐晉川沈下心來喝藥，待到了傍晚有宮中太監來報說夫人被娘娘留住了，明日便回。

傳懿旨的太監看國丈沈著一張臉，哪裡還敢待？連忙回宮。

長汀侍候完父親躺下歇息，就去了外間守著。

到了半夜聽到陣陣咳嗽聲。

「容盼……」龐晉川連叫了數聲，不見回應。長汀連忙進屋，卻見他睜著眼略有些迷茫的模樣。

「父親，要水嗎？」長汀問。

龐晉川才想起他母親進宮了，微不可察的嘆了口氣，點頭。

長汀還未見過他這番模樣，但父子兩人談話，都隔著一層做自己的事，長汀想了想，便退出去了。

到了翌日，龐晉川病稍好，親自進宮接人。

皇帝和皇后有些無奈地望著自家太太。

「快走吧。」龐晉川催促，咳了數聲，臉色蠟黃，好似風能吹跑的模樣。

太子還牽著太太的手不肯放，拉了拉她的手，湊在她耳邊。「外祖母，您還來宮裡看我。」

「好。」容盼彎眉，親親他的小臉蛋。

龐晉川冷哼一聲，又一個搶人的。

他一路上面色都不好，待出宮了，坐進了馬車，才一把抓住她的手狠狠的把她按進自己胸膛之間，惡狠狠的說：「好狠心的婦人。」

容盼啞然，望進他雙眸，見他兩頰赤紅，雙目乾澀，連忙摸上他額頭。

好燙。

「怎麼又燒起來了？」她連聲問。

龐晉川枕著她的雙手躺在她懷中，閉目小歇，嘴角卻慢慢的浮上一層笑。

「妳可不許惱我了。」他忽道。

容盼怔然。

他又道：「我可為妳生了病。」他緊抓住她的手，待她回神時，似無意的問：「容盼，回去妳給我熬藥吧。」

「好。」她以為多大的事，心下稍放鬆。

他轉身將燙得發暈的頭埋入她小腹上。「妳得陪我好好睡一覺。」昨晚沒她，竟睡不安穩。

「嗯。」容盼點頭。

「我欠妳的，都還給妳……」直過了許久，等到容盼以為他睡著了，他才悶聲說出這一句話。

容盼啞然許久，笑了笑。

我欠妳的，都還給妳。孩子也還給妳，再給妳一個。

這句話直到長瀅出生一週歲後，一日她在床上逗弄孩子，不知怎的忽想起這句話。

龐晉川正下朝歸來，臉上極為疲倦，但長瀅喊了一聲爹，他喜孜孜抱起乖兒，在他小臉上落下一吻。

長瀅小胳膊指著娘親。「親，親。」

容昐瞪了作怪的兒子一眼要走，卻被龐晉川拉住，在她眉心口上也落下一吻，他雙目灼灼望著愛妻。

還沒還完，還不完了……

容昐起身抱兒子離開，龐晉川站在原地許久，直到一朵紅梅落於他肩膀上，他才拔腿快走幾步追上。

妻子正告誡兒子晚上睡覺莫要蹬被，兒子很是苦惱，低下頭露出尖尖的小耳朵，那大大的眼睛眨呀眨像極了他母親，也十分的透亮，像棕褐色的琥珀在日光下泛著光。

龐晉川微微一笑，摟住妻子的腰身，輕聲道：「容昐，妳身子冷，我讓人給妳燉了羊肉湯，吃完飯記住喝一碗。」

「嗯。」

冬日裡，日光融融，一陣清風拂來糾纏住兩人的袍衫。

長瀅攀在母親身上，望著父親溫柔的目光，粉嫩嫩似麵團一般的小臉格格直笑。

番外 全城通告

容盼是被手機關機的聲音吵醒的。

窗外黑沈沈一片，不知是幾點，她覺得被窩裡太熱了，電暖袋燒得她喉嚨口直發乾。

啪——

床頭的檯燈被打開，趕走了黑暗，她下了床，進廚房倒了杯冷水。

連喝了幾口，終於驅逐走心底的火燒火燎了。

再抬頭往冰箱門上看去，上面的時鐘顯示2:14。

還是凌晨。

「宏達集團投資的穿越劇『公府記事』在各大衛視輪番播出，繼續搶占晚間八點檔的收視率，宏達的股票由此一路直升，連續升上了XX點，創今年股市的新高……」

電視裡正播著凌晨的股市新聞，一個端莊文靜的主持人穿著套裝在播報。

容盼沒有買股票的投資習慣，抓了遙控器關掉。

她抱著水杯靠在沙發的暖墊上，目光略帶困惑地望向窗外。

她，到底有沒有穿越過？

還是只是她的一個夢？可在龐國公府的那一生歷歷在目，她與龐晉川生了四個孩子，最後還親手送走了他。

這些事真實得太過可怕，可若是真的……她記得之前是因為飛機失事才穿到那個時代，但自己現在還活得好好的，只是一年前在醫院醒來，說是身體健康出現了異常，發生暫時休克現象。

容盼想得頭疼，最後起身拿起桌面上的鏡子。鏡中出現一張很年輕的面容，根本就不是她夢境中那個老態的貴婦。許是，她的夢？

容盼煩得很，乾脆就不想了，放下水杯回了屋，一頭又栽進床內。

一年前，她在醫院醒來後，公司的職務早已被人頂替，她好不容易爭取到去母公司的機會煙消雲散。

外商本來就競爭大，內鬥厲害，她數了存款裡的數，就辭職打算休息一陣再重整旗鼓。但在家休息了半個月，她就熬不住了，恰好朋友介紹了一份代課老師的工作給她，說是只要教小學三年級的英語，每天三節課，其餘上下班時間自由，只是工資待遇不高。

容盼想了想，便答應了，這一代就代了快一學期。

正好臨近期末，學生考試的時間已然逼近。

容盼翌日醒來，很倒楣的發現自己感冒了。

早上八點，正好進校打卡，她才剛坐下，身旁四年級英語老師八卦地靠過來，戳了戳她手，低聲問：「容盼，妳看了昨晚的大結局了沒？」

「什麼大結局？」容盼問，翻開學生作業。

「『公府記事』的結局啊！」林穎氣得不行。

又是「公府記事」？這個月第N次聽到這部電視劇了。

她搖了搖頭，咳得有些厲害。「沒有……咳，我好久都沒看電視劇了。」她拉開辦公桌的抽屜，拿出止咳藥水，晃了晃已經吃光了。

「那妳最近都做什麼？」林穎順口就問。

容盼一怔，嘴角微微下沈。

她最近都在作夢，關於龐國公府的夢，只要一入夢鄉，那些人和事就歷歷在目，真實鮮活得就好像剛發生不久。

她有時竟時常想起龐晉川，想起他最後離別時讓她唸的詩。

她沒唸完，只剩下半句，成了她後半輩子最遺憾的事。

「哎呀，真是可惜了。」林穎橫了她一眼。「妳不知道，昨晚電視劇播出後，宏達老總全城通告尋找愛妻！」

「嗯？」容盼不解。

林穎興奮拉著她的手道：「宏達老總今年都三十四的人了，至今未娶，妳知道不？」

知道，容盼點頭。

這事她進醫院前有聽過，一個年輕的鑽石王老五，至今未娶，簡直能上娛樂頭條。

林穎眼睛猛地一亮，閃動著異樣的光芒，她猛地抓住她的手，慷慨激昂。「就昨晚，就昨晚大結局播出後。製片人以老總的名義，登了尋妻啟事！」

「尋妻啟事？」

「對！」林穎換了一口氣。「哎！就一首詩，我給忘了，好像是唐代哪個詩人的，叫什麼？」

門口，一個學生突然急匆匆敲門進來，對容盼說：「顧老師，語文老師說學區臨時有事找她，叫您下去幫她上個課。」

上課鈴聲剛響起。

容盼連忙起身，回過頭對林穎道：「等會兒上來再聊啊。」說罷，飛快的拿了書跟著學生下去。

在她出門下樓梯時，辦公室的一個老師忽然道：「不是叫〈回鄉偶書〉嗎？」

林穎猛地一拍掌。「是了，看我教英語久了，一時竟想不起來。」

下班後，容盼被顧媽連環十八call，叫去相親了。

相親對象一週前就約好了時間，是顧媽好友的兒子。

容盼今年二十七歲，年紀不算大，但也不算小，顧媽卻覺得自己女兒是剩女，已經到了非嫁不可的地步，有時恨不得立馬給她跳樓大拍賣了，好不容易抓住一個，她如何肯放？

容盼才剛出校門，就被顧媽抓住，去了商場裡頭的一家咖啡廳。

今天時值週五晚，華燈初上，滿目的璀璨光芒，許多小情侶都出來約會了。

商場前的LED大螢幕正播著一個電視劇的片頭曲。

顧媽正在旁邊給好友打電話，問她兒子到了沒？

容盼盯著電視螢幕，看著片頭曲中播出的場景只覺得有些熟悉。

原來，竟是林穎今天早晨跟她說起的那部電視劇。

「公府記事」？

「容盼，走吧，他們早到了。」顧媽抓住她的手，往裡拉。容盼最後望了眼那電視劇。

商場內的氣氛十分熱鬧，臨近年底都在打折大促銷，容盼隨顧媽上了五樓，只瞧著不遠處一個身材頎長、穿著休閒西裝的男人朝她們快步走來。

「阿姨。」連孟祁嘴角帶著笑，目光似有若無的掃過容盼，最後定格在顧媽的身上，笑得那叫一個如沐春風。

容盼直覺感到這個男人很危險。

她隨兩人進了咖啡廳，撲鼻而來是一股濃濃的甜苦香味。

連孟祁的媽容盼很熟，連阿姨乾脆就拉了她坐在自己身旁，握住她的手，笑咪咪的上下打量容盼，似準兒媳的目光，她親切笑道：「容盼啊，這是連阿姨的兒子叫連孟祁，以後妳就叫他孟祁好了。」

容盼抬頭望了對面坐著的男人一眼。

只剛才稍微掃了一眼就能看出對方是一個很英俊的男人，臉白皙乾淨、濃眉大眼、高鼻梁。

連孟祁此刻卻是光明正大、肆無忌憚的望著她。

嘴角笑意越發深。

「容盼啊，妳不知道吧，孟祁還是妳二表哥的同班同學，以前你們在妳阿姨家有見過面的。」連阿姨極力推銷著自己兒子。

容盼眉頭微皺，連孟祁淡淡笑道：「我是朱鈞的高中和大學同學，這幾年歸國去他家拜年時見過妳幾面，還記得嗎？」

「容盼，妳不也和妳表哥讀同所高中，更早之前應該也見過孟祁。」顧媽連忙道。

容盼依稀有了些印象，好像是他。

連孟祁看著她恍然大悟的模樣，嘴角笑意漸漸明顯，他問：「之前聽朱鈞說妳要去德國，怎麼沒去？」

容盼道：「本來要去的，後來去年因為一些原因沒去成。」

連孟祁嘴角笑容略有些酸澀，他低下頭輕輕搖晃著杯中的黑咖啡，顧媽對容盼說：「孟祁在德國工作。」

容盼心頭轉過古怪，她隱隱約約覺得連孟祁這個人有故事。

咖啡廳外，忽然人都往這邊聚集，連咖啡廳老闆都跑出去看，只見十幾個穿黑西裝、打著黑領帶的男人跑過來。

老闆搖頭問老闆娘。「宏達的老總今天怎麼來了。」

老闆娘眼一瞪。「你問我、我問誰啊！這是人家旗下的產業，許是昨晚剛登的尋妻啟事，來找老婆來了！」

從咖啡廳裡出來，顧媽和連阿姨紛紛都找藉口回去了，只留下容盼和連孟祁。

連孟祁走在她左邊，替她擋開人來人往的潮流。

容盼感激他，在連孟祁被人踩了一腳後，遞給他一張紙巾。

連孟祁笑著蹲下擦掉褲子上的腳印，起來時容盼又遞給他一張紙，笑著問：「還要嗎？」

他深深的盯住她的明眸，大掌猛地抓住她纖細的手，緊緊裹住。

他的手極其溫熱，容盼想起了龐晉川，感覺似被燙了一般，連忙抽回手。

連孟祁皺著眉，嘆了一口氣。「對不起，是我太著急了。」他已經等了她整整一年了，她不來，他就回國找來了。

容盼深吸一口氣，大幅度的情緒波動讓她咳了出聲，連孟祁要上前，容盼慌忙道：「我去超市買瓶咳嗽藥水，你在這兒等等我好嗎？」

連孟祁道：「我陪妳去。」

「不用，不用。」容盼連道兩聲，將米白色肩包掛在肩膀上，往樓下的超市逃也似的快步走去。

順著電扶梯而下，她離連孟祁遠了，才回過頭，見他仍站在五樓的玻璃前低頭看她。

她呼出一口氣，一頭鑽進超市。

去藥櫃拿了咳嗽藥水，出來付帳時，前頭兩個等著付帳的女孩子，興高采烈說道：「宏達老總姓龐對吧？」

容盼一怔。

另一個笑道：「對。他家老總還挺浪漫的呢，用〈回鄉偶書〉尋妻，誰見過這麼別出心裁的尋妻啟事啊！真想看看他老婆長什麼樣！」

「不對，我覺得應該是噱頭，想趁著電視劇結尾了狠狠賺一筆！妳不知啥叫廣告效應嗎？宏達股票就這幾天上升得有多猛！」

容盼一怔，恍恍惚惚出了超市，往一樓的大廳外跑。

她走得極其匆忙，連撞了數人，待她趕到時，電視螢幕上全是黑幕，片尾曲剛落幕。

她死死的盯住那螢幕。

不知過了多久，她看見除了那首詩外，正中間出現了一行字：下輩子，我一心一意對妳好，妳還得嫁給我。

那一排白色的字跡在黑幕之中特別的顯眼。

全城通告，都知道他在尋妻……

容盼站在擁擠的廣場前，雙手顫抖，無力去握住藥瓶。

藥瓶啪的一聲，滾落而去。

滾了很遠，最後一個西裝筆挺的男人蹲下，他的雙手骨指分明，只是輕輕一握，將藥瓶拾起。

「顧容盼。」

番外　如影隨形

這是兩人新婚後的第一個週年紀念日。

龐晉川很晚才回來，林姨打開大門，替他接手拿過公事包，身後司機提了一盒蛋糕進來，放在餐廳的大桌上，對龐晉川鞠了個躬，恭敬道：「龐先生，我先走了。」

龐晉川脫掉青黑的長西裝，疲倦的揉了揉太陽穴，單薄的雙唇微抿，點頭。

他喝了些酒，臉上透著紅暈，這讓他原本凌厲的雙眸多了點淡淡的迷霧，顯得柔和了些。

他一邊解開白襯衫上的鈕釦一邊往樓上走去。

路過客廳時，他看到沙發上放著一疊娛樂報紙，蹙眉。

知名女星傍上宏達老總，深夜出入五星級酒店。旁邊配上的是一張豔麗的女星照片。

林姨連忙上前收好。

龐晉川問：「太太呢？」他的聲音沒有絲毫的溫度，甚而透著一股嚴肅。

林姨尷尬的低眉道：「太太在屋裡。」

他望向座鐘，已經十二點了。

龐晉川解開領帶，捲在手中，他剛往樓上走，忽想起了什麼，回頭問：「剛才這份報紙，太太看過了？」

「看了，先生。」

「她說了什麼？」

「沒有，先生。太太接了顧老太太的電話就上了樓。」

龐晉川眉頭微微一挑，嘴角露出個笑，他跨步往樓梯上走去，開了門，進了裡屋。

屋裡，只有床頭點了一盞夜燈，照著床邊他們的婚紗照，照片中她穿著一襲白色蕾絲燕尾裙，被他緊緊摟住纖細的腰肢，臉上笑意盈盈。

他心下忽地一軟，竟軟得沒邊了。

「容昐。」

他龐大的身軀陷入柔軟的床裡頭，從後面摟抱住她，冒了鬍渣的下巴輕輕的摩擦她的小臉。

容昐用手擋了一下，就被他抓住，抓住了就不肯放，放在唇邊吻了又吻，直到她睜開眼，才從西裝褲中掏出一枚紅寶石戒指套在她的無名指上，喊了一聲：「龐太太。」

「……」

現在才回來，完全可以不用理會了。

她翻了個身，可才剛動，就被他挾制住。

龐晉川低聲問：「妳看到報紙了？」

容昐瞪了他一眼，有些惱羞成怒的意思，他哈哈大笑。「怎麼不問我？」

容昐問：「那個女明星是怎麼回事？今晚為什麼這麼遲回來？」

龐晉川解釋。「不是我，是旁人送了陪我參加昨晚的晚宴的。今晚晚回來是和華爾公司做最後的談判。」

昨晚是宏達的週年晚會，她知道，本來打算要去的，但顧媽下樓時不小心扭了腰，她陪去看醫生了。

不等她問，他直接開口。「我沒要。」

「我知道。」容昐攀上他的脖頸，主動獻上一個吻，龐晉川趁火打劫，用舌尖撬開她的貝齒，長驅直入，肆無忌憚的掠奪著，他口中還有淡淡的香檳味道，傳到她口中，直到吻得她快缺氧了，他才滿足的放開，緊緊把她摟在懷中，柔聲問：「妳怎麼知道我沒要？」

容昐抿了抿嘴沒有答。

龐晉川又再問了一遍。「怎麼知道的？」

他身上的襯衫鈕釦被她的小手一個個打開，龐晉川眸色猛地一暗，抓住她的手，略微帶些警告的意味。「別點了火不澆。」

容昐置若罔聞，順著他的手一帶，爬上他的身體，坐在他身上，解開他的皮帶，拉下拉鏈。

他的身體忠於她的勾引，立馬就有了反應。

酒加色最能誘惑人，她清楚。

容昐只解了自己身上兩個鈕釦，在曖昧的燈光下露出白皙圓滑的雙肩，龐晉川瞇著眼，喉結上下滾動。

容盼嘴角往上勾，微微一笑，俯身親上他的耳垂，一路直往下落下密密麻麻的吻，最後落在他的喉結處輕啃著。

他倒抽了一口氣，撫上她的渾圓。

容盼退開，情動的喘息著，她把雙手按在他身體兩側，微昂著頭，俯視而下盯住他的雙眸，挑眉笑道：「敢嫁給你，我就做好了打算。」

她知道，他身邊不可能沒有蝴蝶。

龐晉川平緩下慾望，盯住她明媚的雙眸。「妳做了什麼打算。」

容盼輕輕道：「一拍兩散的打算。」

當初走不掉，那是孩子綁著，加之又是封建社會。可現在兩人之間沒有孩子，她也有自己的生活，若是兩人日子過得好好的再插進一個人，讓她繼續鬥的話，太鬧心了。

這樣，即便她再喜歡他，也會毫不猶豫踹了他，往前走。

只是當初為什麼又重新選擇嫁給他呢？

容盼有些恍神，思緒跑得有些遠。

她想起了那時候，他的生命已到了最後時刻，卻和她說的那句話：「下輩子，我一心一意對妳好，妳還得嫁給我。」

想起他費盡心力全城通告尋妻後，想起……想起以前許許多多的日子，一起看著小兒長大，一起等著長瀅歸家，一起走過他生命的最後一段……

「顧容盼！」耳邊傳來了龐晉川咬牙切齒的聲音，容盼一怔，回過神，看他面色微怒，她不由得摸上他的臉，嫵媚一笑。

容盼問：「還要嗎？」

她也想要了。

龐晉川鏗鏘有力。「要！」抓住她的柳腰，那一處滑過她的幽谷，容盼低低呻吟了聲，他用力地挺進她身體內。

兩人緊密的糾纏在一起，他用力地宣告自己的占有慾和不滿。

事後，容盼又被龐晉川抱進浴室狠狠蹂躪了一番。

待她筋疲力盡被抱出來時，他俯在她耳邊低聲問：「我死後，妳又活了多久來著？」對這事，他耿耿於懷許久。

容盼雙腿打著抖，堅決不肯再說了。

龐晉川冷哼。「嗯哼，二十年？現在好不容易讓我找到了，竟然還做好了一拍兩散的打算？」

他死後，她竟然還獨活了二十年，享盡了人間極致的富貴！龐晉川咬牙切齒。「妳這個狠心的女人！」

之前他還擔心，沒了他，她的日子會不會難熬。沒想到，她倒活得滋潤。

容盼被反覆地吃乾抹淨後，連睜眼的力氣都沒了。

昏睡前，只有一個想法。

誰說男人都心胸寬廣來著？

然而，在她睡過去後，龐晉川望著妻子許久，他心底也總覺得少了什麼，他們之間太過薄弱了，只是少了什麼呢？

兩人婚後第一個結婚紀念日的話題，誰都沒談到……

第二日，龐晉川還在為和美國華爾公司簽約做最後的確認。

晚上照例很晚回來，他回來時，她已經睡了，只留了一張紙條給他，跟他說明日是回顧媽家吃飯的日子，龐晉川把妻子的便條放在抽屜裡，打開電腦接收郵件。

第三日，龐晉川早早出門，容盼在聽到門被關上的聲音，她下了床拉開厚重的窗簾，站在玻璃窗戶前看著他上了車。

林姨叩了門進來，見她醒著，笑道：「太太今天怎麼這麼早就醒了？」

容盼拉好睡袍，回過頭對她淺淺一笑。「聽到先生出門的聲音就醒了。」

林姨進來把龐晉川剛收下的衣服給她。「太太，這些熨燙的活兒以後還是讓我來吧，您每天事情也多。」

容盼接過衣服，放在床邊。「不用，花不了多少時間。」

林姨收拾著浴間笑道：「太太對先生可真用心。」

容盼放下熨斗，盯著白襯衫，淡淡一笑，笑意未落到眼底。

林姨笑道：「那太太，今天我還要去超市買菜嗎？」

容盼想了想。「去買吧。」

他未必記得。

晚上，龐晉川回來時，容昐正在客廳裡看電視，他走上前在她側臉上落下一吻，眉目飛笑問：「今晚給我留了什麼？」

容昐正在關注德國總理訪華的消息，她道：「你去餐桌上看看。」

龐晉川走進餐廳，林姨欲言又止地望了他一眼，龐晉川看見桌上打包的荔枝肉忽地一愣。

這是容昐最喜歡吃的，每次回岳母家，岳母必定多做了叫他們帶回來。

他記起昨夜的便條，不由抬起頭望向客廳。

她纖細的身影被歐式沙發包裹住，只露出一張小臉，專注著盯著新聞。

電視上明明暗暗的色調投映在她臉上，他心底湧起一股心疼。

「容昐。」他喊了一聲。

她轉過頭來，朝他一笑，龐晉川心下漸安，問：「今晚去岳母家了？」

「嗯。」

「岳母說了什麼沒？」他有些忐忑，本來約好每週去一次岳母家吃飯，他竟全忘了。

新聞播報結束，容昐趁轉臺的工夫道：「媽沒說什麼，我說你最近忙，她問我你有沒有瘦了，叫我給你熬些湯喝。」

「嗯。」

兩人都未再說話。液晶電視螢幕前，容昐面色平淡。

「對不起。」

當夜兩人翻雲覆雨完，龐晉川氣喘吁吁的趴在她身上歇息，他怕壓到她，卻不願退出她溫熱的身體，倒轉了一下身，讓她躺在自己身上。

容昐貼著他強壯的胸膛，聽著他不斷跳躍起伏的心跳聲，在他胸口輕輕的畫圈。

咚咚咚——

龐晉川吻上她額頭，嘶啞著聲：「抱歉，最近事情太多，我忘了這件事了……以後，以後保證不會。」

容昐沒有出聲，只是睜著眼不知沈思著什麼。

待他還要再說，她輕聲道：「晉川，我想出去走走。」

龐晉川一怔，收緊放在她腰上的手。「去哪兒？」

「德國。」

「我陪妳去。」他不肯放。

容昐捂嘴笑道：「你有空嗎？」

他沒了聲音。

容昐從他身上爬起。「我和媽一起去，你別擔心。」

她覺得兩個人的婚姻，可能需要分開想一想，想一想到底是不是合適，她有點懷疑自己當初再嫁給龐晉川的選擇到底是對的還是錯的？

愛情並不是婚姻的全部，她早就知道了。

第五日，他飛往美國簽合約。
容盼在他走後第二天，去了德國。
龐晉川太忙，都忘記顧媽前段時間傷了腰，不能遠行。
十日後，龐晉川回國出機場的第一件事是撥容盼的手機。
客服提示他撥打的電話不在服務區內。
龐晉川沈著臉上了車。
當晚獨守空房，他望著桌上新鮮出爐的合約，覺得很是空虛。
他將她的枕頭抱在懷中，鼻尖縈繞著她頭髮的香味，他用盡全力的去呼吸她的味道，最後漸漸睡去。
第二日清晨，他醒來，打開衣櫃取出西裝，發現西裝熨得極服貼，但卻沒有了任何味道。
「林姨。」龐晉川出聲喊。
林姨快步進來。「先生，怎麼了？」
龐晉川指著西裝問：「這是妳熨的？」
「是啊，有什麼問題嗎先生？」林姨奇怪地問。
龐晉川皺眉。「什麼味道都沒有。」
林姨不由問：「味道？」
龐晉川搖搖頭，最後還是拿出昨天已經穿了一天的西裝，手肘處已經有些褶縐了，但卻有那股淡淡的香味，林姨也聞到了，她恍然大悟笑道：「這是太太灑的香水吧，我替您找找。」

龐晉川一怔。「太太？」

林姨一邊找一邊道：「是啊，您太忙，可能沒注意您的衣服都是太太熨好的。」她在容昐的抽屜中找到了一小瓶棕褐色的男用香水瓶，裡頭只剩下一小半的液體了。

她不在家，仍舊如影隨形。

龐晉川接過，打開蓋子湊在鼻尖聞了許久，眸色漸漸沈了下來。

他忽然想起半月前的結婚週年紀念日，他晚歸，她一句斥責的話都沒有。

他忘了回岳母家吃飯的事，她也沒說，她一個人回娘家定是被岳母問是不是吵架了，他卻沒顧慮到，整晚連個電話也沒打。

還有這次去德國……

龐晉川忽想起什麼，連忙掏出手機，撥打了顧媽的電話。

那頭鈴聲響了很久，顧媽才接起。

他心下越發沈了下來。

「媽。」

「晉川嗎？」顧媽的聲音。

龐晉川心底微顫。「您腰好了嗎？」

顧媽笑道：「好多了，我知道你們年輕人事情多，所以也沒敢打擾你，還是難為你有心了，叫司機接送我。」
應該是容盼之前就提醒了司機的。
龐晉川笑得嘴角都僵硬了，才敢問：「容盼……容盼回來了嗎？」
電話那頭的顧媽略有些奇怪。「她沒給你打電話嗎？說是這個月月底才回來。」
龐晉川哦了一聲，直到手機那頭傳來嘟嘟嘟的掛斷聲，他才按掉電話。
通話後，龐晉川回了一趟顧家，陪顧媽說了一通話，拿到了容盼在德國的電話。
他撥過去，電話那頭嘟了一聲，出現她的聲音，卻是叫他留言。
中午、晚上再打過去，還是沒人接。
龐晉川訂了去德國的機票。
二十二日，飛去，在柏林沒有找到她，她住的旅館老闆告訴他，她三天前就退房了。
二十三日，龐晉川又找了一整日，撥打她的電話，她接通了。
龐晉川不敢出聲，他聽著她那邊喧鬧的聲音，他抬起頭快速的尋找四周的地標，發現前方不遠處是機場。
「晉川嗎？」那邊響起了催促登機的播報聲。
他焦急問：「妳在哪裡？」
容盼說：「我在機場，要回國了。」
龐晉川喘了一口粗氣。「在那裡等著我別動！我就過去。」
容盼收到他的留言說是要來柏林，她沈默了很久、很久，久得讓龐晉川覺得五臟六腑都疼了，她才試探著問：「晉川，我們還要不要繼續過下去？」

在一起過日子。

她不想做菟絲花，也不可能依附龐晉川。

即便她忍下來了，也會因為他的越來越忙，兩人終究會越走越遠。

現在分開，還來得及。

她在那頭，摸上小腹。

龐晉川氣急敗壞。「要！妳這輩子都是我老婆！離了妳，讓我找誰去！」

容昐想起那則全城通告的尋妻，當初他用盡心機，氣急敗壞的趕跑了連孟祁，還信誓旦旦的說要娶她。

全城都知道她是他龐晉川的妻了，宏達集團有老闆娘。

容昐深吸了一口氣，對著電話裡頭說：「要起飛了，我掛了。」她關掉了手機。

龐晉川那邊聽到了嘟嘟嘟的聲音。

他這才猛地想起，這個女人剛才的意思是不要他了！她想單飛！

他頓時覺得五內俱焚。

她倒想得美！

攔不到計程車，龐晉川急得往機場飛奔而去。

在他剛踏進機場，就聽到廣播——「各位乘客，從柏林機場飛往中國X城XX機場的班機A1314將於十二時三十分起飛……」

龐晉川奔上三樓，從透明的玻璃窗外，看見一架飛機凌空而上，衝入雲霄。

他怔然了許久，微動嘴唇，低聲道：「不許丟下我，我再忙，也要回家，回到妳身邊……」

容昐穿著風衣，拖著行李箱，站在他身後，頭微昂起，烏黑的長髮及腰，在陽光下泛著淡淡的光亮。

「龐晉川。」

龐晉川不敢置信的轉過頭，看見是她。

許多日沒見，可模樣卻時時刻刻劃在他腦中，如影隨形。

他衝上前去，拚盡全力擁她入懷。

「不許離開。」他高大的身軀竟然在發抖。

容昐輕輕一笑。

這個男人，終究是她的歸宿。

很多年之後——

龐晉川和容昐的兒子，龐長清五歲了。

今天是他的生日，一大早天還濛濛亮他就跑到兩人的屋裡。

容昐還光著身子，被他這麼一鬧，美目瞪向龐晉川，趕緊將床頭他的襯衫先拖進羽絨被中扣上，下了床。

龐晉川望著妻子白襯衫下若隱若顯的曼妙身姿，眼眸一深，直盯著她進了浴間關上門，才和兒子大眼瞪小眼。

「爸爸，媽媽昨晚說你今天休息，是嗎？」長清軟綿的聲音在他耳邊響起，小鼻子被凍得紅紅的，那模樣跟小麋鹿一樣。

「是，等會兒吃完早飯爸爸帶你去公園玩！」龐晉川咧嘴一笑，撈起兒子從被窩裡出來。

他身上什麼都沒穿，全裸著，長清連忙捂臉尖叫。「媽媽，爸爸羞羞臉。」

容昐正刷牙，嘴裡含著牙刷就出來，一見龐晉川全裸的模樣，白皙的耳朵微的一紅。「快穿上！」轉手又關上門。

都結婚這麼多年了，還不習慣看他的身體。

龐晉川長眉一挑，嘿嘿一笑，披上浴袍，將兒子抱出去，交給林姨後轉身打開浴室的門，大掌從她身後繞上緊緊鎖住，灼熱的呼吸噴在她耳朵邊上。「容昐，給我生個女兒吧。」

容昐瞪去，卻被他強壓在大理石的浴臺上，她身上只鬆垮垮地穿著他的襯衫，正是最好欺負的時候。

龐晉川堅實的大腿嵌入她大腿之間，下面勃發的那處頂弄著她的細蕊，修長的長指只是稍微一扣，摸到昨夜還殘留在她體內的精華。

容昐紅了臉，躲開他直視的雙眸，龐晉川卻不肯放過她，將長指抽出猛地一頂，整個插入她體內。

頓時分身就被她的軟肉包裹住。

「給我一個女兒吧。」他癡纏著，低聲在她耳邊輕求，不時咬住她的耳垂，啃咬著。

容盼被他弄得不上不下，體內感覺又癢又酥，空得很又滿得很。可他卻一定要她答應了，才肯給她。

就在這時，外間手機鈴聲忽然響起。

容盼看他還想逗弄自己的模樣，便要推他下來往外走，卻不想他一把將自己的雙腿別在腰間，龐晉川盯著她。「我抱妳出去。」說著還不待她點頭就邁步往外走。

乾淨潔白的襯衫滑到她大腿根部，他每走一步就頂得越深，到床頭接過電話時，容盼早已是氣喘吁吁，雙頰緋紅。

他最愛她意亂情迷的模樣，哪裡把持得住，直接翻身讓她騎在自己身上。

這個姿勢她最受不住，只一下便進入高潮。

手機鈴聲還在響，容盼喘著氣緊捏住銀白色的外殼，要從他身上下來。

龐晉川哪裡肯，越發研磨著花心。

容盼知曉這個男人要是沒饜足定是不放的，但見是連孟祁的來電，便在他耳邊威脅道：

「等會兒滿足你，不許鬧，我接下電話。」

龐晉川眼神很深，他早看到連孟祁三個字。

「容盼。」電話那頭傳來連孟祁乾淨簡潔的聲音。

龐晉川就要動，容盼連忙壓住他堅實的腹肌，企圖離他遠一些，一邊回電話。「嗯，孟祁。怎麼了？」說著瞥向龐晉川。

因為之前連孟祁和她相親的事被龐晉川知曉了，這廝就頗為忌憚連孟祁。

「我今天要出差，本來把笑聲托到她奶奶家裡，但她奶奶今天要參加一場酒宴，笑聲能寄在妳那邊嗎？」連孟祁的聲音有些著急。

笑聲今年才剛四歲，一年前連孟祁和妻子離婚，一個留在國內發展，一個去了國外，笑聲判給了連孟祁，很快她母親就再婚了，連孟祁至今還單身帶著女兒。

容盼自然點頭。「好，你帶過來。」

「嗯，謝謝。」連孟祁話音剛落就聽到電話那頭傳來笑聲的哭聲。

他匆匆掛斷電話，容盼呆了下，回身抱住龐晉川。「等會兒笑聲要來。」

果然聲音才剛落，龐晉川就醋了。

「又是那個纏人的小丫頭？」龐晉川平生最厭有人和他纏著容盼。

更何況那還是連孟祁的女兒，當初她爹就纏著容盼，一路纏到他們結婚還不肯放，還搞什麼青梅竹馬、暗戀！

哼，他和容盼之間哪裡插得下其他人！

「……」容盼沒理他，身下被他頂得有些癢，低聲問：「你還要嗎？」

龐晉川眸色猛地幽深起來。「要。」

緊接著又是一場不肯饜足的性事。

容盼扶著痠軟的腰肢和龐晉川站在一起，看花園那頭有一輛黑頭轎車開進來。

待近了，車門被打開，連孟祁抱著雙眼哭得通紅的女兒下車，笑聲一看到容盼，就紅著眼伸手要她抱，容盼從連孟祁懷中抱走她，龐晉川全程盯著。

「阿姨。」笑聲低低喊了一聲，又可憐兮兮的看了一眼一旁可怕的龐叔叔，把小腦袋塞進容盼懷裡。

連孟祁摸了摸女兒鬆軟的髮絲，對容盼抱歉笑道：「過幾天我就來接她。」

「嗯。」容盼點頭。「路上小心。」

連孟祁看了一眼，嘴角咧起一絲苦澀的笑容，對旁邊的龐晉川道：「謝了。」

「嗯。」龐晉川頷首，走上前摟住嬌妻的肩膀，這樣一看倒像是一家三口的模樣。

連孟祁心下微酸，關上車門。

有笑聲在，龐晉川沒說什麼，但那盯著連孟祁的防備眼神一點都沒少。

當初，他才剛找到容盼，就聽聞她身邊有一個愛慕者，暗戀了她好幾年，兩家還認識，岳母挺喜歡。

這不是他當年和容盼的翻版嗎？龐晉川立馬警覺，先哄著容盼，私下裡沒少找連孟祁的麻煩，有一段連孟祁的公司運作出現問題，都是他私下搞了鬼，讓連孟祁分心，這才強勢入主顧家，奪了丈母娘和老岳丈的喜歡，這才重新抱得美人歸。

只是，容盼當初在他和連孟祁之間猶豫的事情，他還記著。

一點不顧他的勸告，竟然還想跟連孟祁試試，當他是死人啊！

本來陰沈的天，很快就下起了雨，那雨透著股寒意，懷中小人兒立馬打了個激靈。

容盼趕忙抱著笑聲進去，龐晉川直看到黑色轎車消失在花園口，才摸了摸鼻子進屋。

長清正在吃早飯，一看見笑聲就從高高的椅子上爬下。「妹妹。」他是獨生子，平常很寂寞。

容盼放下笑聲，拉好她身上的裙子，對她笑道：「和哥哥玩去吧。」

笑聲偷偷往後去瞄龐叔叔，看他跟著顧阿姨走進了廚房，才肯把手放在長清的手掌裡。

長清低聲安慰。「妹妹不要怕，爸爸很喜歡女娃娃。」

笑聲大眼眨啊眨。「嗯。」說著看向廚房裡，叔叔正幫阿姨拿碟子。

她沒有媽媽，她很想讓顧阿姨當她媽媽怎麼辦？她想起在爸爸的相冊裡留著一張和顧阿姨一起拍的照片，奶奶說爸爸是喜歡阿姨的。

早飯過後，因為突然而來的陣雨，本來答應去公園的一家三口只能留在家中。

過了十點，外面雨勢依然不見小，透明的雨滴大力的打擊著落地窗，笑聲乖巧的坐在沙發上拿著一本童話故事書，卻沒有在看。

她看見阿姨在廚房裡烤蛋糕，長清哥哥在拼圖，還有，還有……

笑聲偷偷瞄去，叔叔躲在報紙後面，電視裡開著新聞。

笑聲家裡只有爸爸，好安靜，沒有顧阿姨家好。

「晉川，你進來一下。」是阿姨甜甜的聲音。

笑聲聽見叔叔嗯了一聲，然後緩緩的丟下報紙，好像是看見自己在看他，也看了過來。

笑聲往後一縮。

龐晉川蹙眉，後看向地毯上的兒子，冷硬的下顎微微點點頭。

呼，嚇死笑聲了。

叔叔果然是很可怕的叔叔，阿姨一定是害怕叔叔才嫁給叔叔的！

阿姨好可憐。

要是嫁給爸爸就好了，爸爸很溫柔，總是笑的。

廚房裡，容盼將剛烤出來的蛋糕切成幾塊，撒上葡萄乾，龐晉川拿了一個托盤，等著容盼把蛋糕和小零食都放進去了，才端了出去。

容盼手上另外拿著放飲料的杯子，跟了出去。

「妹妹，吃點心。」長清被容盼叫了一聲，連忙抬頭對笑聲說，然後就帶著笑聲進浴間洗手。

林姨回家去了，容盼叫龐晉川進去。

兩個孩子都不夠高，打不開水。

龐晉川先打開水龍頭，長清踮起腳，自己沾濕了手後塗了洗手液，笑聲依然搆不到，有些委屈的咬住紅紅的下唇。

好討厭。

笑聲好矮。

在她低頭的瞬間，龐晉川一手將她托起，笑聲碰到水花一怔，有些驚嚇到地望向他。
「快洗。」他簡單說了兩個字，笑聲連忙伸出手。
因是冬天，所以開了熱水，水溫調得正好。
笑聲一邊搓著洗手液上的泡沫，一邊偷偷望向叔叔。
長清已經洗好，擦乾淨了手，撒歡的往外跑。
笑聲也揉搓好了泡沫，不等她開口，龐晉川又把她抱起，她的小手摸到溫熱的水流，心裡有些小開心，等她洗好了，又偷偷看向叔叔，本來想說聲謝謝，可是看到叔叔嚴肅的神情，嘴巴裡的話立馬就噎住了。
叔叔還是好可怕……
「洗好了嗎？」等兩人出來，容盼已經在沙發前的玻璃桌上擺好了點心和牛奶。
電視裡也由財經新聞換成了孩子們喜歡看的動畫片。
龐晉川看向妻子，目光柔和，嘴上卻只是淡淡的嗯了一聲。
容盼朝他一笑，接過笑聲放在自己懷中，對長清說：「給你爸爸端去。」
長清有些嫉妒小妹妹，可想起爸爸說自己是男孩子，便很快拋開了。
笑聲窩在容盼懷裡很舒服，她吃著鬆軟的蛋糕，不時被容盼餵牛奶。
電視裡不時傳來動畫片的聲音和孩子哈哈的笑聲。
早茶的時間很溫馨。
待眾人都吃完了，容盼把笑聲放在長清身旁叫他看好妹妹，長清重重點頭，小手包裹住妹妹的手，眼睛還一瞬不瞬的盯著電視。

容盼收拾好桌面，端進去。

沒過一會兒，忽聽得哐的一聲，好像什麼碎了。

笑聲看見叔叔連忙起身往廚房走去。

長清哥哥緊接著也爬起來，笑聲連忙拉住他的袖子。「哥哥，等我。」

「嗯。」長清拉了她一把，兩個孩子偷偷跟去廚房。

只見廚房裡一個碟子碎掉了，阿姨在掃碎片。

叔叔進去後，阿姨說：「先把碎片掃乾淨了，不然等會兒孩子進來不小心割了怎麼辦？」

叔叔真的聽阿姨的話，把碎片掃乾淨，然後才站起抓住阿姨的手，還像剛才幫她洗手那樣開了水龍頭。

阿姨不像笑聲矮，自己搆得著啊？

笑聲心裡想。

她覺得怪怪的，繼續盯去。

只見阿姨和叔叔說了一句什麼，叔叔瞪了阿姨一眼，凶神惡煞的模樣。「這麼不小心還敢說！」

笑聲覺得這個時候的叔叔比剛才更凶了，可他的眼睛卻真、真好看，好像眼裡只有阿姨一個人。

「哎呀，你別生氣。」阿姨摟住叔叔的手臂，笑道。

叔叔打開櫃子拿出OK繃，小心翼翼的幫阿姨貼上。

笑聲一時看得竟有些愣，直到被長清拉走。「爸爸要出來了，快走。」

笑聲一邊被他拖著，一邊轉過頭望向廚房。

只見窗外已經停了雨，一縷光輝照入，叔叔時不時和阿姨說著什麼，阿姨不住的點頭，眼神比平常明亮好多好多。

笑聲心想，叔叔好像，好像也沒那麼凶……

——全篇完

文創風 174-176

嫡妻說了算

全套三冊

字字揪心　層層織就情意／東風醉

嫁入高門為嫡妻，身分顯赫，無比榮華。
她明白，要在這個時代立足，愛情遠不如權勢重要，
可當她捨情斷義後，教會她這個道理的男人，
卻又回過頭，打算談起感情來了……

穿越七年，顧容盼曾有過熱情、有過執著，
卻終究消磨在高門大戶的婆媳鬥法、妻妾爭寵裡。
長長的歲月裡，她愛過、恨過，也將一切看透，
反正她有顯赫家世和兩個嫡子作後盾，
那些小妾再怎麼爭，也不可能撼動她長房嫡媳的地位，
在這府裡，一切還是得她這個當家主母說了算，
那麼，她又何須在意那些陪襯的配角呢？
現在的她一心只想著，好好照顧兩個孩子長大，
卻發現總冷靜自持的這個男人，灼灼的眼神是她未曾領略的專注。
他說，要和她好好過日子，更要她付出和他一樣的感情，
讓她平靜的心再起波瀾。
若早兩年聽到這話，她必定欣喜無比，
可如今這份寵愛，她還要得起嗎？

詼諧幽默・輕鬆搞笑・字裡行間藏情／莞爾

全套六冊

穿越到這古代窮兮兮的崔家，她叫天不靈叫地不應，
在這兒，女兒身命賤不值錢，她偏要自己賺錢給自己鍍金身。
在這兒，家家戶戶不是打雞罵狗，就是家長裡短的……
她偏要把心思全放在自己身上，她要有房、有錢、有閒、有好日子，
再可以的話，就考慮找個靠譜的好男人嫁了！

文創風 165 1

一覺醒來她竟成了一個名叫崔薇的七歲小女娃兒，
這崔家窮得連吃雞蛋都要省，而且崔薇的娘還重男輕女得很過分！
以前她可是十指不沾陽春水，現在卻得從早到晚幹活。
如果她不想被折騰到死，最好能藉機從這個家分出去……
她打算靠自己掙些錢，經營起她自己古代田園的小日子……

文創風 166 2

有了自己的房子後，接著就是杜絕娘想侵吞她房子的念頭，
她打算出錢向娘把自己買下來，理直氣壯地擁有自己的所有權！
一切似乎都按著她所想要的發生，都在她掌握之中……除了聶秋染！
他是這個村裡的年輕秀才，聰穎、斯文、好看……可她就覺得他很腹黑，
即便他骨子裡詭計一堆，但憑她這個穿越來的，就不信他能將自己算計去！

文創風 167 3

都已經獨立一戶過生活，她還是不得安寧，她打算買隻靈性又凶猛的狗顧家。
她能求的，只有那個聶家的腹黑秀才聶秋染……
明知這樣要欠腹黑又難拿捏的他天大的人情，她也認了！
於是他偷偷帶她出城買狗，回來時卻被大家發現她私自跟男人出城……
聶秋染倒是挺身而出說要娶她。唉，這下她得賠上自己了……

文創風 168 4

原以為聶秋染這腹黑秀才說要娶她是為了幫她解圍，沒想到他是認真的，
唉！她也算是聰穎過人，還是穿越過來的人，
但一面對他，不管她再怎麼說，情況好像全照他的意思走。
而且自從他說要娶她之後，他便大搖大擺地常往她這兒跑，
賴著她、愛吃她做的菜，連她的賺錢大計都插手管起來了……

文創風 169 5

兩人成婚後，她過得挺好，只除了他的怪癖——她懷疑他是白色絨毛控！
每次從城裡給她帶禮物，從耳環、髮飾到披風全都是帶著白色絨毛的，
還硬要親自把這些絨毛玩意裝扮在她身上，當她是他專屬的芭比娃娃，
嫁了他後，他更是名正言順地玩起妝扮她的遊戲……囧！
幸好，除了這項癖好之外，他好得沒話說，不然她可不在意休夫呢！

文創風 170 6 完

兩人本來和和美美地過起有名無實的小夫妻生活，直到——
她癸水來了，不再是娃兒的模樣，眉眼開了，身段婀娜了，
偏又遇上她之前的傾慕者上門，他終於忍不住醋勁大發！
之前她覺得他將自己當妹妹一樣的照顧著，她一直過得很安心，
現在他大吃飛醋，一心想佔有她，圓房這事兒看來是逃不掉了！

愛恨嗔癡慾，信手拈來／雨久花

神醫病殃殃

全套七冊

他以為自己是因為同情她沒多少日子好活才不肯和離，
最終才發現，這根本是他自欺欺人的藉口，
原來，他早已深深愛上了這個女人，他的妻子……

文創風 158 1

她也太衰了吧？穿回古代卻碰上將軍夫婿沈鍾磬迎娶紅顏知己的熱鬧場面，
緊接著，當她還茫無頭緒之際，她丈夫就發話趕她去祖宅住了?!
也好，這種元配都上吊了還有閒情逸致納妾的冷血丈夫，她也不屑！
不料，到了祖宅後，她才發現這副軀殼的原主人甄十娘竟懷孕了！

文創風 159 2

甄十娘化身為簡大夫，靠著寄賣的阿膠打出名號，漸成遠近馳名的神醫，
偏偏就因這阿膠太有名，沈鍾磬也找上藥鋪，欲採買一些送給愛妾，
幸好，除了「瑞祥藥鋪」的老闆夫妻外，沒有外人曉得她就是簡大夫，
若被夫家知道她堂堂將軍夫人竟在外行醫賣藥，還不知要如何收拾她呢！

文創風 160 3

產子時血崩，之後又沒錢調養身子，還得努力工作讓一家子溫飽，
這使得甄十娘空有一身好醫術，到頭來卻落了個燈盡油枯命不久的境地，
既然她沒有時間追尋幸福了，那麼，不和離便是她目前最好的選擇，
想為兩個兒子留下一份家業，最快的辦法就是從沈鍾磬身上獲取！

文創風 161 4

她不祈求和他天長地久，也不奢望他會無可自拔地愛上她，
只希望，這份小小的平淡中的幸福，能夠這麼持續下去，
更希望，他在得知她的大夫身分、得知他有兩個兒子後，能不發火，
唉，要他不發火實在有點難，要不她先自首吧，都說坦白從寬不是？

文創風 162 5

那楚姨娘為了上位，一再對她趕盡殺絕，害她好忙，
嘖，她短命，沒時間浪費，只想專心為兩個兒子打下一番事業啊！
而他明知愛妾痛下殺手之事，卻還將之嬌養在府中主持中饋?!
原來，這就是愛與不愛之間的差別啊，她算是徹底看清了……

文創風 163 6

即便知道為了兩個兒子的生命著想，她該讓他絕育以絕後患，
但，她卻不忍心看他自戕，斷了後半生的幸福。
就算他另有所愛，她也希望他能保重自己，開心地活著，
只要他和兩個兒子過得好，那麼，她在泉下也會瞑目的……

文創風 164 7 完

那一日，她無意間聽見他在佛前起誓，求佛祖把他的命續給她，
他說不求永生，不求永世，只求今生能與她共白首，
結果，因為憂心她日漸孱弱衰敗的身子，他竟一夜間白了髮！
原來，佛祖竟是要他們這樣白髮相守？佛祖，祢何其殘忍……

嫡妻說了算 3 完

國家圖書館出版品預行編目資料

嫡妻說了算 / 東風醉著. --
初版. -- 臺北市 : 狗屋, 民103.04
冊 ; 公分. --（文創風）
ISBN 978-986-328-278-5（第3冊 : 平裝）. --

857.7　　103004201

著作者　東風醉
編輯　黃暄尹
校對　黃亭蓁　林若馨
發行所　狗屋出版社有限公司
地址　台北市104中山區龍江路71巷15號1樓
電話　02-2776-5889～0
發行字號　局版台業字845號
法律顧問　蕭雄淋律師
總經銷　知遠文化事業有限公司
電話　02-2664-8800
初版　103年4月
國際書碼　ISBN-13　978-986-328-278-5
原著書名　**《穿越之长媳之路》**，由北京晉江原創網絡科技有限公司授權出版

定價250元
狗屋劃撥帳號：19001626
網址：love.doghouse.com.tw　E-mail：love@doghouse.com.tw